書癡妮娜的完美生活

THE BOOKISH LIFE OF NINA HILL

BY ABBI WAXMAN

today is the day

DATE Arpil 30th

M T W Th F S Su

SCHEDULE

7>8
8>9
9>10 工作
10>11
11>12
12>13
13>14
14>15
15>16
16>17
17>18 飛輪
18>19
19>20
20>21 機智問答大賽

GOALS

多喝水!!

NOTES

看完
《再見媽咪，
再見幸福》

TO DO LIST

- [ ]
- [ ] 買水瓶
- [ ]
- [ ] 整理迴紋針
- [ ]
- [ ] 釘書機
- [ ]
- [ ] 貓食
- [ ]
- [ ]
- [ ]

BREAKFAST
果昔

LUNCH
subway?

DINNER

WORKOUT
問答前先飛輪?

第一章

女主角登場，以及一樁漫不經心的罪行

想像你是一隻鳥。可以是任何種類的鳥，但那些選擇了鴕鳥或雞的人可能會很難跟上。現在，想像一下你正在洛杉磯上方的天空中滑行，偶爾因煙霧咳嗽幾聲。繁忙的車水馬龍在你下方閃閃發光，在遠處，你會看到一塊翠綠的區域，就像灰襪子上頭的綠色織錦。當你靠近時，會發現原來這個區域是由老房子和街道交叉而成，這裡是拉奇蒙特。恭喜，你發現了一個不是每個洛杉磯人都知道的祕密。拉奇蒙特和一般社區並無二致，但特別的是半蜿蜒的街道上種植著大量樹木，形成一片樹海，看起來像是整個複製了老電影裡的氛圍，實際上這批樹木是在一九二〇年代一併種下。

這裡的房子很大，但並不特別華麗，前方配置花園，使街道顯得比實際更為寬闊。由於居民認為既有的整體樣貌極富特色，在長時間的刻意保存之下，即使到了今天，大多數房屋仍保持了過往的古樸風貌。樹木也各自長成獨有的美麗風景。大街上瀰漫著木蘭的香氣，雪松木將路面鋪上了紅褐色的針葉地毯，大量的橡樹則彰顯了街道清掃和換邊停車措施的必要性。

拉奇蒙特大道是拉奇蒙特的鬧區，有著為數眾多的咖啡館、餐廳、精品店、各類手工藝品店，以及洛杉磯碩果僅存的幾家獨立書店之一。那間書店正是妮娜·李·希爾工作的地方；她是本區

的未婚熟女，主掌著自己的生活，同時也是您手裡這本書的女主角。

奈特書店自一九四〇年起開始營業，儘管它的命運隨時間流逝而多有起伏，但對書籍的熱愛和對客戶心思的透徹了解使它得以存續迄今。所有好的獨立書店都應該由愛書、會看書、心繫書籍，並且想賣書給有著同樣理念的顧客的人來經營和投身其中，奈特書店正是如此。她們有專屬孩子們的閱讀時間，會安排作家講座，提供免費書籤。如果你嚮往的天堂有著紙張和書膠的味道，這裡就是人間天堂。妮娜就是這麼想的。但在本書故事開展的此刻，她應該很樂意回到一開頭想像我們都是鳥的那段，號召鳥群在她面前這個女人的頭上拉屎。

那個女人用挑釁的眼神盯著妮娜，一邊搖晃著她誇張而具異國情調的綠松石首飾。

「我想要回我的錢。這本書太無聊了，他們就只是坐在那兒聊天。」她吸了一口氣，發動攻擊，「我不明白為什麼妳們老闆跟我說這是本經典。」

妮娜環顧四周，尋找被指控的犯人，麗茲．奎因。她聽見麗茲身上穿的水洗絲在遠處青少年小說區發出沙沙聲。還真不巧。妮娜藏起心中不悅，試著展示善意。她對顧客微笑。「妳讀完整本書了嗎？」

女人沒有笑。「當然。」喔，她可不是個會半途而廢的人，只是愛抱怨。

「那麼，我們就不能退還您的錢。」妮娜感覺自己的腳趾在厚毛襪裡緊張的蜷曲起來。當然，那位顧客並沒有發現，妮娜衷心希望自己顯得沉穩而堅定。

「為什麼不可以？」這位顧客很矮，但她設法站直身子，讓自己看起來拉高了幾公分。看來她上的多堂皮拉提斯課程總算派上用場。

妮娜不為所動。「因為我們賣了您一本書，您也讀了。這就是書店的營收方式。如果您不喜歡它，我很抱歉，但我們無能為力。」她低頭看著櫃檯上的書。「妳真的不喜歡嗎？一般認為這是有史以來最偉大的小說之一。」妮娜克制住自己拿出想像的炸彈，炸掉這女人的頭並迸出火花的衝動，就像《魔鬼終結者2》裡的那一幕，魔鬼終結者的銀色頭顱從中間裂開，裂成兩半的頭還不斷地轉動。麗茲總是跟她說，我們要對顧客友善，要記得，人們可以上網買到地球上任何一本書，而且他們上網買書所需的時間，比奈特書店訂書的時間還短。妮娜必須讓來店的顧客擁有友善而個人化的購書體驗，讓他們喜歡她的服務，才能夠讓顧客願意在店裡進行更多的消費及光顧更長的時間，而不是去**那家店**。獨立書店業者把那家店稱作**就是那條河**，好避免直接說出那家店的名字。但是妮娜常想，那個名字好像並不只是南美洲的某條河名。

那女人做了個怪表情。「我就是不懂，為什麼女主角要坐在那兒看窗外。如果我把所有的時間都用來呆坐著思考人生，我可以向妳保證，我一定不會像現在這麼成功。」她甩了甩那頭精心梳理過的金色波浪長髮，冒出了另一個念頭。「如果我不滿意餐廳的食物，可以退回廚房，還可以退款。」

「如果妳已經吃了就不行。」妮娜很確定這一點。

「至少可以給我折價券吧？」

妮娜搖搖頭。「沒辦法。還是我推薦妳去辦借書證？妳可以在圖書館借書，讀完整本，然後歸還，完全不用錢。」她勉強擠出笑容。「其實這附近就有兩家圖書館，走路就可以到。」她確定麗茲會很樂意少掉這個顧客。非常確定。

「走路？」

妮娜嘆了口氣。「兩間都有停車位。」她把書推回去給那位顧客。「這本書仍然是妳的。也許妳有時間可以再讀一次。實際上，我讀過二十遍呢。」其實她讀過遠遠超過二十遍，但妮娜不想再讓這個人覺得更詫異了。

女人看著她皺起眉頭。「為什麼？」她上下打量著妮娜，不帶敵意，純粹是想弄清楚為什麼有人會做這麼奇怪的事情。妮娜穿著一件藍色連身裙，外頭罩著件淡綠色的老式開襟衫，前方衣領繫著扣子。這樣的觀察顯然讓這位顧客釐清了某些事，因為這個女人的表情變得柔和，轉為同情。「我猜，妳的生活很無聊，所以看到書裡其他人的生活也很無聊，這會讓妳覺得安心。」

妮娜覺得很不高興，火冒三丈地看著那個女人粗魯地把《傲慢與偏見》丟進她花俏的手提包裡，不但折到書的封面，書頁也被弄皺了。

兩分鐘後，麗茲從圖像小說區的書架上方探出頭來。「她走了嗎？」

妮娜點點頭，大力地整理著一堆書籤，試著不要回想剛剛親眼目擊的對書的暴行。

「妳真是膽小鬼，甚至不親自現身幫妳第二喜歡的十九世紀作家辯護，太遜了。」

麗茲不以為意。「珍・奧斯汀女士不需要辯護。妳做得很好。而且，我曾經跟顧客進行過有關迷幻藥和意識邊界的長篇對話，那成了我難忘的經驗。」她一邊整理著書架上的《滑輪女孩》。「我以為我問的是她休假時要做什麼，結果原來她都待在家裡，做了連她自己都難以置信的各種怪事。」她低頭越過眼鏡上方看著妮娜，麗茲曾轉換過多份工作，並在許多不同城市生活過，但她的烏黑短髮幾乎不見一絲灰白。「我們的對話當中，有一大半全在討論迷幻藥作用下所看到的優格有多麼美麗，讓我從此以後對優沛蕾敬而遠之。」

妮娜瞅著她。「我不太相信這個故事。」

麗茲轉身走向非小說區。「我想也是，妳可以當這故事完全是我編出來的。」

妮娜低頭微笑。奈特書店裡滿滿的玩笑嘲諷和成排的書籍讓人心安，給她家的感覺。這裡是人間天堂。此刻，如果她們可以鎖上大門，不管顧客，這樣就更棒了。

做為一名單親母親的獨生女兒，妮娜天生就形單影隻。長大後，看著其他人有父親和兄弟姊妹，似乎很有趣，但整體而言，她還是偏好獨自一人。不過這樣說可能有些誇大。有時她仍會因他們而苦惱，尤其是在中學時期。有很多同學有哥哥或姊姊在讀高中，這些孩子身上有著受到保護的光芒，令她感到羨慕。哥哥姊姊們會在下課時間碰到面時揮手招呼，甚至停下來閒聊，相互打氣。然後，到了高中，妮娜會聽同學們抱怨著自己的弟弟或妹妹，但他們還是會跟弟弟或妹妹打招呼，或者走過去聊天。她看到了這樣的手足情誼，看到了同住家人之間的互動，讓她感到很奇特。

妮娜的母親坎蒂絲在Google出現之前（一九八八年左右吧？）的遙遠年代和某人相遇，露水姻緣後生下了她。在那樣的年代，如果想要查明某個人的底細，只能透過人們口耳相傳。妮娜無法想像身處X世代的人們所承擔的風險有多可怕。那時候沒有線上的犯罪紀錄資料庫，無法用社交媒體確認對方的家庭狀況和成員，更別提透過查看歷史貼文來尋找線索。每個人都得在完全不了解任何背景的情況下直接面對陌生人。他們甚至可以假裝成完全不同的人，也不用特別先創建一個相應的線上個人身分；人與人交往當中遭遇不實和欺騙的可能性高到令人憂慮。不管怎樣，妮娜的媽媽甚至不確定那個人叫什麼名字，她也不太在意。身為一位周遊世界的新聞攝影師，她每到一處總有邂逅，也總毫無猶豫地陷入愛河。「**但我很清楚地知道我想要妳，**」她這樣對妮娜說。「**天知道我有沒有真心想要個男人。**」

一開始，坎蒂絲到哪裡都帶著妮娜，一隻手抱著她，飯店房間的抽屜就是她睡覺的小床。過了一、兩年，妮娜大了些，不方便帶在身旁，於是坎蒂絲在洛杉磯找了間漂亮的公寓，還找了個全天候的好保母，讓妮娜自己定居成長。她每年會出現三到四次，帶來禮物、奇特的糖果，還有機場的氣味。雖然坎蒂絲在這孩子的腦海中占有重要地位，但妮娜從來沒有真正認識過她。妮娜小時候第一次讀到《芭蕾舞鞋》時，她意識到原來自己的媽媽就像書裡的馬修大叔。

她的保母露易絲是一位出色的母親。幽默、有趣、喜愛閱讀，富有愛心並且溫柔。她帶給妮娜平靜的生活，妮娜的大學畢業典禮上，她擁抱著妮娜，感傷地掉了眼淚，然後搬回了南方，幫她自己年紀較大的女兒們照顧小孩。對妮娜來說，露易絲的離去比向親生母親說再見更讓她傷心。坎蒂絲開啟了她的生命歷程，但帶著妮娜越過終點線的是露易絲。

妮娜甚至沒有像想要有個爸爸那樣地想念媽媽。她不完全確定一個父親每天應該做些什麼，但是她看到很多人的爸爸會站在足球練習場旁，或者雙手插在口袋裡，在放學時出現在校門口。他們在中學時期完全消失，但是到了高中又再次出現，負責在深夜裡開車接送，或是在滿是藥妝店體香噴霧味道的成群青春期女孩大聲喧鬧地湧進家門時，默默地躲了開來。妮娜覺得父親們很神祕。當去朋友家作客時，她通常會見到她們的母親，實際上，也常常會和朋友的媽媽們變得熟悉。但直到高中畢業，她還是沒能真正理解父親的角色。只知道他們比較像是代表了某種額外的獎勵，會送上比方游泳池、可愛的狗或是遺傳天生的好膚質。

「那麼，今晚是啥活動？」麗茲問。「優雅女士來讀書？跨性別互助之夜？與惡魔攜手剪紙？」

「妳以為自己很幽默，」妮娜回嘴，「其實，妳只是嫉妒我有各式各樣的活動可以讓我的腦保持活力。」

「我可不需要再刺激我的腦了，」麗茲說。「老實說，我還得服用某種烈性藥物，好扼殺一些腦細胞以促進身心均衡。」

對妮娜而言也是如此。不是用藥那部分，而是她的腦確實不需要更多刺激。小時候，她被告知患有注意力缺失症（ADD），又或者是注意力不足及過動症（ADHD）還是什麼其他類似縮寫的問題，但她們學校圖書館員只雲淡風輕地告訴她，她極富想像力和創造力，是其他人追不上的。這她開始多給妮娜一些書，也讓她閱讀百科全書。妮娜現在知道，醫生絕對不會推薦這種療法，這也無助於克服她的數學障礙，但這確實意味著她到高中時，所讀過的東西比其他任何人都多，包括老師。同時也讓她認為書籍代表著藥方和庇護所，是所有美好事物的來源。目前她的這個想法還沒被證實有誤。

妮娜看著她的老闆。「今晚是機智問答之夜。」她知道麗茲很想加入她的隊伍，只是麗茲沒有應付深夜聚會和每周練習所需的精力。

「他們還沒有把妳列為禁止往來戶嗎？我以為人家會不樂意讓妳一直贏。」

「我們確實有被某個酒吧禁足了，但是其他酒吧又不認識我們。」

麗茲揚起了眉毛。「妳們是機智問答詐騙幫嗎？」

妮娜聳了聳肩。「也算是實踐黑幫夢。」

麗茲看著她。「來吧，來玩一下快問快答。」

妮娜搖搖頭。

「拜託。」

妮娜嘆了口氣。「妳好歹給我一個類別。」

「海洋生物。」

「太容易了。四十五公斤的章魚可以從一個小番茄大小的洞中鑽出來。」

「庫爾特・馮內古特。」

「他在美國開設了第一家紳寶（SAAB）經銷商。」

「木星。」

「擁有所有星球中最短的一天。可以停止了嗎？」

「頭不舒服了嗎？看東西的時候旁邊會出現光暈嗎？」

「是沒有，但是妳滿懷期待的表情讓我很有壓力。」

麗茲咯咯笑著走開。「妳都不知道這個派對遊戲多有趣，」她邊走邊拋下提醒。「別忘了明天穿得體面一點，那個魔鬼會來。」

「好。」妮娜對她皺眉，然後試著回想木星的一天到底有多長。她不能忍受想不起來，答案是……九小時五十五分鐘。感謝上帝。對妮娜來說，無法想起某個資訊是一種折磨。就像嘴脣上發癢，或腳趾間被蟲咬了一口一樣。儘管這很不理智，還是得想辦法處理它。麗茲以為妮娜參加讀書會或各式活動是為了交朋友，完全錯誤。那是因為如果沒有試著分散注意力，妮娜的腦會失去控制，漫無邊際氾濫的思緒或惱人地等待尋求解答的無限問題會讓她瀕臨崩潰。機智問答、看書、讀書會……這其實是她的自衛武器。

第二章

那些讓妮娜煩躁的事

妮娜在傍晚時分返家，金黃色夕陽餘暉照拂著整個街坊，這是燈光師們鍾愛的時刻，單身男女也正揣想著晚上的浪漫際遇。在她身旁，剛下班的人們邊遛著狗邊忙著講電話，無視於斜映在窗戶和門把上閃耀的光暈，也沒注意到如紅毯般輕柔多彩的薄暮天際。從建築的角度，妮娜向來不認為洛杉磯稱得上是個好看的城市，但變換的天色讓這城市在一天當中總有幾個時刻顯得美麗。一如好萊塢不變的真理，燈光是王道。

舉例來說，她的深紅髮色在此刻的陽光下顯得美極了。要是妮娜意識到她的頭髮看起來有多美，肯定會想幫自己照張相，可惜她現在滿腦子想著機智問答比賽，錯過了這個機會。在一般情況下，妮娜不是會引人回眸的女子；她的長相值得慢慢品味，但她給人的印象不會讓你感覺有太多機會得以親近。嬌小纖細的她有著如小鹿般溫馴的外表，直到她開口說話，你會發現自己面對的其實是隻狐狸。她的好友莉亞這麼形容，她不是刻薄，她只是實話實說。

妮娜的租屋處是溫莎大道眾多大房子其中一棟的客房。那是個迷人小巧的空間，完全獨立於主屋之外，還有專屬的入口。對妮娜來說簡直完美。屋主是妮娜母親的朋友，奇蹟般地剛好在妮娜大學畢業時完成了客房的整修。他們慷慨地向妮娜提出租屋的建議，她欣然接受。

她的貓菲爾蹲坐在大門柵欄上等待。菲爾是隻棕色和奶油色相間的虎斑貓，有著黑色的尾巴尖端，四隻腳掌則是白的。大門被推開，牠跳了下來，隨著妮娜步上階梯，尾巴尖端以快活的節奏擺動著，如學步車上的搖曳旗幟。妮娜注意到牠在門墊上留下了隻死透的巨蟲。牠佯裝漫不經心地站在那隻蟲旁邊，臉上的表情大約是：喔，是啦，差點兒忘了，我為妳弄了隻蟲。也沒啥大不了，不過就是隻我親掌為妳抓回來的死蟲。妳知道的，也許妳在下班後會想來點稀奇的小玩意兒。（嗯，牠應該有在看維尼熊的故事書，知道蟲是好玩意兒[1]。）

妮娜彎下腰揉了揉牠的頭。「謝謝你，菲爾。這蟲棒透了。」菲爾摩蹭著她的腿，讓自己全身轉了一圈。其他貓咪可能會全天宅在家，慵懶地窩著，沒事舔舔自己的屁眼，但牠是隻戶外貓，絕不會閒著。「不過如果你不介意，我想過一會兒再來享用。」菲爾無所謂地聳聳肩。

妮娜走進家門，踢掉腳上的鞋，偷偷將那隻蟲放在廚房流理台上，準備在菲爾沒注意時處理掉。她看了眼牆上的大鐘，離機智問答比賽開場還有一個小時。她拿水壺燒了開水，讓自己靜下心，開始收拾屋裡。她很愛這間公寓，儘管稱之為公寓恐怕有點言過其實。這裡基本上只是個大單間，配備迷你廚房區和盥洗室，但有著充足的光線和書架，說真的，那還需要什麼？朝南和朝西面的兩大扇對開窗為屋裡帶來陽光和色彩，成排的書架則一路到頂。窗旁有張巨大的扶手椅，讓妮娜可以，而她也確實會在那兒坐上幾個小時埋首閱讀。還有條上頭盡是虎和鳥紋裝飾的鮮豔的紅橘色系波斯毛毯，是來自妮娜媽媽某次旅行的紀念品。這條毛毯在妮娜搬進她的所有家當（這包括一張床、一張椅子、六箱書、一隻貓、一台咖啡機和一個大白板）後，大約過一、兩個

1 譯註：維尼熊系列童書第七冊《蟲蟲的好處？》(What Good Are Bugs?)。

星期左右出現，上頭附的字條寫著：**嘿，這毯子躺在倉庫很多年了，也許妳會喜歡。如果妳對其他東西也有興趣，跟我說一聲。**

其他東西？妮娜立刻打電話給她媽。「嗨，媽。妳在哪兒？」這是她的標準問候語。

「我現在人在倫敦啊，達令。妳呢？」她媽媽是澳洲人，經過這麼多年，她的口音已漸漸消失，只隱約聽得出端倪。比方她會發足球「兒」，而不是足球；會用棒棒糖（lollies）這個詞，而不是糖果（candy），不過她倒不至於戴著上頭掛著軟木塞的驅蠅帽趴趴走。

妮娜聽著母親的聲音露出微笑，這是她對母親最熟悉的部分。「我在杜拜喔，媽，正在哈里發塔的頂端。」

「真的？」她媽媽很興奮。「景色如何？」

妮娜嘆了口氣。「沒有啦，我在洛杉磯，就在上回妳離開我的地方。」

「喔。」她媽媽顯然對於妮娜沒有承繼她的冒險精神感到失望。儘管她並沒有對此多說什麼，但她其實也用不著開口。

「這張毯子是哪來的？」妮娜問道，伸出腳戳了戳那捲毛毯。

電話那頭傳來啜了口茶的聲音。她媽媽可能邊接她電話邊同時做三、四件事。一次只忙一件事？那有啥樂趣呢？「嗯哼，還記得我懷著妳時住在洛杉磯吧？」

「當然。」和所有人一樣，妮娜將自己的原生故事銘刻於心。說實話，她媽媽並非水性楊花的女人，只是沒興趣定下來。妮娜幾年前曾問過她為何不選擇拿掉孩子，坎蒂絲以她慣常的方式笑出聲。

「因為我覺得這會是場冒險兒，它也的確是。」**哈，冒險兒。**

「這張毯子很漂亮。其他還有些什麼？」

「這個嘛，就是各種有的沒有的。妳可以自己去看看。」她把倉儲的地點給了妮娜，如今，當妮娜環顧她的快樂小天地，看到的可能是嬰兒時的自己曾經在上頭撒過尿的家具。一張織錦布小沙發；來自印度拉賈斯坦邦的矮腳凳，現在是菲爾專屬的寶座；還有她媽媽的各式藝術收藏，她能拖出來幾件是幾件。屋裡唯一沒有書架的那面牆上掛滿了相片：露絲・奧金、亨利・卡帝耶-布雷松、英格・莫拉斯的攝影作品；幾張妮娜自己拍的自滿之作；小時候追劇和追星留下的海報跟雜誌封面；還有她的「視覺生活角」，上頭掛著記事板和行事曆（別笑，妳會希望自己跟妮娜一樣有紀律）；幾張照片的主角則是妮娜的媽媽和小貓時期的菲爾。一張購自IKEA的Malm系列單人床架靠著牆，請注意，這組床架附有可供收納的抽屜。說到這個，白堊土（Malm）這個字跟鹿（deer）一樣是單複數同形，加上複數的s結尾念起來會顯得怪怪的，雖說這個字的發音讓人聯想到可口的棉花糖（marshmallow）——喔，這些是巧克力棉花糖「們」嗎？

妮娜彎腰撿起信件，順道補滿菲爾的晚餐跟幫自己倒了杯酒。接著晃到視覺生活角前，蹙眉看著板子上她記下的各種激勵人心的圖像、智慧語錄、和從未付諸實行的生活小祕訣。她喜歡計劃生活，但總覺得還可以做得更多。她會用各式色彩進行分類和列清單，每天早晨花上半小時檢視她的各項計畫，設下當天的目標和待辦事項，反覆思量。當然啦，這段時間也是她特別訂在每日計畫中的一項。實際上她只希望能有更多事可以讓她，你懂的，**放在計畫裡**。有時她會把自己已經完成的事也列在清單上，只為了可以劃掉它以示達標，這麼做感覺挺可悲，卻有種莫名所以的滿足感。

她從洛杉磯加州大學拿了個不太有用但有趣的學位畢業（是藝術史啦，感謝你的提問），想清楚自己想做什麼之後，開始了在奈特書店的工作。接下來的幾年她著實成長不少：經歷幾段短暫的戀情，其中一段維持得稍微長了一些，再跟著是更多的速食關係；為了維持體態，改吃素食和採行原始人飲食法，沒過多久放棄，又恢復什麼都吃。她上過瑜珈、飛輪，還有某種結合了飛輪和瑜珈的課程，她自己取名為「飛珈」，報名過剪紙、編織，也去過好幾次那種大家晚上邊喝酒邊畫畫的課程，不過她隱約有感覺到自己的表現不佳。看來她的人生目標並不只是盡可能地閱讀更多書？

儘管她大部分朋友都有穩定的感情關係，妮娜目前仍然單身。她喜歡性，享受和有不同觀點的人們相處，也會出門約會。但在洛杉磯，約會基本上立基於網路瞎約，在無數個不斷見證人類行為新低標的夜晚後，她決定暫時退出約會這檔事。下定這個決心遠比戒掉咖啡要容易得多。

妮娜擔心自己其實更樂於獨處，這是她唯一能真正放鬆的時刻。和人相處實在是太……令人疲憊。人們讓她緊張。每天早上離開公寓就像是翻轉一個巨大的沙漏，她蓄積整晚的能量開始點滴流失。在一天中，她得找時間獨處好恢復能量，有時她會感覺自己的生活就像在沉默之島間的長途泅泳。她喜歡人，是真的喜歡，只是得採順勢療法，一次一小撮地服用才有療效。

獨處時，她會幫自己設定目標，逐一完成，對自我提出質疑並接受新的挑戰，養成或戒掉某些習慣，而就算她每隔一段時間就將記事板全清空，設下新的目標、計畫、約會和預算，或者在年中買了新的行事曆全部重頭來過，那又如何？此刻，儘管還沒過完今晚，妮娜往前傾身，劃掉日曆上今天的日期。

看到沒？我可是在遊戲中遙遙領先呢。

妮娜的機智問答隊員包括她和三位最親近的朋友，隊名是「無敵丹諾」（Book'Em, Danno）[2]，為什麼不呢？他們在書籍（妮娜主攻）、歷史與地理（她朋友莉亞的強項）、當代流行文化（卡特的專長，他是莉亞的前男友，實在很難放棄這麼聰明又有趣的隊友）、以及時事與政治（另一個朋友蘿倫是主力）各方面都所向無敵。不管是千禧世代潮流，還是經典流行文化（這指的是一九五〇年的《我愛露西》到一九九五年的《六人行》），又或者是辨認各國特色小吃，全都難不倒他們。唯一的弱點是運動，儘管妮娜算是個足球迷。為了提增運動方面的知識，妮娜甚至開始讀《運動畫刊》，只是到目前為止，這只讓她做了跟她甚至不會念名字的挪威滑雪選手親熱的春夢。

自從因為從沒讓別人贏過而被常去的酒吧列為拒絕往來戶後，無敵丹諾隊正謹慎地尋覓新戰場。位於銀湖區的「甜唇」剛開幕兩個月，除了傳統必備的精釀啤酒，也提供來自國外和當地品牌的各式汽水口味選擇。這家店的另一個特色是供應碗裝的早餐蜂蜜穀片當下酒點心，八成也是店名的由來。

「好喝嗎？」蘿倫看著正試喝仙人掌汽水的卡特。黑髮的她有著黑色雙眸，以及多數人可能會視為是嘲諷的黑色幽默。她讓妮娜想起某種超好吃的酸麵包——硬皮外表下包覆者柔軟而美味

---

2 譯註：發想自一九六八年開播的美國電視劇《檀島警騎》(Hawaii Five-0) 中的經典台詞「拿下他們吧，丹諾！」(Book them, Danno!)。

的內裡。

卡特聳了聳肩。「你們知道的，我沒嚐過其他仙人掌口味的東西，沒得比較，只能大概評論。嚐起來像……西瓜口味的泡泡口香糖？」他又喝了一口。「還不錯啦，但我大概得來嗑點藥才有辦法真的愛上它。」卡特看起來不像會嗑藥的模樣，你會以為他是會扶老太婆過馬路，固定上教堂領聖餐的乖寶寶，不過咱們都知道外表會騙人。他手臂上刺著**反抗軍同盟**[3]的標誌，全家人都與**原力**同在。

「想都別想。」妮娜搖搖頭。「比賽時請保持頭腦清醒。你知道規定的。」

「說不定會讓我更加思慮敏捷。」

喝著啤酒的蘿倫哼了一聲。「是啦是啦，就像人們常說的：我們得加快速度、全力前進，快來點大麻！」

比賽開始，無敵丹諾隊持續稱霸了一個多小時。直到稍晚加入的一個隊伍壞了他們的好心情。

「喔，討厭，」卡特咕噥著。「看是哪個不速之客來了。」

妮娜打量四周。「誰？」

「該死，」莉亞說。「是問題王哈利隊！」

妮娜不動聲色，內心燃起一股鬥志。在洛杉磯東區酒吧的機智問答競賽世界裡，問題王哈利隊是唯一能稱得上敵手的隊伍，老實說，這區也沒多少隊伍，不過妮娜可是很好鬥的。

她們看著問題王在對面那桌坐下，那一隊的成員彷彿他們這隊的顛倒版，由三男一女組成。

3 譯註：電影《星際大戰》（Rebel Alliance）及其系列作品中對抗邪惡銀河帝國的組織。

顯然是隊長的高個兒男瞇著眼看向妮娜，嘲弄地揮手致意。

妮娜跟他對看了幾秒，然後打了個大呵欠。

「好極了，」蘿倫說。「還真有禮貌。」

「他惹惱我了。」

「是因為他長得好看，還是他確實在運動知識上遠勝過妳？」

「他一點都不好看。而且他懂比較多的運動知識是因為他就是個膚淺的草包。你們有沒有注意到除了運動外，他沒答過其他類的題目？」

「不對喔，幾個星期前他有回答關於超模的問題。」

「啊哈，泳裝議題。」妮娜回。

蘿倫和莉亞在她身後相互交換了眼色。「我個人覺得是因為長相，」莉亞這麼說。「我猜你們兩個注定要墜入愛河，共度充滿機智問答的蜜月旅行。」

「該去哪裡好呢？」

「卡爾佛城拍攝《危險邊緣》節目的攝影棚如何？」

「去華府吧，兩個書癡可以盡情徜徉在國會圖書館？」

「夏威夷？」

她們望向卡特。「夏威夷跟機智問答有啥關聯？」蘿倫問道。

卡特聳聳肩。「不知道。我把焦點放在蜜月這一部分了。」

妮娜嘆氣。「客觀來說，他是具有吸引力，但他那滿到溢出來的自信讓人忍不住反感。」

卡特點頭。「沒錯，女人都討厭有自信的男人。難怪《星際大戰》裡的盧克比韓索羅要有魅力。」

妮娜回嘴，「挖苦會讓你生皺紋。」她偷偷觀察問題王的隊長。他有一頭未經梳理的黑色亂髮，挺好看的；那張有著瘦削稜角的臉則不算是一般會認為的英俊，因為他顯然不知何時被打斷過鼻梁。「而且，他看起來會打架，我可是和平主義者。」她說的這些毫無事實根據，卡特翻了個白眼。

比賽主持人輕拍麥克風。「注意，我們有一支新隊伍問題王哈利隊加入戰局。居冠的無敵丹諾隊目前領先十分，但比賽還有三個回合。另外，重申比賽規則，後加入的隊伍沒有額外加分，好了，祝大家好運。」

妮娜看到每個人手上都拿好筆，還有用來做筆記的白紙。當然，其他人其實並不需要紙筆，她才是那個負責填寫答案的人，但她喜歡隊員們都做好準備。萬一她突然抽筋把筆掉了怎麼辦？她腦海裡突然自動切換成慢動作鏡頭，她昏倒在地，鉛筆啪地被她壓斷，筆桿和筆芯斷片滾過地板。看來她真的需要來場一夜情紓壓，出現這種白日夢不是什麼好兆頭。她看著問題王的那個男人，無法否認他確實很性感，雖然可能真的是個阿呆。喔不，腦袋瓜，停下來，她對自己說，她的腦則表示對這脫序思考無能為力，並建議妮娜向其他下級單位投訴。

「妮娜？集中精神，」莉亞大吼。「在發測驗紙了。」

「好，好。」

她從比賽主持人手中接過測驗紙，對方靠向她：「我賭十塊錢，問題王會把你們打得落花流水。」

妮娜皺起眉頭。「霍華德，清醒點。我們已經領先一回合。他們很難趕上來。」

莉亞靠過來，戳了戳那男人的胸口。「嘿，雖然我沒答應跟你約會，沒必要把比賽扯進來。這是場公平的競賽，參與者都光明磊落。」

「而且是公開的場合。」卡特附和。

「給的時間也同樣公平。」蘿倫做了結語。

她們都認識霍華德，他巡迴在各個酒吧間負責主持機智問答之夜。他自稱為益智王，但其他所有人都叫他益智鳥人。他憑藉著手上握有所有答案，熱衷於誇耀自己的權力。妮娜的隊伍懷疑就是他害她們被上個酒吧驅逐。「你們都醉了。他們會讓你們一敗塗地的。」

「我沒醉，」妮娜說。「我清醒得很，我接受你的打賭，也絕對會拿到那十塊錢。」

霍華德露出比你想得還要難看的輕蔑冷笑，信步走開。

在問題王這桌，女隊員麗莎正在開湯姆的玩笑。湯姆就是那個妮娜覺得是個草包的高個兒男。

「你喜歡那個女孩，不是嗎？」她的頭略朝向妮娜的方向示意。

湯姆搖頭。「一點兒也不，她超自以為是的。而且她很矮耶。」他原本想繼續說她的皮膚像桃子般，髮色如愛爾蘭紅色雪達犬，嘴角一邊高一邊低，還有她的腳踝細得像……但想想這樣可能會有損他的隊長身分。

另個問題王隊員傑克做了個鬼臉。「你不過是忌妒她知道的比你多。」

「她才沒有。」

「有，她有。她好像什麼都知道。」

「沒有人是全知的。」

「我聽說她在書店工作，」問題王的最後一名隊員保羅補充。

「這是作弊吧？」傑克說。

湯姆瞥了他一眼。「我不認為有工作是作弊，傑克。很多人都有工作。」

「我就沒有，」傑克驕傲地說。他停頓了一下，思考著這是否值得誇耀，最後決定他個人感覺這樣很酷。「我是個藝術家。」

「你是破壞王，」麗莎說。「你到處在建築物的牆上塗鴉自己的名字。」

「我在實踐我的政治異議權。」傑克這麼說。

「你很快就要準備實踐你的社區服務權了。」保羅回答。他是個律師，這句話出於本能。

從高中就認識湯姆的麗莎觀察著他的表情。他肯定喜歡那個女孩，無敵丹諾隊的隊長。她看向那女孩，確實有種不落俗套而特殊的美，不知道他們彼此有沒有共同的熟人。那場……災難已經過去夠久了，湯姆該是時候試著認識新的人。記得問傑克是哪家書店，她記下這個待辦事項。

霍華德再次輕拍麥克風。「參賽隊伍們，戰爭即將開打。準備好你們的筆，現在……開始計時。」

today is the day

DATE May 1st

M T W Th F S Su

SCHEDULE

7>8

8>9

9>10

10>11 打扮正式!!

11>12

12>13

13>14 工作

14>15

15>16

16>17

17>18

18>19

19>20 讀書會

20>21

GOALS

加強
運動方面
的知識

NOTES

看賽馬的維基百科

TO DO LIST

- [ ] 訂《運動畫刊》
- [ ]
- [ ]
- [ ] 穀片
- [ ] 爆米花
- [ ] 棉花糖
- [ ] 可可粉
- [ ] 鮮乳
- [ ]
- [ ]
- [ ]

BREAKFAST

LUNCH

DINNER

WORKOUT

第三章

令妮娜不太愉快的意外消息

妮娜家的早晨充滿了挑戰。

在妮娜的想像中，在那個她理想中的人生，而不是她實際生活的這個版本，此時她會起身，用各式經綠色採購認證的產品清潔臉部，在有著多噴頭的花式蓮蓬頭下淋浴（她有時忍不住想，那彎腰洗頭時不就會被下方的水柱噴得滿臉嗎？這樣有點粗魯耶），套上舒適但時尚感十足的衣服，衣料由獲得豐厚薪酬的勞工們所揀選的天然纖維製成。理解其中的重點吧？然後享用加了新鮮水果和全麥穀片的優格早餐，優格原料是羊奶，來自羊兒們自然多產的量，絕不過度汲取。她對一切充滿感恩並且處處留心，不容許任何瑕疵。

真實版本比較像這樣：妮娜會帶著劇烈的頭痛醒來，原因可能來自昨晚喝了濃度超過三十%的烈酒還啥鬼玩意兒。嘴巴乾得像你有時會在街上看到的已經乾硬的落單襪子，頭髮扁塌。蜷曲著身體站在咖啡機旁，發抖地等著咖啡煮好。渙散的眼神有時會飄到她的視覺生活角上，並暗自咒罵著這世界竟沒有取得她的同意，讓太陽如常升起。日復一日、夜復一夜，周而復始。基本上，在吸取到第一口咖啡因之前，她整個人處於呆滯的休眠狀態，流口水也挺常見。

等吞下咖啡和洗完澡，她就全然不同了。這個新生之人會幫自己倒上第二杯咖啡，坐上扶手椅，拿出行事曆和筆盒。她會決定今天的餐飲和運動計畫。列下採購清單。感受生活在她的掌握之下充滿紀律地正朝對的方向行進。這是她一天中最滿足的時刻。

今天她有場讀書會的行程，在那之後打算回家，一路看書看到就寢時間。於是她記下：準備特別毛茸茸的柔軟睡褲和襪子。再接著是，啊，爆米花，還有配熱可可的迷你棉花糖。以及，熱可可粉跟鮮奶。寫到這裡，她上eBay打算找個造型復古的馬克杯好裝熱可可，但旋即注意到時間，趕緊關上所有東西倉促出門上班。

上班途中，妮娜心情大好，戴上了耳機假裝自己是某個電影裡的人物，對著每個經過身邊的人微笑，和路邊的狗狗說哈囉。她常常有這樣的幻想，她的人生就像是《楚門的世界》，全世界的觀眾正跟著她一同享受她聽的音樂和今天的髮型。她會微仰著臉朝向陽光，好讓燈光師容易打光，時不時轉頭看向自己的肩膀，給跟在後頭的攝影師一點事做。在大家面前，妮娜安靜而矜持；私底下的她則會自己配備聚光燈，內心載歌載舞，無處不是戲。除非她突然緊張起來，這也是經常出現的狀況。她很擅長掩飾自己的焦慮，但它總是在危機時刻迸出來，就像某種惱人的超能力。綠巨人浩克會憤怒；她會緊張。妮娜對布魯斯．班納的痛苦深有同感，特別是馬克．魯法洛演的那個版本，她至少還能吞贊安諾。他只能靠索爾。

妮娜抵達拉奇蒙特大道上的手工帽和奶酪店（這是兩間不同的店，否則這組合也太詭異了，特別是在大熱天裡），轉進她最愛的咖啡店準備買個無麩質低熱量的全穀瑪芬。喔，開玩笑啦，她買了巧克力可頌。

「嗨，妮娜，」在那間店工作的朋友凡妮莎跟她打招呼。「有什麼新聞？」

「意外的少呢，」妮娜回答。「給我一個巧克力可頌。」

「這是給比賽冠軍的早餐？」

「唉，給什麼鬼法式冠軍吧。」

「妳是指 champignons ？」

妮娜回：「那個詞應該是指香菇吧。」她講起來比實際上有把握。

凡妮莎無所謂地聳聳肩。「嘿，我才灌了兩杯咖啡而已。只能算勉強清醒。」

妮娜沒用外帶紙袋，直接拿了可頌，邊過街邊吃著她的早餐。一舉數得又兼顧環保。還不到九點呢，她今天的進度已經超前了。

麗茲抬頭看著剛走進書店的她。「喔，妳有幫我帶一個嗎？」

妮娜轉頭出門又過到對街。

過了幾分鐘，她再次進門。「有，我有多買。剛好夠呢。」

「妳人真好。昨晚的機智問答如何？」

「我們輸了。」

麗茲吃驚地瞪著她。「什麼？妳們從沒輸過啊。」

妮娜踢著書架。「嗯，我們昨晚確實輸了。我們進入延長賽的關鍵局，主題是賽馬，然後我們輸了。妳知道所有賽馬的生日都登記在一月一日嗎？不知道吧？我也不知道。」

麗茲皺起眉頭。「別踢那個書架了。我很遺憾你們的知識寶庫顯然在貴族運動方面有所匱乏，但拿店裡的設備出氣，可是會從妳的薪水裡扣錢的。」她咂了咂舌走開，突然停下轉身。「別忘了先堆一落書，那個魔鬼今天可能會來。」麗茲正要離開，又提下腳步。「喔，被妳們的比賽結果嚇到我都忘了，有人打電話找妳。」

妮娜拍掉毛衣上的酥皮屑，幸好沒有黏得太久留下油漬。（這總是讓她想起《辛普森家庭》裡的名句：「要記得……假使那張紙變得透明，表示這食物會讓你增加體重。」）她疑惑地看著麗茲。「我的電話？是顧客嗎？」

麗茲不置可否地咬了口可頌，在衣服上留下了酥皮碎屑。「不知道。是個男的。他要找妮娜．希爾，就是妳啊，我有請他留話，但他說他會再打過來。」電話響起。「說不定就是他。」

結果並不是，完全不相干。等那個打電話找她的男人在幾個小時後走進店裡時，妮娜早就忘了有這件事。

他立刻引起眾人注目，因為他的穿著打扮在拉奇蒙特這一帶並不常見。他的西裝是很正式的套裝那種。上了漿的筆挺白襯衫，西裝外套上還配了胸巾。拉奇蒙特的居民大部分從事創意領域的各類工作，多數傾向穿著連帽運動衫配高筒球鞋，發展得越好的人通常穿得越邋遢。這個男的在這一區簡直像外星人。「妮娜．希爾？」

麗茲指向她，妮娜在聽到自己的名字時也已經抬起頭來，就像貓聽到遠處開罐頭的聲音般。她正開心地幫非小說類的新書上架，此刻手上正拿著本關於蚯蚓的書，憐愛地想起天性慷慨的菲爾。她看著那個男人，內心感覺不是啥好消息。

他走向她，腳步如帶了滑輪般滑行。「希爾女士？妮娜．李．希爾？」現在要跑已經來不及了，而且據她所知，自己也沒有什麼待償債務，於是她點點頭。

他露出微笑。「有沒有哪裡能讓我們私下談談？」

肯定是壞消息。

奈特書店的辦公室非常小，幾乎所有空間都塞滿了裝書的紙箱、書籍的大型廣告看板，還有成堆隨時可能傾倒的書。裡面有張原本可調節高低的椅子，老早就壞了，但那位男士對妮娜比著「請入座吧」的手勢，她只得照辦。結果超級尷尬，她的臉基本上是對著他的褲檔——這下懂了吧，這椅子壞了——她站起身。對方沒有坐下，主要也是因為沒有空間能讓他繞過去，於是他們倆就這麼對站著，相距僅約一公尺，不是太令人安心的距離。妮娜原本想往後退一大步，順勢採取防衛的姿態，偏偏錯過合適的時機，現在這麼做會顯得太沒禮貌。喔，老天爺，她心想，做人有時真的好難，得勉強靠著容易緊張的哺乳類腦袋，來面對要表現得像個文明人的壓力。可能其他人的社會化程度比她要厚實一些，她的臉皮薄到很容易就被看穿心思。她從門縫看見麗茲在門邊閒晃，隨時準備救援。鎮定一些後，她決定採取行動並露出笑容。

「請問找我有什麼事，您是？」

「敝姓薩卡森。我是威廉．雷諾德先生的遺產律師。」

「嗯。」妮娜等著他繼續說。她沒聽過這個名字。她應該要知道嗎？

「恐怕有些壞消息。」律師停頓了一下。

妮娜等待著。如果真是壞消息，警察應該已經上門了，對吧？

「我很遺憾地通知您，您父親過世了。」

短暫地停頓，妮娜思考著是不是有啥同義詞或是語言理解困難，然後搖了搖頭。「很抱歉，大概是搞錯了。我沒有父親。」聽起來怪怪的。「我是說，當然，我是有父親的，但我從來沒見過他。我們根本沒有聯絡。我不知道他是誰。」

「他是，或者我該用過去式，去世的威廉．雷諾德先生。」

「我不這麼認為。」

律師頷首。「他是的。遺物中有一封來自您母親坎蒂絲．希爾的信件，確認了他與您的親子關係，同時免除他作為父親的權利和義務，條件是他永遠不得和妳聯繫。」

妮娜還是在那張椅子上坐了下來。「我不……」

薩卡森先生的頭頂是禿的，兩側和後腦都有頭髮，就像是戴著頂只留了圈帽緣的棕色毛帽。他說話的速度很快且語氣堅定，妮娜猜他在來的路上練習過了。總不會是他經常在宣達這類消息吧，是嗎？「雷諾德先生在世時已謹遵您母親的意願，不過他仍然將您放在遺產繼承人的名單上。」

他停下來，妮娜不發一語地看著他，主要也是因為她顯然不知該作何反應。

「我來此是要邀請您出席幾個星期內即將舉行的遺囑宣讀。」他看起來帶著歉意。「要找到您花了比我預期要長的時間，畢竟您可能在任何地方。」他解開一個法式袖扣，看了看錶。「結果您人就在洛杉磯，離我們不到一公里遠的地方，您可以想像我有多驚訝。」

「什麼意思？」

他露出笑容，一副總算有些好消息可說的表情。「當然是因為這兒正是您其他家人們居住的地方啊。」

妮娜甩甩頭，像她往菲爾耳朵裡滴藥時，那隻貓的反應。「我的家人？」

律師拍拍她的手臂，妮娜心慌意亂到沒空對此表示不悅。「很抱歉，我不知道您對您父親的事毫無所悉。」他臉上閃過一絲批判的神色，於是妮娜開了口。

「我媽媽顯然不認為雷諾德先生會是個好父親。」

薩卡森先生臉上閃過另一種表情，但比較難判讀其中意涵。

「嗯，她也可能是對的。那是很久以前的事了。這是我的名片，上頭有我的辦公室地址，關於遺囑宣讀的細節，我會再和您保持聯繫。」他停頓了一下繼續。「這段期間，恐怕您的哥哥和姊妹們也會與您聯繫。我必須讓他們知道妳的存在，因為他們想了解為何遺囑宣讀必須等這麼久。」

妮娜瞪著他。「我的什麼？」

「您的哥哥和姊妹們。」

「我有一個哥哥，還有姊妹？」

他乾咳兩聲。「您父親有過三段婚姻。」

「就是沒娶我媽。」

「是的。」他點點頭。「但有和其他人結婚。妳總共有三位姊妹和一個哥哥，兩個姪子和兩個姪女，兩個姪孫女和一個姪孫。此外，有兩位繼母仍在世，不過妳應該不需要她們。」他看了下錶。「我已經請妳其中一位姪子彼得・雷諾德和妳連絡，麻煩他跟妳解釋這一大家子的關係，因為實在有點複雜，而他是唯一一個每個家人都願意跟他說話的人。」

妮娜直盯著他。「不好意思，我可以當作你沒跟我說過這些嗎？我真的沒興趣讓更多人進入我的人生。過去快三十年沒有這些人的存在，我過得也挺好的。」她感覺呼吸變得急促，試著命令自己慢下來，才不至於換氣過度昏倒在地。

那位律師很明顯地沒考慮過這個選項，他顯得很困惑。「雷諾德先生相當富有，他將您列為繼承人，表示他肯定也留了豐厚的遺產給您。」

妮娜試著集中精神。「這個嘛，永遠別去揣測禮物的價值，所以我真的沒興趣知道，除非那是一大筆錢。就算真是一大筆錢，我也不確定我會在乎。」

「妳當然會在乎，」律師說。「每個人都在乎錢。」他再次看錶。「我得走了。彼得很快會聯繫妳。我必須說，他們知道妳的存在都不太高興。但彼得是例外。」

「他支持非婚生子女？」

薩卡森先生轉身離去並留下一句：「他是個人類學家。」

第四章

妮娜對人群的觀察以及她與母親的對話

在接收這樣令人震驚的消息後，妮娜現在應該離開書店，在街上失神晃蕩，對著老天悲號。但在現實裡，她回去繼續上班，因為那天下午有場學齡前閱讀的讀書會活動，由她掛名主辦。人生總會突然給妳來個巨大的變化球，除了蹲下躲避外，妳也拿它沒轍。

麗茲不太喜歡小孩，她稱呼他們為黏答答的書籍破壞小人，因此書店裡的兒童活動都由妮娜負責。她相當認真地看待這件事，並且發展出各式各樣的計畫：

和寶貝一起聽故事：每週舉辦三天的晨間活動，新生兒或還需要襁褓的小孩軟趴趴地靠在父母親身上，一同聽某個默默無名的年輕演員為他們說故事。說實話，大部分的父母親在過程中是睜著眼睛打瞌睡，懷中的嬰兒常常從他們膝上慢慢滑到了標著「閱讀真酷」的地毯上。來這兒說故事的演員很希望這些父母親當中有人是經紀人或有力人士，而自從有某個無名小卒真的因此被發掘去演出電視劇後，排隊等著說故事的人還真不少。妮娜盡可能地公平安排，不過大家都知道她還是可以被小小賄賂的。（順道一提，她對時思糖果沒有抵抗力。）

學齡前閱讀時光：提供三到五歲的小孩與他們的保母一同參加，來這兒丟丟書（孩子們，不是大人），保母們則負責閱讀。這活動相當熱門。主要原因是保母們可以藉此休息和聊天，另一個原因則是父母親可以說，喔，保母們每天都有帶大吼大鬧的皮小孩去接受書籍的薰陶，好讓他們可以對於自己寧願去上班和知道怎麼用刀叉的人們相處這件事沒那麼有罪惡感。這活動每天都有，下午三點半開始。

小學生閱讀俱樂部：這是妮娜最喜歡的活動。拉奇蒙特是個充滿孩子的街區，女孩們對於書籍有著極大的熱忱。男孩們也是，只是當女孩們喋喋不休地談論這些話題時，他們通常不太主動表現出來。由於成長的世代和環境，也因為還沒讓青春期壞了她們的腦袋，大部分的小女孩都很有主見和自信。她們毫不遲疑且狂熱地讀著不需要靠人拯救的仙女、女巫和女英雄的故事，她們會翻開一本書，然後站在那兒一個多小時，直到父母親繞回來找她們時都還埋首書中。看著孩子們無法自拔地陷入書裡的世界真是太美好了。

妮娜特別喜愛這些孩子。因為她知道，這世界很快會讓她們以為其他事情比她們頭腦裡的東西更重要。因此，她創辦了小學生閱讀俱樂部，每個月一次，在書店晚上七點關門後，一群八到十二歲的女孩聚在一起，徜徉書海。這是她希望自己小時候能擁有的活動，所以假使你偶爾看到她坐在那兒，比任何一個十歲孩子都要熱衷地編著友誼手環，談論著《芒果形空間》的內容，又能說什麼呢？

青少年讀書俱樂部：由麗茲主辦。她喜愛晦澀的青少年。

她們曾經討論過為成人開設定期的讀書俱樂部活動，不過妮娜實在沒時間，她已經加入另一個每週舉辦的讀書會——稍後我們會了解更多——還有她自己發起的小學生閱讀俱樂部，以及固定的運動習慣（如果三天打魚兩天曬網地參加運動課程，以及保證下次會做得更好，這樣也算是習慣的話），機智問答當然也得算進來，妮娜根本沒有其他時間。麗茲也不想自己規劃，店裡的兼職員工波莉本人則討厭書。你或許想問，那她幹麼來書店工作？說來話長。

總之就是這樣啦。

儘管自己沒有小孩，妮娜很喜歡觀察新手父母應對這意料之外的責任時的模樣。結論是，小孩不是最大的問題，其他父母親才是。開始的前幾年會有著明確的學習曲線，妮娜剛好有極佳的旁觀席，拉奇蒙特大部分的父母親都是精裝繪本區的常客，總是帶著孩子前來。她看過眾多的孩子從《月亮，晚安》，進展到《弗朗西斯床邊故事》和《朱妮．B．瓊斯》，接著是熱門的青少年系列小說。陪同他們前來的父母親們則學著應對社區和學校的複雜社交網絡。

當兩位母親在店裡的閱讀活動中巧遇。標準的學校媽媽交戰守則是這樣運作的：如果妳們二位的孩子是朋友，碰面時兩個人都站著，當然是來個擁抱。如果妳們當中有一位已經坐在地板上了，而妳們的孩子彼此是**好朋友**，有為了分彩虹條糖果在放學後約過一起玩，那麼坐在地上的那位會作勢起身，另一位則會要她坐著別動，然後彎下腰給個輕擁。假使妳們的孩子彼此是**超級好朋友**，經常在放學後混在一起，可能還有過睡衣趴，坐著的那位會往旁邊挪動，好挪出空間讓另一位坐下，等兩個都坐定了，妳們會抱抱對方。妮娜從旁學習著，這對她來說都不太是能發乎自然的舉動。而在一間人們經常漫無目的地閒晃找書的店裡工作，讓她有大量的觀察機會。

妮娜最喜歡觀察人們如何進行寒暄。那場景大約是：某位女士正在店裡閒逛，考慮著她有沒有機會不引人注目地拿起某本羅曼史小說，還是得繼續膠著在那些看起來很有用的書籍（記住：這正是網路書店之所以興盛的原因，妳可以偷偷買），此時她注意到有認識的人進門。她得在那短短一秒間，決定要不要表現出她意識到了對方的存在，這決定立基於她跟對方彼此的熟稔度，以及她能否在對方沒注意到的狀況下脫身（假使對方確實還沒看到她，或者她穿著邋遢的像海盜）。

她們的眼神相遇了，此時她得決定要打個招呼後繼續瀏覽書籍，還是趨前問候。她想著大概是免不了要寒暄幾句了，但又注意到對方旁邊有人，看起來有點面熟，可是她想不起來在哪裡見過。妮娜經常看到這樣的情景，也早就習於看見當那位女士百般不願而認命地走上前打招呼時，她眼中閃過的驚慌。聽起來很好笑吧，只要不是發生在妳身上。現在，無論想不想，對方也看到她並且打了招呼，原來的那位女士給予回應，彼此儀式性地擁抱了一下。那位不知名的朋友說，這位是賓蒂・麥卡隆，妳們應該認識？（有一定年紀的母親們通常有著各種認識人的管道，所以她們得像狗兒老在嗅東西那樣，發揮人類探問的技巧）。

A女士：喔，嗨，賓蒂。**我們**認識嗎？（這裡會出現很多頭部的無意識擺動，同時帶著介於全然友善和略帶矜持間的表情，在確定彼此的關聯前先打安全牌。要是最後發現是因為她們其中之一在大學時睡過另一個人的男朋友，呃，妳懂的，這樣很怪。）

賓蒂：我覺得是耶！妳看起來好面熟！（這裡會出現我們很熟悉的頻頻點頭示意，以及介於親近和略帶防衛間的身體語言。）妳家小孩是在**長方形老師**的班上？

A女士：不是……我女兒艾樂芳坦（這裡請以法式發音）是在**電梯老師**的班上。妳的小孩是在 YMCA 上**泡泡教授**的游泳課嗎？

賓蒂：不是耶……週六在刷具坊的藝術課？

A 女士：沒有……還是幼兒園？我們在慈愛和諧天地，妳們呢？

賓蒂：不是，優莉莎上的是沉浸式佛教脈輪中文幼兒園。在谷區。

至此，她們會無奈地聳聳肩放棄，永遠不會知道彼此面熟是因為她們兩人曾站在街頭十分鐘，為了車子擦撞交換彼此的保險資料。

📖

如果那天午餐過後你剛好有走進那家書店，會看到妮娜在櫃台上堆了一大落書，以隨時可能砸到你身上的角度危險地傾斜著，而就在下午兩點前，她突然把書推到地上，製造出了超級大的聲響。

剛推門走進來的男士停下腳步，瞇起眼看著她。

「麗茲在嗎？」

麥佛先生是她們的房東。拉奇蒙特大道上的地產幾乎都掌握在三到四個人手中。有個大家族自六〇年代起就擁有拉奇蒙特的一整個街區，他們都很和善並受人愛戴。另一個地主是家大部分時候不太管事的投資銀行。第三大地主就是麥佛先生。他是街坊熟知的討厭鬼，當然，他只是像一般生意人那樣在商言商地求取利潤，這也正是做生意的重點。如果他是個牧羊人，他應該會牽著頭小羊，頂著無邊呢帽，既然他是個房東，他身上帶的是iPad和手機。

不幸的是，店面租金實在漲得太高，書店根本沒能有相應的進帳，麗茲只得在他每次來訪時避不見面。她多少還是有付，只是自動以最寬裕的時間和空間來計算。她還管那可憐的人叫梅菲斯特[4]，這可不是什麼好聽的暱稱。

「抱歉，麥佛先生，她剛好出門了。」妮娜希望書堆掉下的聲音已足以示警。有次麥佛斯特來時，麗茲正被顧客絆住，以至於她得準時交租。

麥佛先生嘆了口氣。他不是個壞人，純粹是個認真的生意人。「可以請她打電話給我嗎？租金遲了。」

妮娜點頭微笑，私心高興她今天穿得專業、得體。麗茲說她們必須看起來事業成功，才不會讓麥佛先生起了退掉租約的念頭。「我很確定她明白的，麥佛先生。只是最近客人多得實在忙不過來。」

他望向空蕩蕩的店裡。「是嗎？」

「喔，真的，你剛錯過一批人潮呢。」

「這樣嗎？」他懷疑地看著妮娜。「總之，跟麗茲說有好幾個人跟我打聽這個店面，其中有一或二位有興趣買下來，這挺吸引人的。」他再次嘆氣。「當房東沒有妳們想像得那麼有趣。」

妮娜沒回話，畢竟她從沒想過當房東有不有趣這件事。

---

4 譯註：Mephistopheles，德國傳說中的魔鬼。

他離開了，過了十或十二分鐘左右，麗茲從辦公室的門偷瞄著外頭。

「他走了嗎？」

妮娜點頭。「妳得趕緊交租。」

「我沒辦法。」麗茲回答。

「**妳一定要。**」妮娜堅持。

「我沒辦法。」麗茲重複她的答案。

妮娜裝出《王牌騎警》裡主角的語調：「**那我來付！**」麗茲感嘆道：「我的英雄！」然後她們再次回到日常工作。

那天稍晚，妮娜終於聯絡上她媽媽。她得選個好時間才能讓她媽媽願意接起電話，不然總是無人接聽。坎蒂絲・希爾在一九八〇年代澳大利亞最黑暗的荒野中長大，據說，那裡的女人會生火而男人則負責掠奪，但沒有人擁有手機。她媽媽最近對於打開手機這件事很隨興。「親愛的，我不想讓自己太容易被找到。」她這麼說。彷彿相距數千里遠還不夠似的。

妮娜決定中國時間的清晨七點鐘是個合理的賭注，於是在下午快四點，成群下課的高中生們來店裡聚集在漫畫書區，隔著書架眉來眼去喧鬧之前，走進了書店辦公室。鈴聲響了很久，妮娜正準備留下語帶諷刺的語音訊息時，她媽媽接了電話。

當然，現代化通訊設備讓她聽起來彷彿就在對街。「早安，甜心！」坎蒂絲一貫地大聲喊著。「一切都好嗎？」

「大致上來說，還好，」妮娜回答。

「親愛的，有什麼事嗎？我大概再過一小時左右得上班。」她接著用中文點了餐，和往常一樣一心多用。

「威廉・雷諾德死了。」

電話那頭一陣沉默，然後傳來她媽媽吐了口氣的聲音。她至少試過了。「我很遺憾，但他是誰？」

「威廉・雷諾德，我爸。」

坎蒂絲可以感覺到妮娜對於得知自己的出身在發火，但她依舊態度平靜。「喔，**那個**威廉・雷諾德。是的……我原本希望妳永遠不知道他的存在。」

這是妮娜真心愛她媽媽的其中一點。她會扯謊或胡說些道理，等妳戳破她時，她也會坦率地承認失敗繼續向前。完全不臉紅或感到抱歉。

不管她媽媽多惹人愛，妮娜很堅決地逼問下去。「嗯哼，但我知道了，那麼妳要不要幫我填補一下這些空白？妳究竟為什麼沒告訴我，我有個實際存在的父親？妳明明知道我很好奇這件事。妳又為什麼覺得讓我們老死不相往來是件好事？我有個哥哥和姊妹們耶！」

「有嗎？真不錯。」

妮娜的聲音高了八度。「媽，有半打以上的親戚和我住在同個城市！想想我錯過了多少玩伴和生日派對。」

她媽媽笑了。「妳不需要玩伴啊，妳過得很好。人們是言過其實了。」

「我通常會贊同這個說法，媽，但我寧願可以選擇。」妮娜注意到她另一隻手攢緊了拳頭，於是伸手拿了隻筆。她將筆在指尖前後旋轉，這是她緊張時的習慣，技巧純熟到可以成為派對把戲。假使她參加的是那種有人會認為旋轉鉛筆令人印象深刻的派對。

她媽媽停頓了一會兒，語帶防衛地說：「妮娜，他不會是個好父親。他是個玩咖，只想著他自己，而且他有老婆。」

「媽，有老婆並不是性格特徵。妳呢？幹嘛跟有婦之夫上床？搞什麼鬼？總該聽過朋友比男人重要吧？」

「什麼？妮娜．李．希爾，妳剛剛的意思是說我是蕩婦嗎？」

妮娜突然笑出聲，筆掉了下來。她媽媽總能讓事情顯得好像沒什麼大不了。部分是因為她的澳洲口音以及對任何事都採取「咱們往前看吧，別糾結在這兒了」的態度，部分則是她的個人特質。坎蒂絲對任何戲劇化或過度誇示的情感沒有耐心，任何一種都是。假使你像妮娜一樣，想就深層情感議題進行對話，比方談談發現自己的一生都是個謊言的感受，坎蒂絲的回應會很平淡且令人沮喪，彷彿談論這些話題是很無謂的事。

「不，媽，我沒有這樣說妳，但可以請妳花一秒鐘試著想想我的感受嗎？」

坎蒂絲嘖了一聲。「妮娜，這都是三十年前的事了。妳爸非常帥，我們在某個我也記不太清楚的拍攝活動上認識的，然後共度了一個週末。後來我才知道他有老婆，沒記錯的話，他老婆當時還有孕在身呢，所以我就掰了他，繼續過我的日子。兩個月後，我發現我懷孕了，也決定生下妳。他根本未曾參與這整個過程，只除了最前頭那甜膩的四十八小時。」

妮娜其實很想摀住耳朵不要聽了，但她還是拿著電話。

坎蒂絲繼續說，「我有錢也有時間，我能照顧好妳，而且我也不想讓他攪和進來，我根本不認識這個人，何況他已經證明了他是會欺騙妻子的人，所以我要他簽名保證不會來煩妳，就這樣。我後來沒再見過他。我很訝異他甚至還記得我的名字。」

「這個嘛，媽，老實說，跟妳生了一個他的小孩的這個事實比起來，妳的名字可能確實沒那麼重要。前者比較讓人忘不了。」不是每個人面對這種事都跟妳一樣可以輕易地如過往雲煙。

「真討厭，我就知道他不會是什麼好消息。」

「如果我不是首次知道他的存在，一切會好一點。妳知道我討厭驚喜。」

「是啊，我知道，這肯定是遺傳到他，我就超愛驚喜。」

妮娜翻了個白眼。「我們在討論的是我。」

「我得走了。講完了嗎？」

「差不多。還是妳有任何可能會想對我說，我很抱歉，妮娜，妳是對的，我應該早點讓妳知道這些令人震驚的訊息？」

她媽媽不悅地哼了哼。「不。我沒想到他會在三十年後違背他的承諾。如果有人該跟妳道歉，那是他。」

「嗯，但他死了。」

「他活該。」坎蒂絲嘆氣。「我很抱歉他是個魯蛇，妮娜。但妳是個大人了，妳可以應對的。」

她說完這些就斷線了。

妮娜嘆了口氣，想著自己是否有天也會成為母親，如果會，她是否能做得比她媽媽好。當她還小時，她會為媽媽不在身邊而傷心，因為其他人似乎覺得應該要傷心。到了青少年時期，她對此心懷怨懟，並將自己個性上的緊張和害羞怪罪於母親。現在，身為成熟的大人，她的結論是，她媽媽長期不在她身邊或許是上天的祝福。她的保母露易絲是個很棒的母親，而她媽媽是個很棒的攝影師。生物學的遺傳不代表命運，愛也並不是共享基因的必備成分。當然了，當她放下電話走回店裡時，妮娜思考著，這樣的想法也可能完全錯誤。畢竟很多事她都想錯了。

第五章

妮娜參加讀書會，電郵來了

妮娜下班後回到家，打開Google搜索威廉・雷諾德的資訊。這是一個很普通的名字，但她認為他不可能從二〇世紀初開始成為職業網球選手，也不會是十七世紀的英國領主，所以比較有可能是那位一、兩週前去世，住在洛杉磯的律師。她想她已經錯過了葬禮。不過反正其他一切都錯過了，這點也沒什麼好懊惱。訃聞上唯一的訊息是他已經七十八歲，身後留下一個寡婦和年幼的女兒。最後一部分是不準確的，儘管她忘記了實際上有多少個孩子。她在網上找到幾張照片，通常是出席某個慈善活動，並且總是穿著燕尾服。他並沒有讓她想起自己，但說實話，她是一個身型修長的二十九歲女人，有著深紅色的頭髮和雀斑，而他是一個圓胖的老男人，有著白色的頭髮和皺紋，這樣不是拿蘋果與蘋果比較，更像是拿葡萄對比葡萄乾。

妮娜不知道她和她的手足們是否會喜歡彼此，他們之間是否有相像之處，比方都喜歡《辛普森家庭》和三明治。也許會變成好朋友，又或者會上演電視實境秀裡的家族鬥爭。她分神了會兒，腦中冒出《雷諾德對戰希爾：手足之戰》的一系列標題，不知怎地配上八〇年代中流行的合成音樂和會從側面飛入畫面的字幕。她會自己演出嗎？還是會由某個電視演員扮演？她不太上相，這對於她這個世代來說遠比身處前個世代更是個問題。她的朋友莉亞總是強調要**創建個人特色**，一直提醒她別老是動來動去。

「妳的臉太猙獰。」她解釋。

「我在說話、在笑，好表現出我是個**積極的聆聽者**啊。」妮娜回答。

「嗯哼，請別這樣，因為妳每張照片的表情看起來都像是被針戳到一樣。」她拉了幾張照片出來證實她的觀點。

「我才沒有那樣，」妮娜抗議。

「妳就是那樣。我有照片為證。妳可能覺得那都只有幾秒鐘，但那就是快門按下的時候，所以這就是妳在網路上看起來的樣子。」

「嗯，那好啊，我可以藉此作為第一道防線。如果那個男人無法超越我痛苦的表情看到後頭真實的我，那個正常的我，表示他不夠好到跟我約會。」

莉亞不置可否。「也或者妳會過濾掉正常的男人，只剩下那些喜歡看女人痛苦表情的怪咖，這下是誰的損失？」

現在想起這段對話，妮娜覺得威廉·雷諾德肯定也收過同樣的建議，因為假使他這輩子曾好好靜下來微笑、大笑或主動傾聽，肯定就不會被她媽媽這位攝影師抓到了。

妮娜花了些時間來調查洛杉磯的讀書會的狀況，經過幾個月的研究，她決定成立一個每週討論不同文學主題的讀書會，而不是四個每月見面一次的不同讀書會。

每個月的第一個星期三是**讀書必取**（當代小說）。

第二個星期三是**鬼祟的獨身女子**（黃金年代偵探小說）。

第三個星期三是**零區**（青少年小說）。

第四個星期三是**通電牧羊俱樂部**（科幻小說）。

如果那個月有第五個星期三，她會隨興安排，因為她喜歡充滿刺激的生活。如你所知，書癡都勇於冒險。

妮娜原本也想成立古典文學俱樂部和羅曼史俱樂部，但上帝安排每天的時間和每週的天數都是有限的，而且她也需要在書和其他活動間維持均衡。

由於她廣為宣傳自己的讀書會活動，招來了異質性相當高的成員，但基本上是一支可靠的以女性為核心的組成，她們為書而活，並且涉獵廣泛，可以每週討論不同的文類。她因此結識了機智問答的隊友莉亞和蘿倫，拉奇蒙特咖啡館的朋友凡妮莎也有參加。另一個可靠的成員是黛西，她在一家大型連鎖書店工作，並經常帶來店內咖啡店所剩的餐飲，這是一個加分。她們五個人全心全意投入讀書會，每週參加，輪流主持，並且為所帶的零食設定新的標準。偶爾，會有一位新成員或訪客加入，這時候她們就真的得完全專注在討論書籍。

這天晚上的讀書會主題是**讀書必取**，閱讀的是當代小說，大夥正在討論一部入圍「曼布克獎」的巨著。然而，這些女士們已經偏離了這個主題。

「真的？這是實物的照片？」妮娜感到懷疑。

「是的，如假包換。」凡妮莎正在滑手機。「不只一張，有五張。從幾個不同的角度，使用不同的燈光，有黑白照、日光眩光濾鏡，整整九碼，絲毫不缺[5]。」

「碼？我希望妳指的是英寸，因為一個九碼長的陰莖將會是……」蘿倫的聲音漸低，皺了皺眉。「再說一次一碼是多少英寸？」

每個人都看著妮娜，她們都很習慣借助她的記憶力。

「三十六英寸。約等於九十公分。」她停了下來，想住嘴但沒辦法控制自己。「這是一種英制的度量單位，最初是以英格蘭的一個實體金屬條為基準，而那個金屬條本身的尺寸則是四分之一牛皮革的大小。」她吸了口氣正要繼續，蘿倫（她看得出來黑洞正在形成）舉起了手。

「這樣就夠了，再說下去，我們會失去對於八百公分陰莖的興趣，這確實值得一看。」

莉亞哼了一聲，「雖然可能很難將它們全部裝入一張照片。」

妮娜傻笑，啜了口酒，試圖忘記其他有關度量單位的事實資訊（例如，你是否知道「時刻」（moment）實際上是指中世紀的一分半鐘？）她喜歡讀書會，因為雖然她們確實會談論對於書籍和故事、作家和讀者的觀察，但她們也會聊其他有趣的事情。例如，老二的照片，或是洛杉磯單身女性的約會生活（兩者之間有種可悲的連結）。

「這就是問題。」黛西說，她帶來了兩打棒棒糖蛋糕，由於攝取過多糖分，整個人嗨得如風箏左右搖擺。「有人需要把他帶到一旁提醒：老兄，你的陰莖不是你最上鏡的東西。老實說，光溜溜的陰莖本身並不是很吸引人的東西，看起來像是戴著毛線帽的裸鼴鼠。」

5 編註：The whole nine yards，原意為「整整九碼」，俗語中引申為「全部、一切」之意。

「沒錯。如果我晚上走進廚房，開燈看到陰莖躺在地上，我絕對會尖叫並用掃帚打它。至少，我會爬到椅子上，直到它走開。」凡妮莎為這個主題提供了清楚的思考點。

妮娜反對。「換成身體的其他部位不也是這樣嗎？如果妳開燈看到一條腿躺在那裡，一樣會被嚇到。」

「是的，」凡妮莎同意，「但至少妳會認出它是一條腿。如果是一根跟身體分開的陰莖，不一定能馬上認出來。」凡妮莎誇張地舉起雙手。「**我不確定那是什麼，它用一隻眼睛瞪著我，它太大了，沒辦法用捲起的報紙打扁……喔，等等、等一下，嗯，它看起來有些眼熟……。**」

妮娜仍然不同意。「妳不會更擔心是附近哪個人掉了他的陰莖？」

「不，」凡妮莎回答。「我認為我不會想那麼多，我只會專注在這條陰莖上。」莉亞比較務實。「為什麼男人們從來不會傳他們抱著小狗的照片給我？我對這種照片會更感興趣。甚至是他們的微笑、他們的手臂，或者是一則不會只問我濕了沒的有趣簡訊。」

「那的確不是個好問題。」妮娜也遇到過幾次。「只會讓我想挖苦他：我濕了沒？只因為你傳了一張你平凡無奇的男性器官，而且還拍得曖昧不明的照片？不，我沒有。一丁點兒都沒有。我乾荒得如撒哈拉沙漠，對你完全無感。」她轉向黛西。「女同志會做這種事嗎？」

「傳老二的照片？」黛西揚起了眉毛，黛西的美活脫脫就是五十年代的復古女郎，而且非常適合挑眉。「只有在想與某人分手，並希望她永遠封鎖我們的號碼的時候。」

「那麼，妳到底怎麼回應那個拍老二照片的傢伙？」妮娜轉向凡妮莎，對方聳了聳肩。

「我之前已經答應他的約會，雖然他傳了那些照片，恐怕很難此刻喊停。」她做了個鬼臉。

「**嘿，我知道我答應了一起去看電影，但是現在我知道你褲檔裡藏著奇怪的鳥，讓我興致全失。**

這樣太傷人了。」

「他用照片侮辱妳耶，妳為什麼還要考量他的感受？」

「因為我不是一個爛人。」凡妮莎有時候會人太好，不過她正在努力改進這一點。「但是我確實在想，或許從男性的觀點，對陰莖有完全不同的看法。陰莖周邊是否有光環還什麼的，還是會散發小小光芒？他們是不是覺得，**哇，這真是根好看的陰莖，光是看著它就讓我很興奮。讓我將照片傳給這個女孩，它一定也會讓她性致盎然？**」

女士們同聲嘆氣。「男人哪，真是簡單的生物。」蘿倫說。「他們喜歡某個東西，就覺得其他人肯定也喜歡。」

「所以妳會和他出去？」妮娜回到原來的話題。

凡妮莎點點頭。「是的，我們約好過幾週去弧光影城看《異形》。我故意約在很久之後，希望他在這期間可以遇到其他人。」

「我會去那場放映會耶！」妮娜說。「我可以走過去告訴他，聽說他的陰莖用黑白照片拍起來真的很好看嗎？」

「拜託不要。」凡妮莎停了一下。「不過要是他在看電影途中把它掏出來，我一定會傳訊息向妳求救。」

莉亞哼了哼。「你絕對不會想在看那部電影的時候把老二掏出來。它跟電影裡面咬破肚子爆出來的那個玩意兒實在太像了。在錯誤的時間掏出老二，可能會導致觀眾踩踏逃生的事件。」

「天哪，這會是很棒的萬聖節裝扮。穿上《異形》第一集裡約翰．赫特穿的上衣，然後讓他的老二從流血的破洞中伸出來，超逼真的。」妮娜重新考慮了一下。「不過我得提醒，必須讓它一直保持堅挺和兇惡的模樣，這在十月下旬可能不太容易。」

「我們可以回來討論這本書嗎？」黛西問，她咯咯地笑著，但試圖回到議程。「我們快沒時間了。」

「妳打算和誰一起去看《異形》？」凡妮莎問妮娜。

妮娜朝莉亞和蘿倫的方向示意。「這兩個傢伙，再加上卡特。」

「妳現在有在跟誰約會嗎？」

妮娜搖了搖頭。

蘿倫咳了兩聲。「她喜歡機智問答比賽上的一個男生，但是她太膽小了，不敢和他說話。」

妮娜皺眉否認。「他是很可愛沒錯，但可能根本沒辦法對話，他是個運動狂，搞不好完全不碰書。」

蘿倫在旁補充，「這顯然讓她無法接受。」

妮娜環顧四周。「大家不都是這樣？」

蘿倫搖了搖頭。「我就不是。提醒一下，我不是書店員工，不看書的人可不會影響我的生計。」

黛西說，「我也不會，雖然我在書店工作。」她把金色的捲髮塞到耳朵後面。「我會和不喜歡動物的人劃清界限，還有那些去公共洗手間後誇張地使用洗手乳的女孩。肥皂和水就夠了啊。那她們在做愛後要怎麼辦？進行全身磨砂和化學換膚嗎？」

「我不跟才見面兩小時就開口談論政治的人約會，」莉亞說。「這個篩選標準過去還挺有用的，但是現在大家開口閉口都在評論政治，顯得標準過高。我可能需要降低門檻。」

「會粗魯對待服務生的人，絕對老死不相往來，」凡妮莎也貢獻她的想法。

「故意把帽子反戴，或者任何戴帽子的人，總之我討厭帽子。」莉亞態度堅決。

「以我的姓氏稱呼我的人，除非他們是我的高中體育教練。這樣做並不有趣。」

「在公共場合吹掉吸管套的人。」

「老愛說『**我可以一起？**』的人，好像這樣就是一個完整的句子。」

「用**軟性飲料**來稱呼汽水。」

「在餐廳裡要不加冰的水。」

「愛跟陰道講話的人。」

一陣安靜。「妳說什麼？」蘿倫問。

凡妮莎臉紅了。「就是，嗯，這樣說好了，當男人往下探到妳的下方，然後呢喃著比方：『**嗨，美女**』，或是，『**妳喜歡這樣對吧，寶貝？**』之類的，只是他們對話的對象是**她**，不是妳。」她停頓一下。「就像當妳以為某個人對妳感興趣，結果他只是想和妳比較辣的那個朋友交往。」

「妳是在跟妳自己的陰道吃醋嗎？」

凡妮莎滿臉通紅。「不，但是如果你對我的陰道有什麼想法，我保證你可以透過我傳達啊，我們是同一個人，好嗎？」

大家凝視了她片刻，然後妮娜開口繼續：「妳們知道我討厭什麼嗎？那些認為女人天生害怕蜘蛛、老鼠，還有蛇的男人。」

「喜歡《星艦迷航記》但不喜歡《星際大戰》，又或者是倒過來的人。彷彿這兩者有多麼驚人的不同。或是只喜歡原版《星艦迷航記》的人。」

「那些誠心地用『**經典**』來評論漫畫書的人。」

「嘿，我們可以先回到妮娜的愛情生活，然後接著開始討論我們應該討論的書嗎？」黛西真的很想照原本的議程進行。

「關於我的愛情生活，沒有什麼可討論的。我不和不看書的人約會。我們現在要來看什麼？」妮娜也準備好回來討論書。

「我認為能跟知道怎麼過現實生活的人約會挺好的。」每個人都轉過頭看向凡妮莎，她的臉還在因為先前的話題而臉紅。「看，去年我跟一個知道怎麼掛畫的傢伙約會。」

「真的？」蘿倫很驚訝。

「是的，他還會自己換油。」

「橄欖油還是汽油？」

「汽油。他會做菜。他養了一隻狗，還會訓練牠做事。很厲害喔，例如從那傢伙的背上跳下來，還有接飛盤。」

「嗯哼。」妮娜很感興趣。「但是他不看書？」

凡妮莎搖搖頭。「不。他熱愛戶外活動。不耐久坐，懂吧？」

「那行得通嗎？」

凡妮莎點點頭，浮現有些難過的神情。「是的，行得通。他不在乎我不愛戶外活動。到了戶外，他可以忙他的活動，我則跟著去看書，這樣很好。」

一陣靜默，然後莉亞問了那個顯而易見的問題。「所以，發生了什麼事？」

凡妮莎聳了聳肩。「他和我分手，開始和一位私人教練約會，他們都參加了某一場瘋狂的障礙賽。」

持續靜默。

「她可以在八秒鐘之內爬過繩索牆。」

沉默。

「我敢打賭，她一點想像力都沒有，」妮娜安慰地說道。

「大概吧，」凡妮莎回答。「我們可以回來看書嗎？」

她們開始討論今日的書籍。尼爾・蓋曼說的好，「不管怎樣，書比人安全得多。」

📖

妮娜從讀書會回到家，收到了彼得・雷諾德的電子郵件。

「嘿，」信的開頭這麼寫著。「這樣說很怪，我是妳的姪子，不過我們一直到最近才知道對方的存在。真可惜。薩卡森認為我可以幫助妳了解妳的家庭，我很樂意幫這個忙。願意一起喝杯咖啡嗎？請隨時跟我說。妳的小姪子彼得。哈哈哈。」

妮娜盯著這封電郵看了很久。其實她也可以當作沒看到。她已經有很多事要忙，不需要再增加新的問題。不過再想想，說不定她的新家庭成員裡有人熱愛運動，可以幫助她打敗問題王哈利隊，這該如何是好？那個高大、好看的笨傢伙為什麼讓她這麼在意？她想讀書會的朋友們說的是對的：她是有點像《傲慢與偏見》裡的伊莉莎白・班奈特那樣地愛特別挑他毛病。但我對他本人完全沒興趣，她堅定地對自己說。絲毫不感興趣。更何況，我還有很多其他事情可做。

「親愛的彼得，」她寫道。「我必須承認，整件事情令人震驚，我還沒辦法好好理清楚發生了什麼事。跟了解這一切的人一起思考這個問題應該會有所幫助。這是我的電話號碼，如果星期五的午餐時間你有空，可以發個訊息讓我知道。愛你的妮娜阿姨。嗯，這句話光寫起來就很有趣。」然後她放了一個笑臉，讓他知道她在開玩笑，接著送出。

看到了吧？她一點兒也沒有因為那個人分心。她全心專注於眼前更重要的事情上。完全沒想到他，或他的手。完全沒有。

today is the day

DATE May 3rd

M T W Th F S Su

SCHEDULE

7>8

8>9

9>10 工作

10>11

11>12

12>13 郡立美術館 午餐

13>14

14>15

15>16 工作

16>17

17>18

18>19

19>20

20>21

TO DO LIST

- [ ] 申請出生證明
- [ ]
- [ ] 鷹嘴豆泥
- [ ] 胡蘿蔔
- [ ] 巧克力
- [ ] 麵包
- [ ] ~~五彩水果穀片~~
- [ ] 高纖麥麩穀片！
- [ ]
- [ ]
- [ ]

GOALS

不要！
再有！
驚喜了!!!

NOTES

調查
威廉・雷諾德

BREAKFAST

果昔

LUNCH

美術館

DINNER

蔬菜丁？

WORKOUT

飛輪課？

第六章

沒那麼孤單了，但也不全然是好事

彼得．雷諾德和妮娜約了午餐時間在洛杉磯郡立美術館碰面，那是位於中威爾士區的現代美術館。就在瀝青坑附近，充滿焦油的湖裡聳立著令人不安的、如實體大小的數隻長毛象模型。妮娜還記得小時候她站在湖旁的圍籬邊，為小長毛象感到憂傷。他（或是她；要從十五公尺外辨別長毛象的性別很困難，恐怕對其他長毛象來說也是如此）驚恐地站在池邊，看著他的爸爸媽媽被焦油淹沒，不理解究竟發生了什麼事。妮娜是個極富想像力和過多同理心的孩子，在幾次滿是淚水的造訪後，保母露易絲不再帶她去那兒。

「那只是模型，寶貝，」她解釋道。「不是真的。」

「我知道啊，」八歲的妮娜嗚咽著。「但那可能是真的，對吧？長毛象們真的被困在焦油裡了。所以這裡才都是牠們的骨頭，是吧？」

露易絲點頭。

「那麼，」妮娜大哭。「這是個模型，但也是真實世界，真的有隻小長毛象眼睜睜地看著他的父母被焦油困住並且挨餓，他們掙扎不出來，就這樣日復一日，他們會要小長毛象趕緊去找食物，或是去安全的地方，而他會說，『不，媽咪，妳快從焦油裡出來啊』，而她會說，『寶貝，我沒辦法』，然後她會掉眼淚，小長毛象也會跟著掉眼淚，可能會出現討人厭的恐龍要吃了他，他媽媽卻沒有辦法救他，這整件事糟透了……」露易絲覺得此刻不是指出恐龍和長毛象並不出現在同個世紀的好時機，但她意識到這真的是糟透了，從此瀝青坑也被她列入黑名單。

妮娜以同樣的模式在體驗她所經歷的每件事，小說裡的人物就跟她每天會見到的人們一樣真實。漸漸地，她對於文學有了比較強的抵抗力和更為批判的眼光，但依舊會在結局哭泣，不論喜劇或悲劇。有些書會留下難以磨滅的印象，她曾在店裡解說《獻給阿爾吉儂的花束》的情節，講到一半就開始哭。麗茲老拿這件糗事說嘴，好像妮娜真的很希望有人一直提醒她一樣。

她比和彼得．雷諾德約好的時間早到了些，選了個可以看到門的位置。邊喝著咖啡，邊研究著進來的人。仔細觀察著他們相似的舉止、走路的方式，並且顯然完全錯過了她真正在等的姪子。有個男人接近她的座位，露出大大的微笑。

「喔，我的老天，妳肯定就是妮娜。我們的頭髮超像。」他聽起來像是打開一包寶可夢的卡片，發現裡頭有最想要的那張時的孩子般心花怒放。

妮娜瞪著他。他很高也很帥，身上的花呢外套和黑色套頭毛衣讓他顯得溫文儒雅。他說的是真的，他們倆的髮色一致，不過他的髮型明顯時尚得多。

她點頭致意並準備起身。他向她揮揮手。

「別起來。我剛從拉布雷亞那邊走過來，再不坐下來就要昏了。我真的需要多運動。」他邊笑邊入座，越過桌面和她握了握手。「彼得．雷諾德，妳最棒的同性戀姪子，是不是很怪？」

妮娜和他握手，報以微笑。她向來很喜歡和男同志為友，其中一位和自己有親戚關係，說起來應該更像個獎勵。「我是妮娜，你的單身異性戀阿姨，聽起來簡直不像真的。」

「妳是指單身，還是異性戀？」

「阿姨的那部分。」

他攤開雙手。「但那是最容易解釋的部分。很顯然地，對於是異性戀這件事妳無能為力，至於單身嘛，我們可以假設是妳自己選擇的，因為妳很漂亮，但也可能是妳的個性太差……妳是嗎？」

「差勁透了。」妮娜說。

「好吧，那麼，如果我們要當朋友的話，妳可能得想辦法改變，因為我對愛發火的人的容忍度極低。」

「我也是。」

他看起來很高興。「啊哈！另一個相似點。我真愛這樣。基因實在迷人。」

妮娜拿起咖啡。「等等，你想吃點什麼嗎？畢竟我們是在咖啡廳裡。」

「當然，」他解釋。「我興奮到都忘了。馬上回來。」他起身去點餐。妮娜看著他迷倒了櫃檯的女孩、排在他前頭的那對來旅遊的老夫妻，還有一個正在等人的可能也是同性戀的男士。彼得讓人感覺相當地……心胸寬廣，以一種她所不能的方式。他回來時，她發現自己正對著他微笑。

「妳不覺得很興奮嗎？」他環抱著自己。「我高興極了。薩卡仔打來的時候，我覺得簡直是聖誕節提前到來。我一定要把妳的事放在我的授課大綱裡。」

「薩卡仔？是指薩卡森，那位律師？」

「是啊，我們這樣叫他。」

「你們經常要見到他嗎？」

「超乎妳的想像地頻繁。恐怕妳也得繼承這些奇特的家族配備之一。妳吃過了沒?妳會用得上所有的腦力。」

「喔，」妮娜虛弱地回應，拿起她的咖啡。「我不餓。」

「來，一半的帕尼尼分妳。沒人需要吃下整個帕尼尼。」他環顧四周，注意到一個先前跟他微笑的男人。「我想那個人在注意妳。」

「不，」妮娜說。「他是在看你。」她拿起他分的那一半帕尼尼，開始吃了起來。有些青醬沾到了下巴，彼得遞過紙巾。

「並不是。不過不重要，我已經名草有主。」

妮娜咯咯笑了。「是嗎?」

彼得點頭。「我訂婚了。」

「你也太老派了。」

「重點就在這裡，」她姪子正色說。「我是個住在，嗯，我們得承認很秀色可餐的年輕身體裡的老靈魂。出生時的精神年齡就已經五十六歲。要我裝年輕真的很難。我討厭這樣。直到最近我才感覺自己正在蛻變成我應該有的樣子，一個衣服上有著肘彎補釘的中年人類學教授。」

妮娜看著他的外套，揚起眉毛。

他做了個鬼臉。「好啦，這件外套沒有，不過我會找到一件有的，或者找到補釘讓我可以自己加上去，或者其他解決方案。但這不是真正的重點，從隱喻的觀點，我已經無時無刻都帶著它了，即便沒穿衣服時都是。」他聳聳肩。「教授這部分沒問題，我在 UCLA 教書;年紀這部分沒問題，我目前三十三歲。還沒到我的中年黃金時期，不過快了。」他突然露出擔憂的表情。「妳明白我的意思，還是我聽起來像個瘋子？」

妮娜搖搖頭。「不，我完全理解。我老覺得我該出生在十九世紀，或愛德華時期的大英帝國。穿著帝國式有腰身的連身裙，坐在窗邊看窗外的馬車來去。」

「妳幾歲？」

「二十九歲。身為阿姨，但比你年輕，這可能嗎？」

彼得皺眉看著她。「生日？」

「六月三十號。」

他低聲吹了個口哨。「喔，要命。這可不會讓事情變得更容易。」他俯身埋首在公事包裡，那是個棕色皮革製的郵差包款，看起來已經用了很久。他終於找到了那樣東西，將它拿出來攤開在桌上。那是張有護貝的長方形紙條，上頭是某種圖表。看起來很複雜。

「你自己護貝的嗎？」妮娜問。倒不是她不喜歡護貝機，她挺愛的；她自己也時不時會把好看的織布或紙張護貝起來當書籤。「你的收邊做得很均勻。」

「謝謝，」他說。「從來沒有人注意過我的收邊。」

「真的處理得很好看。」妮娜微笑。「但我仍然不明白幹嘛要護貝。」她停下來。「我不太懂那是什麼。」

彼得一臉訝異。「是我們啊，咱們的家族。護貝的原因是因為我拿來在課堂上講解如何繪製族譜。」

「族譜？」

「在西方我們稱之為譜系圖，而在許多不同文化裡，對於親屬關係的溯源範圍超過直系甚至是二代以上。」

「這樣啊。」妮娜沒有反應。

「但是，」彼得指著圖表上的某處。「我們的族譜所呈現的上下代縱深相對是淺的，反倒是左右延伸得很廣，所以很有趣。」他注意到她臉上困惑的表情。「大概只對我來說有趣啦。我們的家族因婚姻關係而有了極大的擴展，完全展現了法律地位的變化如何對人際關係帶來影響。」他聳聳肩。「又或者不受影響，視情況而定。」

他顯然對此相當認真，但隨後他看著她笑了。「現在我得再重畫一次，把妳也加上去，而且由於妳是非婚生子女，沒有冒犯的意思喔，這就更好了。我可以用虛線！」

「我是不介意啦。你能先幫我做個概述嗎？我還是不太了解這整個家族。」妮娜有點希望自己手邊有帶著便條紙。「我很難相信這一切。」

彼得點點頭，喝完他的咖啡。「我能想像這有點令人震驚。」他從包包裡抽出一支白板筆。

「我也用那個牌子，」妮娜說。「寫字的線條比較不會糊。」

「沒錯，真不敢相信我們在討論這個話題。想想看，憑我們對於優質文具的熱愛，就算不是親戚應該也會變成好朋友。」

他向前傾身，將筆點在圖表的頂端。「好，這兒是威廉，下方由左至右，分別是他的三任妻子。這個家族之所以延伸廣闊，原因在於他二十歲時結了第一次婚，然後在六十歲時結了最後一次。每次婚姻都有生下小孩，而這些婚姻間隔跨時之久，顯然也讓起碼三個世代足以於期間繁衍。」

妮娜不太懂他在說什麼，不過還是點頭。「顯然是的。」

彼得目光銳利地看著她，明顯地習於發現眼前的學生在不懂裝懂。他嘆口氣，再次伸手探進包包。「來，換個方法試試看。有時會有用。」

他滑過一張紙到她面前，同時給了她一支筆。她很開心那是 FriXion 系列的筆，旋即為自己竟然還注意到這個感到有些難為情。

「把威廉的名字寫在最上頭，然後在下方畫一條水平線。」

她照做。

「現在，從左至右，分別間隔一些距離，寫下艾莉絲、蘿西，以及妳媽媽的名字，她叫什麼？」

「坎蒂絲。」

「很好。」他在原本那張護貝圖表上做了註記，像個小孩般開心地露出舌尖。「最後頭是伊麗莎。好了嗎？」他看了眼，點了點頭。「好，現在在她們的名字下面再畫一條水平線，最左邊寫上大大的第一代。」

妮娜照做了，手上有了紙筆幫助理解，感覺比較踏實。

「我喜歡妳寫的字，」彼得說。「在艾莉絲下面寫上貝琪和凱瑟琳。蘿西的名字下面是亞齊，坎蒂絲下頭是妳，伊麗莎下面則寫上蜜莉。然後再畫一條水平線。」

他往後坐，喘了口氣。「這是妳所屬的那一代。這些人都是妳的兄弟姊妹，最老的是我媽貝琪，最小的是才十歲大的蜜莉。」

妮娜瞪著他。「別鬧了。」

「就是這樣。」

「但……怎麼可能？」

他冷靜地聳聳肩。「當然可能，因為男人要直到老到不行才沒辦法製造小孩，並且出於某種比較沒那麼容易解釋的原因，妳爸爸的魅力先後成功地讓三個女人願意嫁給他，同時外面至少還有一位願意和他上床。我得說，」他很快地補充。「我看到的他就是個老人，但他年輕時很帥。」

妮娜冷冷地回應，「我猜我媽也不是唯一的一個。」

彼得搖著頭。「我想妳是對的。但到目前為止，妳是我們所知道的唯一一個非婚生子女。」他的表情嚴肅。「但問題來了：亞齊三十歲，他的生日在一月。」

妮娜困惑地看著他。「所以？」

「所以妳是在他爸和他媽還是夫妻時出生的。事實上，根據妳的出生日期，威廉和妳媽上床的時間應該是在他老婆蘿西正懷著亞齊的時候。」

「喔。」她媽媽是對的。一下子發生太多事，讓她都忘了這一點。

彼得頷首。「喔表示我說對了。遺憾的是，蘿西十年前死於癌症。一直以來，大家都認為威廉和她是一對幸福的夫妻，蘿西是他一生最愛，如果她沒死，他們倆將會白首偕老、子孫滿堂。現在看來，他其實背叛了她，我們有活生生的證據。也就是妳。」

「棒透了。」

「是啊，」彼得說。「還不太確定亞齊會有何感受，不過我們對已發生的事也無能改變。」

妮娜沉默。

「要繼續嗎？」彼得問道。「還有兩代人要認識呢。」

她點頭。「我再去點個咖啡，也許來個麵包或什麼的。」

「好主意。也順道幫我點些會讓我發胖的東西，好嗎？」

妮娜起身走到櫃檯。內心有種難以具體描述的新奇感受。她轉頭看向彼得，他傳著簡訊，正不知為了什麼露出微笑。她很喜歡他，不是那種「我想我們可以當朋友」的喜歡，而是……某個她也不太確定是什麼的原因。她帶回兩杯拿鐵和兩個巧克力法式泡芙。

「哇喔，選得好。看得出來基因在我們倆的喜好上有發揮相同作用。任何東西，不管哪一種，只要上頭鋪上一層厚厚的巧克力糖霜，就絕對美味十倍。」

妮娜表示贊同，並且明白了那個原因。她們是有血緣的親人。除了她媽媽坎蒂絲，她沒有和其他親人相處過，而她媽媽也沒能真正扮演好親人的角色。如果她和彼得一見到對方就討厭彼此，那確實不太妙，但她還是很清楚地知道他們將永遠相互關連。毫無疑問，且無法假裝，也沒有時間限制。這是個她能理解並且倚靠的關係。她感到……很放鬆。當然這也令她有些擔心。喜歡一個人不應該是這麼容易的，對吧？

「我們繼續？」她在那些名字下面畫了第三條水平線，左邊寫上大大的**第二代**。

「妳真是個優秀的學生，」彼得嘴裡含著一大口巧克力泡芙說著。「好，貝琪生了珍妮佛，然後是我本人，彼得。」他比了比自己，儘管他們僅相距幾呎。「凱瑟琳生了莉蒂亞，這倒是很神奇。凱瑟琳阿姨是個狠角色。她老公八成是被她吃了，完全消失無蹤。根據我媽的說法，他前一天還在那兒，第二天就不見了，留下他所有的財產和車鑰匙。」

「好詭異。」

「是啊。」他停了會兒。「不過他倒是帶走了狗。」

妮娜點頭。「那還不算全賠夠。」

彼得繼續說。「我外婆艾莉絲簡直是個夢魘。她長得像哈維森小姐，妳知道吧，狄更斯筆下的人物，但說起話來像是柯波拉電影裡的角色。不過我媽很棒，證明遺傳並不能決定一切，凱瑟琳阿姨則依舊像是穿著特異的殺人狂。」

「哇，可別有所保留，都要說真話喔。」

「沒問題。我姊姊珍妮佛很好，妳會喜歡她，我堂妹莉蒂亞是帶著人相的魔鬼，儘管她是個天才。或者說，正因為她是個恃人傲物的天才。她不像她媽媽那麼糟，但也足以擔當挑戰者的地位。好吧，先繼續看表。我們有好多年的背景故事待補呢。」他舔舔手指上頭剩下的巧克力。「記住，別在沒有準備好閃亮盾牌的情況下靠近我外婆。她只要瞪一眼，就足以讓妳石化。」

「該死。」

「這是真實故事。總之，我們繼續往下。再畫一條線，寫個第三代。」

妮娜這麼做了。

彼得探過頭去看她的紙。「妳完全可以來上我的課。好，我們快完成了。妳現在知道我這一代的人包括：我、我姊姊、亞齊的小孩亨利，我們是第二代。其他人沒有生小孩，所以妳的姪子女輩們就這幾個。」

「好極了。」妮娜把紙推開，彼得又推回去。

「喔不，還沒完。還有一代。我沒生小孩，但我姊珍妮佛生了三個，小艾莉絲、喬喬和路易。差不多都是青少年，他們都是，來吧，請給點鼓聲，妳的姪孫輩們！」

妮娜看著他。「等等，我是某人的妮娜姨婆？」

彼得大笑。「是的。妳是他們的妮娜姨婆。要不是他們已經有個亞齊叔公和蜜莉姨婆，肯定好玩極了。」他伸出手指指著她。「妳對我來說，也很不尋常。」他推開杯盤，開始捲起那張圖表。

「我累了。要不要去逛禮品店？我聽說他們有造型像兔子的迴紋針，還有那種一支就有很多顏色的復古彩虹鉛筆耶。」
於是他們這麼做了。

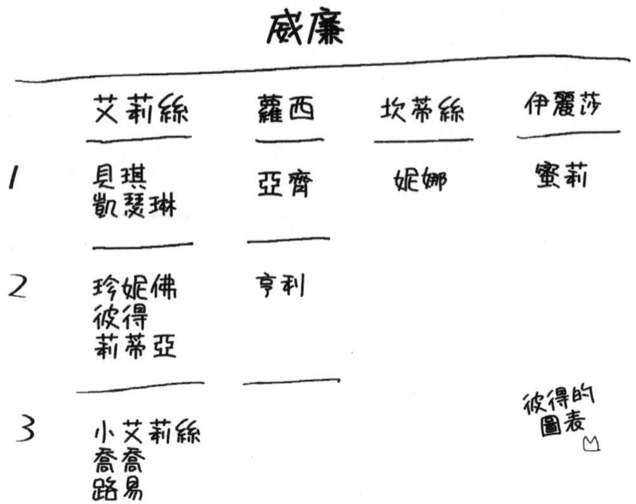

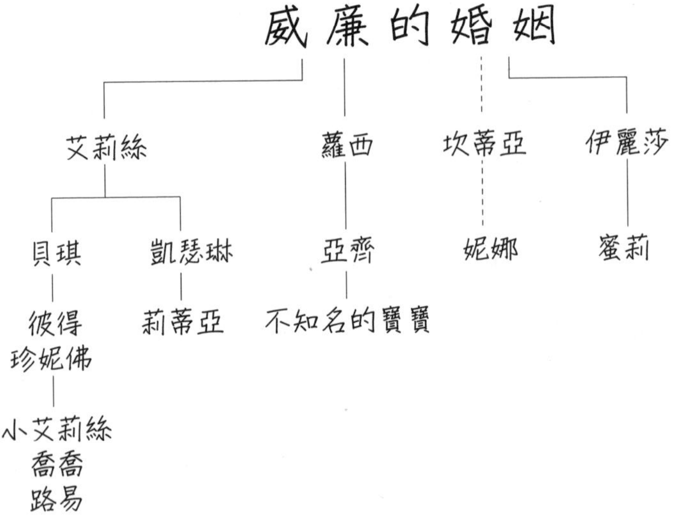

由我整理過稍微完整的圖表

採買完畢，妮娜和彼得互擁道別，妮娜回到家中。她對於那個未曾謀面但可能很生氣的哥哥亞齊感到緊張，儘管不是她的錯，她仍擔心著自己是否毀了某人的人生。她本人已經相當常面對尷尬情境，但這情況真是尷尬到了一個新的境界。她的前一個光輝紀錄是她準備參加朋友的婚禮，卻不小心闖進某個猶太教堂裡正在進行的受戒禮（順道一提，Beth EL 跟 Beth AM 是兩個完全不同的教堂），打亂了整個儀式。她當下感覺，用麗茲喜歡的形容詞就是，傻住了，彷彿有千百萬個聲音突然在腦中大喊——不，等等，這是《星際大戰》啊。就像是做了心臟移植手術。她原本可以感覺到自己的那顆心在她胸膛裡跳得挺穩，以它自有的速度，只有偶爾漏拍（比方看到性感男神麥可．法斯賓達的時候），現在雖然成功換心，她卻完全感覺不到心跳。

妮娜跟那隻貓菲爾說了她的身世，他嚇壞了：「什麼？妳爸不是演《刺鳥》的李察．張伯倫？」

她摸著他的臉，搖搖頭。

「也不是《夏威夷神探》裡的那位？」

妮娜望向她的牆。菲爾當然沒說以上那些話，他是貓，貓不會說話，但他在她腦中逐一唱名她夢想中可能的父親人選。牆上了掛滿這些人的照片。以此向他們演出的出色電視影集致敬，也紀念那個曾經充滿希望和想像力的小女孩。菲爾剛提到的兩個人都在上頭，還有指揮官里克，她始終不確定他的真名是——喔，等等，喬納森．弗雷克斯；布魯斯．威利（在影集《雙面嬌娃》裡的角色，不是《終極警探》）；《外科醫生》裡的亞倫．艾達；以及她個人的最愛，《波城杏話》中的馬克．哈蒙，儘管他的角色最終死於愛滋病，這在當時造成巨大的衝擊。對她而言，不是他。

在妮娜的童年裡，電視是她在書本之外的第二個超級好朋友，她跟著看保母露易絲看的所有節目，主要是七〇年代和八〇年代的電視影集。更別提《銀河飛龍》，因為露易絲是個死忠的星際迷。她甚至也喜歡《銀河前哨》。

當妮娜快十歲的時候，她的小腦袋開始想著，也許其中一個角色就是她的父親，這變成了一種遊戲。她喜歡稱之為遊戲，畢竟如果她真的去思考自己花了多少時間在研究這些父親的可能人選，確認他們在她媽媽懷上她時是否在洛杉磯，聽起來實在很變態。當她確定他們誰是在的，她會將那個人的照片留下來，釘在一個特別的盒子裡。那個「阿爸箱」在某段時期中是她的最優先事項，妮娜是個容易焦慮的孩子，常常會坐在地板上，想像著在她日常經歷之外的各種可能性。

倒不是說她的日常生活很恐怖，她不需要在白令海峽上溜冰，或用她小小的手指頭從廢棄電器上摳除焊料，但有時候，光走過小學的長廊就夠嚇人的。她常常陷入驚慌，也記得露易絲為此打電話給她媽媽，小小聲地跟她說這件事。接著掛上電話，轉向妮娜說，「妳媽媽要妳拿個紙袋對著吸氣和吐氣」。露易絲將妮娜抱在腿上輕搖著哭泣，喔，是妮娜在哭，不是露易絲。過幾天後，露易絲去買了台護貝機，把那幾張想像中的老爸的照片都護貝起來。妮娜每天上學時都帶一張在身上，她照著名單輪流，才不至於冷落任何一張，雖然這不是重點。重點是，結果這幾個聰明、優雅又溫柔的男人沒有一個是她爸。她爸爸不過是在露水姻緣裡貢獻了個老二的人。

菲爾點出父親們的罪過不是孩子們的錯，妮娜則認為上樑不正下樑歪，後來她們倆就這麼窩在沙發上睡著了。這天實在是漫長的一日。

today is the day

DATE May 4th

M T W Th F S Su

SCHEDULE

7>8	
8>9	
9>10	
10>11	
11>12	工作
12>13	
13>14	
14>15	
15>16	
16>17	
17>18	
18>19	情緒板
19>20	
20>21	

GOALS

訂下
新的目標
:)

NOTES

上網
遺傳性疾病

TO DO LIST

- [ ] 訂幾本基因學的書
- [ ]
- [ ] 冰淇淋
- [ ] 紅酒
- [ ] 衛生棉條
- [ ] 止痛
- [ ] 襪子
- [ ] 培根
- [ ]
- [ ]
- [ ]

BREAKFAST
培根

LUNCH
披薩

DINNER
冰淇淋

WORKOUT
no.

第七章

妮娜見到哥哥

一如以往，麗茲執著地追問細節。

「妳是那個讓他們生活變調的私生子？」

妮娜點點頭。「恐怕是，但我不是有意的。」

「當然不是，有多少人能有機會成為瓊恩・雪諾[6]？」

「這意味著我搞不清楚狀況嗎？」

「妳一向如此，跟妳是不是非婚生子女沒有關係。」她笑了。「或許妳會繼承一百萬美元，我們就能付清要給魔鬼梅菲斯特的錢。」她用手指著妮娜，「說不定跟《小公子》的情節一樣。小說裡的主角總是會突然繼承一大筆財產。」

「但結局並不一定圓滿。想想電影《大國民》裡面的查理・凱恩，或《伴我一世情》中的伊莎貝爾・阿徹。」

麗茲不以為然，「妳忘了有史以來最厲害的暴發戶家族《豪門新人類》了嗎?那位艾莉小姐

6 譯註：美國作家喬治・馬汀（George R. R. Martin）所著《冰與火之歌》系列小說中人物，角色設定為私生子。

過得開心極了。生活中盡是喜悅和數不盡的格紋裝。」她上下打量了妮娜，「妳肯定沒問題。」

妮娜問：「我們真的欠麥佛先生一百萬美元嗎？」她希望不是真的，她喜歡在這家書店工作，事實上，她喜歡這家書店的一切。

麗茲搖了搖頭。「沒有，只是感覺像有那麼多。」

時間還很早，書店已經開了，唯一的顧客是一個住在附近，患有某種發育遲緩問題的常客。他的名字是吉姆，有著甜死人的笑容，經常在自然史書區逛上好幾個小時，翻看動物的照片。拉奇蒙特大道每個人都認識他，經過時都會行注目禮並打招呼。據妮娜所知，他覺得自己是王子，時不時來巡視他的領地和農民。

書店的門被推開，波莉走了進來，麗茲轉過身對她皺著眉頭。

「午安，波莉。」

波莉露齒一笑。「麗茲，現在是早上九點三十分。店裡除了妳們兩個和吉姆，也沒別的人了。而且吉姆總是在這裡，如果真有急事——雖然這從來沒發生過——他可以幫我代班。」

麗茲嘖了一聲，但還是讓波莉走過來誇張地抱了抱她，然後偷笑著走開。波莉是本地區中另一個在奈特書店工作的未婚熟女，不過這個詞用在她身上不像用在妮娜身上那麼精確。波莉是女演員，她用書店的工作來支持對電影的熱情，包括看電影還有演電影都是。

波莉在十九歲時來到洛杉磯，當時的她是個滿懷希望，兼具魅力與才華的美麗女孩，而後花了將近十年的時間，幾乎達成了夢想。如果她從來沒有任何進展，她可能已經放棄，並滿足於至少努力過了。但是，跟許多其他人一樣，波莉有時會有機會參與廣告或電視劇前導片的拍攝。她總是在試鏡或回電，而且經常要「待命」（意思是她在候選名單上，必須空下一整天的行程，等著他們在二或三個女孩之間做出最後的選擇）。偶爾的成功才會讓人無法放棄，突破總是近在眼前，總有一些事情即將發生。生活就在希望之光幽微的間隙之中過去。

儘管波莉從不讀書，只知道電影情節，但她還是在奈特書店工作了一年多，並且和妮娜成為朋友。例如，她不知道在《哈利波特》裡有皮皮鬼這號幽靈，或者她不知道魯多・貝漫並不是行李箱專賣店的名字，因為這些角色在電影裡面都被刪去了。身為戲劇愛好者，波莉對妮娜突來的家庭狀況覺得很樂。

「天哪，妳應該寫一部劇本！」她大聲地笑著。「不過不要和這麼多角色分享演出時間。妳得減少一些演員。」

「但這戲的重點就在於人數，」妮娜半開玩笑地說。「怎樣叫很多？」

「就是有非常多個出場角色。」波莉點著頭。

「沒錯，非常多，雖然目前我只見過其中一個，他很酷。」她告訴波莉有關彼得的事。

「真幸運，」波莉說。「我還得跟我鄰居商借他的同性戀親戚。」她瞇著眼睛回憶。「請他帶我去購置參加舞會的行頭。」念頭一轉。「妳的新家族成員裡有沒有單身帥哥？」

「我不知道。我得問問彼得，對一下我的表。」

「有一張表？」

妮娜點點頭。「而且分很多層。」

「好吧，妳至少有Google過妳父親吧？」沒有等妮娜回答，她已經拿出自己的手機開始搜尋。妮娜對此習以為常，繼續開箱整理當天早上送到的書籍。沒有必要跟波莉說她已經查過了，更何況，波莉可是搜尋專家。

她的耐心得到了回報。「哇喔，」波莉一副總算釐清所有狀況的神情，就像電影裡頭總是到最後一刻豁然開朗的那種角色，一路上因為不願追根究柢而遭致有趣的誤會或要命的災難。「妳父親威廉‧雷諾德是隻遊戲花叢間的蝴蝶。」

妮娜表示贊同。「所以他有三個妻子。」

「說不定還有一堆紅粉知己？」

妮娜舉起雙手，兩手都拿著書。「未經證實，但有可能。」

「應該有證據。」

「證據之一現在正坐在妳面前的地板上。」

波莉將她的手機轉過來面向妮娜。「瞧，這是他最後一任妻子，那位真正的寡婦。」她小小離題。「話說，如果妳還沒嫁給某人，而他掛了，這樣算是前任寡婦嗎？」

「我不這麼認為。」妮娜看著波莉手機上的圖片。「她叫什麼名字？從我這裡看不清楚。我應該把那張表背起來。」

「是伊麗莎，」波莉說。她讀著網頁上的文字，「威廉和伊麗莎‧雷諾德伉儷今日出席某某某場合。」伊麗莎很漂亮，不是妮娜想像裡年輕、性感、缺乏內涵的女性。為什麼會以為是性感而膚淺的女人？她自我反省。女性主義沒有教會她嗎？為什麼年輕的女人就不能愛上年長的男人？就算他擁有巨大的財富且事業成功？

「我不知道妳為什麼不會對妳父親感到好奇，」波莉說。「網際網路的發明就是為了這個啊。」

「為了搜尋父親？」

「是。」

妮娜嘆了口氣。「我確實有上網搜過，但有關他的資料沒有很多。他習慣性出軌而且會拋棄子女。還有其他我需要知道的嗎？」

波莉聳了聳肩。「也許他很擅長滑雪，妳卻從來沒試過。說不定妳很有滑雪天賦，原本可以成為奧運選手。」波莉很迷人，但不太實際。「或者，」她越來越沉迷於這個話題，「他有什麼遺傳性的問題？」

「我確實想過這一點，但雄性禿應該不是我需要擔心的問題。」

「血友病？」

「呃，首先，血友病基因是遺傳自母親，而只有男性會有危險，所以我不會有事……」

「想想妳的孩子們！」

「……妳大概覺得很多至關重要的事情原本早該有跡象。」

「妳錯了。我只是覺得妳應該跟他們每一位好好談談，看看妳現在手上到底拿到了什麼牌。」

「妳太誇張了。」

波莉不以為意。「也許是，但這並不代表我說的是錯的。」

📖

她們兩位顯然都沒料到波莉的預言這麼準，那天午後，她和妮娜抬起頭，看著一位英俊的男子走進書店，並且直接向她們走來。

他和她們互看著彼此，接著那個人對妮娜說：「妳一定是妮娜．希爾。」

波莉發出失望的噓聲，但妮娜不打算讓她失望。友情比異性重要。「是的，我是妮娜，而這位是波莉．庫利根。」

他看向波莉，停頓了大約有半秒鐘，隨後回頭看著妮娜。

「我是妳的哥哥，亞齊．雷諾德。我爸在我媽懷著我的時候，同時和妳媽滾床單。」

在某處的某個人也許曾經就如何回應這樣的話，提出很不錯的建議，即使有，妮娜也未曾看過。因此她伸出手：「很高興見到你。」接著是，「你在描述句子時運用的各類代名詞令人印象深刻。」一出口瞬間感到後悔，她試圖補救，「我對那樣的不忠行為感到抱歉，但你知道的，那時候我不在場。」

他點了點頭。「我明白，妳大概過幾天或更晚才出現。」

「你是婦產科醫生嗎？」波莉好奇地問。

「什麼意思？」亞齊說。

「嗯，」波莉聳了聳肩，「我們似乎在談論受孕的過程，我想你可能是這方面的專業人士或什麼的，因為你知道，我們才剛見面，通常男人喜歡先約女孩出去吃飯，之後才會聊到生孩子的事。」

一陣沉默。妮娜忍不住想像著一部有《搖滾校園》風格的精子與卵子的動畫，因此她沒有說話，但她的哥哥笑了起來，臉也跟著紅了。他的頭髮像妮娜一樣是深紅色的，並且跟她一樣，臉紅得很好看。

「妳是對的，我太無禮了。」他環顧四周，彷彿突然意識到自己在一個公共場所，幸運的是，這家店沒有人。「我只是剛知道了妳工作的地點……」他放低了音量，「對不起，我不應該這麼魯莽的。」

妮娜無所謂地說，「換了是我，也可能會做同樣的事。」

「但妳沒有，」他說。「有空一起喝杯咖啡嗎？」

麗茲像平常一樣忽然出現。老實說，她可能是哈利波特裡的麥教授的妹妹，所以會現影術。「去吧，妮娜，」她說，「即使妳不在，我們還是會好好加油的。有點難，但我們會盡力。」

妮娜對她做了個鬼臉，伸手到櫃檯下面拿出她的手機和錢包。

📖

亞齊和妮娜走進對街的比利時咖啡館，凡妮莎送上菜單的時候，曖昧地向妮娜笑了一下。妮娜立刻戳破她的粉紅泡泡。「凡妮莎，這是我同父異母的哥哥亞齊。」

她的黑眼睛注視著他，一秒鐘後，她點了點頭表示理解。「我不知道妳有家人在鎮上。」在妮娜說話之前，他搶先回答，「所以我們現在才會坐在這裡啊。」妮娜瞇起眼睛，她從來沒想過會有個哥哥出現，偷走她的台詞。他們倆點了一樣的東西，然後坐在那裡，滿是好奇地看著對方。

「你看起來像我，」過了一會兒，妮娜說道。「當然，是男生版本的我。」

「感謝妳的澄清，」他略帶玩笑地說，「還有，其實是妳看起來像我。我比妳大幾個月，記得嗎？」他拿出手機，滑著相片。「說實話，我們倆看起來都像我們的父親。」他把電話遞給她。照片裡顯然是他們父親的人，站在更年輕的亞齊身旁，一手攬著他的肩膀，熟練地對著鏡頭微笑：對準鏡頭、露出笑容、按下快門、相機移開、收起笑容，繼續做其他重要的事情。她認得那種微笑。威廉．雷諾德長得很帥。他的頭髮濃密，髮色與她和亞齊都一樣，但他的眼睛很難看清。也許當面見他本人時，會比較容易看清楚，但妮娜永遠也不會知道了。

她開口：「我完全不認識他，我沒看過他的照片，沒聽過他的名字，我甚至從不知道我父親是美國人。」服務生送上他們點的餐點。「整件事情對於我弱小的心靈造成巨大衝擊。」她將餐巾甩了開來，對於她點的庫克太太三明治的香氣垂涎三尺。任何一種形式的烤乳酪都讓她難以抗拒。

亞齊叉起一片萵苣葉，若有所思地咀嚼著。「我也是。我可以問關於妳母親的事嗎？」

妮娜點點頭，口中也咀嚼著食物。她看著這位新出場的哥哥，注意到兩人之間還有其他相似之處：顴骨和睫毛。突然有了哥哥，感覺真是奇怪。妮娜想起自己以前的一個朋友，她有個讀高中的哥哥，對於她那一群姊妹淘來說真是太棒了。比她們大一到兩歲的男孩源源不斷，列隊通過讓她們挑選。該死的，有這樣的哥哥真是太好了；也許她就不會那麼晚才告別童貞。

亞齊啜著他的水。「妳媽媽，她是什麼樣的人？」他停頓了一下。「破壞別人家庭的人。」

妮娜皺起眉頭。「這樣說不公平；她根本沒有破壞你的家。事實上，她一發現妳父親已婚，就不再和他往來。」

「確實如此。我收回破壞別人家庭這句話。那麼她是什麼樣的人？」

妮娜想了一下。「她很酷，她是一個著名的攝影師，你可以在網路上搜尋她。坎蒂絲．希爾。我通常是透過這種方式來知道她在哪裡，還有她在做什麼。她是澳大利亞人，到處旅行，這也是為什麼我不知道我父親是哪裡人。她從來沒有提過他，只是說她不確定我父親是誰。顯然，她寧可我覺得她很放蕩，也不想告訴我我父親是誰。這真是一個奇怪的選擇。」

「我小時候跟她相處的時間並不多，現在甚至更少見面。我想她愛我，但她很忙。」妮娜咬了一口她的庫克夫人三明治，不顧儀態地邊說話邊吃。「當我小得跟一條吐司差不多大的時候，她會隨身帶著我到處去，等我大到需要按三餐進食，已經沒辦法用酒店的抽屜當床時，她在洛杉磯找了間公寓，並僱用了露易絲。」

「露易絲？」

「世界上最偉大的保母。她自己的孩子在上大學，而她的丈夫老是惹她生氣，所以她搬進我們的公寓照顧我。我上完大學後，她搬到了喬治亞州，靠近她的孫輩們。她是我的家人，我生活裡的固定演出班底。我媽媽比較像是客串明星。」

「然後我們的父親則像是只在其他人口中出現過的角色。」

「對，是那種永遠不會現身的角色。他是果陀，或是高夫曼[7]。」

「《霹靂嬌娃》中的查理。」

「《歡樂酒店》裡面諾姆的太太。」

亞齊笑了。「好吧，我小時候他一直在我身邊。他工作很多，但是當他在的時候，你肯定無

7 譯註：一九九六年美國喜劇《等待高夫曼》(Waiting for Guffman) 的主角。

法忽視他。如果妳就在他面前，他有辦法讓妳覺得他是世界上獨一無二的存在。」

「他是律師，對嗎？」妮娜在網路上看過，但不確定有沒有記錯。

「是的，專攻娛樂業。他和這個鎮上的其他一堆傢伙都是。他從父母那裡繼承了遺產，然後賺了很多錢。舉辦聚會，也參加聚會，喝了很多酒，打扮光鮮，這一類的。他十分活躍，而且非常聰明。我愛他。我媽媽去世的時候，他非常傷心。」他皺了皺眉。「但是現在我想的都是他怎麼可以這麼久以來從沒關心過妳。」

「我覺得那是我媽媽要做的事，而不是他。」妮娜停頓了一下。「你認為你母親知道我的存在嗎？你認為他有告訴過任何人嗎？」

「嗯，他有告訴薩卡森，因為他把妳列在遺囑裡。他一定有想著妳。他是不太表露內心想法的人，但他不太可能忘記妳。」

妮娜向凡妮莎招手，點了一杯冰咖啡。亞齊也點了。「你故意點跟我一樣的東西嗎？」

他搖了搖頭。「不，我想我們喜歡同樣的事物。我們就像是那種雙胞胎的實驗，雙胞胎被分開扶養，但他們長大後都娶了名叫達拉的女人。」

「希望不是同一個女人。」

「不，那就真的太巧了。妳是一個快樂的孩子嗎？妳的童年快樂嗎？」

妮娜聳了聳肩。「說不上來。我很害羞，我現在還是很害羞。我不善於交朋友，容易感到焦慮。老實說，如果我小時候有兄弟姊妹或堂兄弟之類的應該會很不錯。現在我不是很確定要怎麼和你相處，但是第一次有家人，感覺很好。」她若有所思地看著他，「但對我來說，要真正成為你們家庭的一員可能為時已晚。」

他不以為然，「想想看，如果妳結婚，也是得加入另一個家庭。」

「沒錯。」妮娜想了下這個可能性。「這麼說起來，我可以假裝我嫁入了你們的家庭。」

「我們可以舉行一場婚禮。」他笑了。「我們的家庭熱愛婚禮、生日或任何可以辦聚會的藉口。大多數情況下，我們大部分都很熱中社交活動。」

妮娜假裝不寒而慄，或至少她假裝了自己在假意地發抖。因為她心裡確實打了個顫。「我不是一個喜好聚會的人，本人性格內向。」

「別擔心，」亞齊回答。「妳可以拒絕。」

妮娜回到關於她童年的問題。「小時候我會感到孤獨，不過我也很喜歡一個人，所以，嗯，也還過得去。我花大量時間閱讀，躺在客廳的地毯上看電視。你呢？」冰咖啡送上來，他們本能地以咖啡互敬致意。

亞齊喝了一口，嘆了口氣。「一開始我很快樂。我記得我媽媽常常陪著我，我也常和附近的孩子一起玩，但是後來我媽媽生病了，我很難過。我還很年輕，但也大到夠懂事了，對於自己的無能為力感到很難過。我去學了泡茶和足部按摩。」他看著桌子。「我想，在那段時期中我對我母親的照顧，比她過世後我給予其他人的照顧更多，即便我也很愛我的妻子和兒子。」他再次看著她的眼睛。「我不確定這番話顯露出我是什麼樣的人。」

他們停頓，各自沉思，妮娜延續這個沉重的話題。「那你的繼母，現在成為寡婦的伊麗莎又是如何呢？」

亞齊聳了聳肩。「我們只有在節日才會聚在一起，所有的人都要到，通常是在父親的要求之下，所以我不知道之後還會不會再這樣做。我不太了解她；她們住在城鎮的另一邊。」

「聖莫妮卡？」

「更糟，馬里布。」

「跟火星差不多遠了。」他們同時點頭。眾所周知，洛杉磯是個大城市，但西邊和東邊之間的距離相隔更遠。要從東向西行駛，你必須從四〇五號高速公路下方穿過。在奧林匹克大道有一段路，你可以看到四〇五公路就在前方，一座形狀像橋的停車場，從那裡出發，你可能需要一個多小時才能前進一兩個街區，因為從閘道要上四〇五高速公路的車輛阻塞了所有人的道路。人們經過那段路時都會抓狂。

每當妮娜被困在那裡時，她想到的是安德魯．魏思畫的那幅《克莉斯汀娜的世界》，畫裡的年輕女子趴在山坡上，朝遠處的穀倉爬行而上。不過這種情況很少發生，因為她寧願用燃燒的狗屎袋塞住耳朵，也不願去西邊。與那幅畫裡同樣的絕望、掙扎和不甘，瀰漫在這段公路周邊。它就是煉獄，或者末日。沙特說「他人即地獄」，但這是因為那時候還沒蓋四〇五公路。

「他們結婚多久？」妮娜意識到她可能沒辦法不跟這個女人見面，她得多瞭解這個人的事。

「哦，很久了。大概是二〇〇〇年左右？蜜莉現在十歲，她在婚禮後的幾年出生。」他抱歉地聳聳肩。「對不起，我不太擅長記日子。」

「蜜莉是我們同父異母的妹妹嗎？」

他笑著。「妳越來越融入了。我們後來都只會叫每個人的名字，而不會去想彼此之間的關係，除非有人問。」

「有人問嗎？」

「偶爾會有。人們會說，這是你的兒子嗎？或是問這是你的父親嗎？但你得回答說，不，年輕的這個是我的弟弟，比較年長的這個是我的姪子。大多數人不會再問，但有些人會思考半天，然後要求給個完整的解釋，這是個麻煩事。有的則是自己意會到，這代表著你的父親的婚姻都沒有維持很久，然後就會變得很尷尬。」

妮娜看著他。「你的意思是，例如像現在這樣？」其實氣氛沒有變得尷尬，沒有像之前跟彼得談話時那樣。她有一種已經認識這個人的奇異感覺；完全不像平常那樣，在跟有魅力男人相處時壓力罩頂，她現在覺得很安心。

亞齊的表情變得更嚴肅。「是的，不幸地，這是父親的黑暗面。他風趣、英俊、迷人，但也是個自戀的失敗者。他三度進出婚姻，而且似乎都不會因此失眠。」

「他沒有離開你母親，也沒有離開伊麗莎。」

「但是他欺騙了我母親，誰曉得是不是也對伊麗莎不忠。妳的存在意味著世界上可能還會有更多的我們。」亞齊聳了聳肩。「他看上去總是那麼有愛心，但他好像是兩個人：一個站在你面前，在離開房間那一刻就變成另一個他。」

「至少在你面前的那個人愛你。」

「是的，但最終都是另一個人贏。」

他舉起手，跟服務生要帳單。

那天晚上，妮娜回到自己的住處，坐在她的記事板前瞪著它。她在 Pinterest 上查看了其他人的圖片，意識到她的帳號迫切地需要更新。至少，她現在是一個不同的人，她有家人。舉例而言，她可能需要記下更多人的生日。或可能會接到更多需要一一回絕的邀約。

出於焦慮，她開始查看有關子彈筆記術的資訊，也許這方法會更適用她面對嶄新的、擴大的社交圈。說真的，人們根本一刻也離不開網路。Pinterest 上面大概有一萬四千筆跟子彈筆記術相關的圖片。子彈筆記術是制定每日計畫的方法，這個方法更……怎麼說呢，更好？更有效率？妮娜靠在牆上，開始胡思亂想。這整件事是怎麼開始的？誰率先提出子彈筆記？是哪個人在辛苦地使用傳統的筆記方法（比方逐一列表？日曆？）來記錄和濃縮他們生活中的一切，然後突然冒出了，嘿，等等，讓我們用另一個方法來做這件事，並引發了全球性的風潮？

妮娜想像一位年輕的女人，就讓我們稱呼她布魯克吧。她是典型的讓妮娜既輕視又羨慕的那種女孩，會盲目跟隨流行，熱愛美妝和身體保養，並追蹤 Instagram 上頭熱切關注此類議題各種大小事的網紅。有個經營個人 YouTube 頻道的男朋友，他會在上面介紹他令人艷羨的生活，包括三隻哈士奇幼犬以及火辣、玲瓏有致、把自己打點得很好的女朋友。布魯克認為自己是很有主見的女人，但同時有著少女心，喜愛各式粉餅、香氛蠟燭、身體亮粉和最新流行的星巴克飲料。

在創造了子彈筆記的概念後，布魯克花費數月的時間持續精進這個筆記方法，發展更高超新穎的書寫風格，拍攝並上傳精美的照片，看著網路上其他人也採納她的想法，跟隨她的腳步。最後，她會成立一家公司，銷售空白筆記本、日本製細字筆、小貼紙和模板，以便她的追隨者可以在布魯克認證的設計框架內，以他們各自的獨特方式來做子彈筆記。布魯克企業會在一些新興的串流網路媒體上，開設全新的生活頻道。布魯克會在四十歲退休，與那個哈士奇男結婚又離婚（結果這個人只對年輕的狗有興趣），過著充滿意義、喜悅、以及令人愉悅的各式文具配件的生活。妮娜真討厭她。

在發想，並且瞬間揚棄了想像中的那位完美的布魯克後，妮娜決定維持她目前所愛，繼續使用一般的記事板。她在那兒坐了一會兒，思考著她該列下的目標。

好吧，準備工作，從簡單的開始。首先是，少喝點酒，多灌水。妮娜寫下這個目標，然後重新裝滿酒杯。總是得慢慢來。

再來，多運動。她想，多容易啊，結果我有好多目標呢。她上網搜尋**從懶骨頭到狂奔五公里**的訓練計畫，印出來釘在記事板上，考慮著是不是該買雙新的跑鞋。接著又找到一篇文章在闡述走路和跑步一樣好，省下買跑鞋的一百美元了，感覺真好。

還有，吃更多的蔬菜，於是她印了一張花椰菜的照片貼在板子上。為什麼花椰菜是蔬菜的招牌典範？它肯定有個很好的通路經銷商，因此到哪兒都有它的身影。大大顆的頭，小巧而富彈性的小花。羽衣甘藍在過去幾年掀起一股熱潮，但花椰菜始終保持穩定銷量並自有一定市場。很好。妮娜往花椰菜的照片放了個可愛的圖釘，感覺受到鼓舞。

然後，她想和那個問題王隊的男人約會。

她喝了口酒，反覆思索著。直到那一刻，她才意識到，原來她一直掛念著這個目標，看來得出動情緒板功能，提振一下士氣，該死的黑特板請退散。她搜尋**洛杉磯東區第一次約會餐廳推薦**，將資料印了出來。又把它扔掉，改印了一張小企鵝的照片。然後加上一張短尾侏儒倉鼠坐在某人手裡的照片，這讓她心情愉悅。接著她花了整整二十分鐘，瀏覽著各類小型哺乳動物照片和動物們的幼幼照。過程中，她隨手點開了士兵們自戰爭返鄉的影片，傷感地掉了眼淚。過沒多久，她意識到自己這樣是在濫用他人的感情，覺得很不應該。突然間，情緒板這整件事讓她好想哭，於是決定睡覺。

既然她能夠勉強地獨自打發整個夜晚，幹麼還想和那個男人約會？她最不需要的就是男朋友。她需要的是自我療癒。或許再加上一隻波士頓梗犬，法國鬥牛犬也不錯。總之是某種醜得很可愛的狗。

睡吧，明天會更好。至少，明天又是新的一天。

today is the day

DATE May 11th

M T W Th F S Su

SCHEDULE

7>8

8>9

9>10

10>11 工作

11>12

12>13

13>14

14>15

15>16

16>17

17>18

18>19 作者之夜活動

19>20

20>21 電影

GOALS

素食

NOTES

別忘了電影票！

TO DO LIST

- [ ] 花椰菜
- [ ] 水果
- [ ] 甘藍菜
- [ ] 堅果
- [ ]
- [ ]
- [ ]
- [ ]
- [ ]
- [ ]
- [ ]

BREAKFAST 果昔

LUNCH 不記得了

DINNER 完全沒印象

WORKOUT 看電影？

第八章

妮娜觀察人們的動物天性，以及去城裡漫遊

接下來的一週很平靜地度過。拉奇蒙特大道如往常一樣充滿活力。開了第三間果汁吧。帽子店的貝雷帽在特賣中。萊德愛連鎖藥局也將當季擺設更換成兔子和小雞。算不上是熱鬧不歇的光雕嘉年華，但確實有些改變。

當然，本週最重要的活動是奈特書店在星期六晚上舉辦的作者之夜。這表示得移動書架挪出空間擺放椅子，準備好用塑膠杯裝的常溫白葡萄酒，幾盤餅乾或出了水的起司，在現場擺桌銷售當天作者的書，好讓他或她可以在書上簽名。這並不難，而且有些作者還挺有趣的，但有時妮娜會沒興致做這事兒，今晚的她就正好沒心情。

更糟的是工作人員不能喝酒，但妮娜的表情實在太難看，麗茲要她打破這個規矩。「妮娜，妳今天真的很暴躁。」麗茲說。「去喝一杯，放鬆一下。這本書很有趣，作者應該也是，而且妳不是盧旺達悲慘的娃娃兵，麻煩妳喝一杯吧。」

麗茲是對的。她還用過很多其他的比喻：除了娃娃兵之外，妮娜也不是十二世紀的天主教烈士，不是《飢餓遊戲》裡來自沒人記得的地區的貢品，不是《梅岡城故事》中被逼著在萬聖節扮火腿的男主角史考特，也不是荒島實境秀裡第一個被投票趕出去的人。跟麗茲說話要時時注意，

她可能會用很多比喻，妳得準備好接招。

妮娜試圖振作。她整個星期都很煩躁。要麼是她的月經快來了，要麼是她的腦長了壞東西，而此刻，她比較希望是腦的問題，這八成代表是她的月經快來了。「好吧，妳是對的。再說一次，今天是哪一本書？」

麗茲嘆了口氣。「泰多．愛德華的《釋放內在的動物天性》。」

「泰迪．愛德華？他內在的動物大概是絨毛玩具熊吧？」

麗茲看著她的員工，瞇起眼睛。「喝一杯吧，妮娜。」

結果泰多．愛德華是妮娜所見過最不可愛的泰迪熊：高大而有棱角，留著一小撮山羊鬍，戴了副有柄的夾鼻眼鏡。等等，這看起來像是長柄眼鏡，嗯，沒錯，長柄眼鏡是有柄的。無論如何，他有一對這種眼鏡，加上前面提到的小鬍子，整個人看起來，就是一隻發情中的螳螂，他會緊盯著你，然後咬住你的頭，用手帕輕輕拍打你的下巴。也許你見到他時並不會也有這種感覺，但是妮娜有豐富的想像力，以此彌補她在工作中僅能賺取到的微薄收入。

隨著人群開始湧入，妮娜注意到她們大多是年齡較大的女性，而她所謂年紀較大的意思是五十歲以上。她自己可能沒有發現，但她跟其他人一樣有偏見，她已經先入為主地認為這將是一個安靜的夜晚。她環顧四周尋找麗茲，麗茲正專注地和顧客交談，然後為自己倒了第二杯酒。妮娜抖了一下，這酒實在很不優，又溫溫的難以入口，她把杯子丟到垃圾桶裡，開始招呼顧客。每個人都自己取用飲料跟點心，氣氛開始升溫。大家好像彼此認識，許多人相互擁抱，表示友好。

麗茲看了看手錶，走到前方，泰多．愛德華已經坐在高凳子上，正在清理觸鬚。喔，只是開玩笑啦。他的觸鬚已經很乾淨了。妮娜發現自己想傻笑，意識到自己應該在第一杯酒時就打住。

麗茲開場，「我在此很榮幸地向大家介紹泰多・愛德華先生，他的書《釋放內在的動物天性》於本週躋身《紐約時報》暢銷書排行榜。」在場的人鼓掌致意，妮娜仔細地看了看這本書。應該是本心理勵志型的自助類非小說的書。她回神將注意力放回作者身上，就像她應該做的那樣。

泰多清了清嗓子。他的聲音出人意料地深沉而迷人，讓他看上去不那麼像螳螂了，比較像穿了螳螂衣的熊或其他生物。

「歡迎，動物同伴們，」他說。「很高興在這裡見到你們，一起準備探尋內心，鼓勵內在躲藏著的那隻動物走出來，獲得解放。」

妮娜百無聊賴地想著是否該把回收桶拿出來了。

泰多加重了他的宣告語氣。「文明壓垮了我們，使我們遠離了我們在自然世界中的地位。甚至很難記得我們是哺乳動物，只是地球上巨大生物鏈的一部分，我們害怕掠食者，並且渴望著獵物，渴望同伴。」

妮娜看向麗茲。她略略皺起眉頭，妮娜看到她像她自己一樣翻過書讀著簡介。泰多繼續說話。

「一如我所企望的，人們正在追隨這本書並擁抱自己內心的野獸，我稱之為人獸的族類，正在全國各地如雨後春筍般湧現，每個人都在重新認識自己的野性。」

老天爺。妮娜有種不好的預感。

「現在，讓我們花點時間相互問候，好嗎？」就這樣，沒有任何進一步的警告，他向後仰起頭，像獅子一樣吼叫。整個房間瞬間爆發出各式咆哮、嚎叫，甚至還有令人讚嘆的類似鯨魚發出的聲音。麗茲和妮娜嘴巴開開地呆站在原地。

妮娜抓狂地看著麗茲，後者靠在最近的書架上。她注意到妮娜，無聲地開口說著，*救救我*，但這位年輕女子無能為力。

泰多停止了咆哮，將手舉到耳邊，鼓勵著他的讀者們（那些自願成為《瘋狂神殿》的侍從們）大聲吼叫。他們個個樂於遵從。妮娜摀住耳朵，開始失控地咯咯笑。街上經過的人們因此停下腳步，門外聚集了圍觀人群。真可惜她沒有再多擺些椅子。

接下來，「人獸們！讓我們昂首闊步吧！」泰多從凳子上跳下來，開始四處大步走動，現場讀者們紛紛仿效，木製折疊椅逐個轟然倒塌。

從這裡開始一切每況愈下。

等動物們離開後，她們將椅子收好放回儲藏室，麗茲吞下四顆頭痛藥，要妮娜先下班。

「這是星期六的夜晚，」麗茲對妮娜說，「妳最好在我心臟病發前趕緊離開，省得陪我在急診室裡耗一整晚。」

「妳覺得妳真的會嗎？」妮娜遲疑著。麗茲年紀不大，但這實在是個頗挑戰極限的作家之夜。

「我不這麼認為。快走吧，小朋友。」她揮了揮手。「我看到有人把起司踩扁在青年書區的地毯上，用指甲把它摳出來應該是件能令人放鬆的工作。就這樣吧。」妮娜聽到立刻一溜煙地離開了。

妮娜的週六夜晚有固定的儀式：回家，給菲爾餵食，洗個澡，穿好衣服，然後走進黑夜裡，將牙齒深深陷進她所能找到的任何一個處女的脖子裡。顯然，這是不可能的：洛杉磯的週六之夜找不著處子之身。實際上的情形是，妮娜會拿起相機，出門拍照。

妮娜小時候對於母親少數記憶之一，是坎蒂絲教她認識值得攝影下來的時刻。她們坐在一處熱鬧的地方，坎蒂絲向她指出周遭人們互動時常會出現的畫面。這是令人愉快的回憶，而儘管坎蒂絲傾向為戰區、飢餓的兒童或被有毒化學物質覆蓋的礦工記錄影像，妮娜則喜歡拍下自己的家鄉。洛杉磯是幫派和紅地毯並存的迷人混合體，並以此聞名，但她眼中所見的城市卻大不相同。

請記住，洛杉磯是個不尋常的綠洲。座落於沿著一座狹長山谷而生的沙漠上，從東向西緩緩延伸向太平洋。七千多年前，美洲原住民部落定居在那座山谷，在相對和平的環境中生活，直到西班牙人出現並摧毀了這一切。後來，在托馬斯·格拉比·愛迪生的驅動下，電影事業於此落腳，他壟斷了東岸與電影有關的所有資源，不遺餘力地加以維繫。電影產業發展興盛。那些在早期電影膠片裡像螞蟻般巍顫顫地移動的人們，開始建造起工作室、房子、豪宅、游泳池，然後每個人在不知不覺間都成了……卡戴珊家族。

這樣的描述是簡化並濃縮了洛杉磯一個多世紀的發展概況，總之，人們到達此處，在美麗而令人讚嘆的自然環境裡鋪上了柏油路和帶來了廢棄物。這麼說也許太客氣，一如我們總對大自然視而不見一般，她也無視於我們的存在地如常運行。大自然如經驗豐富的資深演員，自在地依時而行。

例如，若在春天來到格利菲斯公園，妳會發現除了自己，身旁或許還有四隻正歇息著的雀鳥，他們正吱喳地閒聊著或許該來點餐後的白蘭地，或其他有助放鬆的飲品。附著在小黃花瓣上的露水？裂開的橡果裡盛著的蜂蜜？更有可能是從壓扁的啤酒罐邊緣蓄積的雨水，無論是什麼，顯然都讓他們很滿意，因為他們正開心地搖著小羽毛屁股唱著歌。有時，如果妮娜靜靜坐著不動，她會看到浣熊、土狼或長耳野兔，他們會在注意到她時瞬間停止動作，試圖不動聲色，再伺機像荷馬·辛普森那樣沒入樹叢。

隨著日光消逝，棕櫚樹和遠方建築物會在難以置信的玫瑰色天空背景下形成黑色輪廓。加利福尼亞的日落很美，天空的矢車菊藍色會隨著光線，漸漸幻化成如十幾歲年輕女孩指甲的粉嫩顏色。全世界都熟悉洛杉磯的白天喧鬧繁忙，炫目的陽光、穿著熱褲和溜冰鞋的女孩、堵塞的交通。大家也都清楚洛杉磯的夜晚如何迷人，狗仔隊的喊叫和閃光燈、小明星的乳溝和高跟鞋。但是，只有洛杉磯人能夠在每天醒來和就寢前看到真正的洛杉磯，而這座城市就像許多美麗的女人一樣，素顏時最美。

那天晚上，妮娜觀察到藍花楹再度發揮了令人發暈的作用：每年五月是藍花楹盛開的時節，滿樹綻放恣意多彩的花朵。從深紫色到淡紫色，就像是說好了一般，在預定的時間一起開花，於是洛杉磯人這一晚於堪薩斯入眠，第二天睜眼就到了奧茲國。數百株的藍花楹遍布了整個城市，在開花前卻毫不顯眼。就像從《窈窕淑女》到《辣妹過招》裡電影女主角變身的場景，藍花楹這個樸素的女孩，突然間改頭換面，昂首闊步地吸引了每個人的目光。花期不會持續很久，但當花朵盛放時，人們因此而更常露出笑容。也有了更多浪漫邂逅。他們在行進間感受到春天，褲檔裡則如夏日般熾熱。

妮娜透過她的相機鏡頭，看著街上的人們聚集成群，又或獨自漫步，從各自的眼角偷偷打量著彼此，如偶然聚集在池塘邊歇息，裝作若無其事，眼神偶爾交會的牧羊人。在如隱形人般地觀察和拍照時，妮娜感到特別滿足。她想著，貓頭鷹也許跟她有同樣的感覺，不過她沒辦法跟貓頭鷹一樣將頭轉超過二百七十度。真是太可惜了。

當落日餘暉消散，她會帶著這種平和的幸福感和成就感前往電影院，為自己買桶重奶油爆米花，然後花整部電影的時間和黏在牙齒上的爆米花奮鬥。

弧光影城是好萊塢產業的一環，有著極佳的座椅，令人讚嘆的音響，以及在可接受範圍內的各式配電影用的不健康零食。妮娜喜歡自己一個人看電影，儘管星期六晚上的電影院總是很擁擠。

事實證明，不只是波莉，妮娜也受命運擺佈。因為當她走進電影院大廳，映入眼簾的第一個人就是那個「問題王哈利」隊的傢伙。

喔，不，她對自己說。假裝沒看到他好了。但是他抬起頭，看見了她，露出了笑容。她不知道的是，他見到她，覺得眼熟於是對她微笑，然後才意識到她的確是他認識的那個女孩，那個在機智問答裡無所不知的女孩。而她實際上不算是他的朋友。不過來不及了，因為她也正向他微笑。不是太明顯，但確實是個笑容。

要命，湯姆心想。她真的好美。

老天，妮娜心想。他真好看。

這下可好，剛走進大廳準備和湯姆會合的隊員麗莎心想，她看見湯姆和妮娜相距六公尺，緊張地對彼此微笑著。快去啊！她在內心對湯姆喊話，快去和她說話。但是他沒有動，女孩也沒有動，麗莎決定她得自己來。

「嘿，湯姆！」她喊著，舉起了手。

感謝上帝的拯救，湯姆忍不住這麼想，對自己有些惱火。他為什麼不走上前打招呼，和她交個朋友？現在是怎樣，他是還在讀幼稚園嗎？

啊，妮娜想著，他**是**在和他隊裡那個女孩約會（眾所皆知，這不利於團隊凝聚力），好吧，那就這樣了。應該說，原本也就**沒有**要怎樣……。接著，她發現問題王隊的那個女孩正朝她走來，臉上帶著燦爛的笑容。湯姆在她後頭，因為麗莎突然改變了行進路線而顯得腳步踉蹌。他的運動鞋在拋光水泥地上吱吱作響。

「嘿，我認識妳，是嗎？」

妮娜是個在各方面都能稱職應對的成年人，但是這個簡單的問候卻讓她臉紅了起來，有些慌亂，「呃……這個……」

「在機智問答比賽裡，對吧？」麗莎伸出手。「我叫麗莎。我們的隊伍上週擊敗了妳們。」

妮娜點點頭，和她握手。「是的，我記得。我是妮娜。」她停頓了一下。「一月一日。」

「蛤？」麗莎快速瞥了瞥後方，確定湯姆有跟過來。他沒有。她微微皺眉示意，他開始移動。

「賽馬。一月一日。這是你們的致勝題。」

「賽馬？」

「對。你們贏了有關賽馬的問題。」妮娜開始有點絕望地希望趕快結束對話。那個帥哥走過來了；來不及了。

「對齁。」麗莎對妮娜友善地笑著，彷彿她們是一起從事志工服務的老朋友。此時湯姆加入了，麗莎馬上展露了她操作這次對話的真正企圖。「喔，嘿，湯姆，這是妮娜。你記得她有參加機智大賽吧？」

「當然。」湯姆花了十五秒的時間讓自己鎮定下來，態度從容地寒暄。「我是湯姆，很高興能正式地認識妳。妳懂我的意思？」

妮娜和他握了握手，感覺自己已經恢復正常。「我也這麼想。」（不，妮娜！這是什麼鬼？妳怎麼會冒出這些愚蠢的句子？接下來是什麼，口香糖是絕佳選擇[8]嗎？）

---

8 譯註：出自電視影集《六人行》的台詞，顯示在慌亂之下的胡言亂語。

「對了，你們猜怎麼著，」麗莎說，「我好像沒辦法看電影了，這樣吧，這是我的票，你們去看。」她將票塞到妮娜手中，轉身準備離開。

「不，」湯姆高聲大喊。（**好極了，湯姆，多迷人的聲音啊。最好她剛好很愛這種用胸腔發聲的唱腔。**）「為什麼？妳十分鐘前還發簡訊說妳很想看。」

「我突然頭疼。」麗莎說。

「我有帶消炎藥。」妮娜的聲音也比平時高亢。

「我不能吃消炎藥，胃會不舒服。」麗莎帶著歉意，但是態度堅決，不打算退讓。

「我還有普拿疼。」妮娜急切地大聲說。

「普拿疼也不行，會有要命的過敏。」

「對普拿疼過敏？」湯姆一臉懷疑，試圖回憶在他們成為朋友的近二十年中，她是否曾經提過這一點。

「是的，非常可怕。我會當場昏死。」麗莎聳了聳肩，妮娜覺得對於會猝死來說，這樣的反應有點太過尋常。

「也許妳只是需要咖啡因？」湯姆建議。「或是吃點東西？」

「還是妳要換改天的票？」妮娜也提出建議，並望向湯姆尋求支持。他們絕對不想一起看電影，對吧？

麗莎看著電影時刻表。「太遲了！電影再三分鐘就要開演。快走吧。」

「我不認為換票有這個規定……」

「不行了，」麗莎抓著頭說。「我開始意識不清了。我得立刻關回房間冰敷。再見！」然後拔腿就跑。當然，並不是真的用跑的，那在這種情況下太不合情理，但她絕對有加速度地快步離開。

湯姆和妮娜盯著她的背影。然後妮娜低頭看看手中的票。「《火星上的太空蜘蛛》？」她揚起眉毛，抬頭看見湯姆正看著她。

「不愛科幻電影？」他的語氣顯示出對此並不意外。他抬頭看著時刻表。「我猜妳要看的會是《優雅女士的期望》，不是嗎？那種緊身衣緊到比武打場面還要令人無法呼吸的電影之一。」

妮娜皺眉，他說對了，但她不會承認這一點。「不，實際上，我是來看《致命血腥死亡第三集：升血》。」

「真的？」他訝異地詢問，但語尾帶著嘲諷。

「是的。」她冷若冰霜地瞪著他，突然希望自己沒往這個方向走，而只是來買個爆米花。他真的很吸引人，而現在他大概以為她是……她不知道他會怎麼想。他臉上的表情讓人很難猜透，不過她本來也就不擅長解讀人心。她開始有恐慌即將來襲的熟悉感。手掌微微刺痛。有點想吐。

湯姆不相信妮娜對於《血腥死亡第三集》的說法，很明顯地，她不想和他一起看電影。他很想停止和她鬥嘴，卻不知該怎麼做。於是他開口提了些建議，她突然把票塞回他手上，扭頭就走。

他看著她離開，清楚地意識到自己真的很受她吸引，而她顯然真的非常討厭他，討厭到寧願沒有禮貌地不吭一聲就離開。

等她走向藤蔓街時，妮娜才發現自己做了跟麗莎一模一樣的行為，有些歇斯底里地輕聲笑了起來。她稍稍平靜了些，但手掌仍然發麻。在過去幾年裡，透過行事曆、固定的行程規劃，以及基本上是試圖掌控生活的各個面向，她的焦慮有了改善，但依舊像隻蜷縮著沉睡在她骨子裡的貓，任何偏離日常的情境，任何脫離常軌的舉措，都會引得它搖尾張揚。

她突然想哭。她一直表現得很好，不過她顯然不會是能夠很自然地生活著的那種人，她也只能接受這樣的自己。她不希望自己的生活變得複雜，再加上工作和突然冒出的陌生家族，她根本沒有餘力交男朋友。

該是時候回家躲起來了。

today is the day

DATE May 13th

M T W Th F S Su

SCHEDULE

7>8

8>9

9>10

10>11 工作

11>12

12>13

13>14

14>15

15>16

16>17

17>18

18>19 小學生讀書會

19>20

20>21

GOALS

保持冷靜

NOTES

治療焦慮的香草？

養第二隻貓？

TO DO LIST

- ☐
- ☐ 零食組合包
- ☐
- ☐ 冰淇淋
- ☐
- ☐ 選下一本書
- ☐
- ☐
- ☐
- ☐
- ☐

BREAKFAST

果昔

LUNCH

三明治

DINNER

小金魚脆餅？

WORKOUT

第九章

熱心但會錯意的孩子們幫妮娜上了一課

「妳說妳做了什麼？」

「我直接轉身走開。」

波莉盯著她看。「等等，我以為妳喜歡這個傢伙。或是說，我以為他很可愛，一旦妳更認識他，說不定會喜歡他。至少有這樣的可能性。」

妮娜沒有反對。這是緊接著那個週六到來的星期一工作日，書店裡還沒人光顧，而這一天波莉準時上班。

波莉繼續說，「但是，當妳有機會跟他說話的時候，妳走開了。」

「對。」

波莉瞇起眼睛。「我不明白，把整個過程告訴我。」

妮娜嘆了口氣。「我一個人去看電影，在那裡見到他。本來有個是他的隊員之一的女孩子也在，總之後來情況突然變成我們兩個拿著同一部電影的電影票，氣氛超詭異的。我嚇到了，然後就離開了。」

「什麼都沒說？」

「是的，完全沒吭一聲。」

「連隨便編個藉口也沒有？例如，我頭好痛？」

妮娜聳了聳肩。「那個女孩搶先一步用了這個說法。而且我那時嚇壞了，記得吧？」

波莉覺得不可思議地搖著頭。「像妳這樣居然還能有過跟人上床的經驗，真是令我驚訝。」

「我也這樣覺得。」

「上一次是什麼時候？」

「這不是我們討論的主題。」

「我們是啊。我知道我們在討論什麼。」

「才不是呢。」妮娜拋下波莉往倉儲區走去，假裝要拿一些準備上架的書，或是其他東西，任何東西都好。

「好吧，」波莉的聲音從她背後傳來，「如果真要說有什麼差堪告慰的地方，妳走開的背影很好看，妳的臀部看起來很棒。」

「謝謝妳告訴我，」妮娜大聲說道。「我會確定讓我有興趣的男人總是待在我後頭。」她停了下來，「呃，妳懂我的意思。」

「可悲的是，」波莉說，「我懂。」

那天傍晚，妮娜布置好店裡的懶骨頭，準備迎接小學生讀書會。她一整天都覺得煩躁和傷心，但她知道跟用心看書的小女生討論書，可以完美地分散她的注意力。

「好了，年輕人，」麗茲說著，一邊戴上她那舊舊的道奇棒球帽。「這場比賽很重要，我的心思已經完全不在這裡了，基本上本人已經是遙遠地平線上的一個黑點。」

妮娜皺眉看著她，「妳還在我面前。」

麗茲回答她，「可是我的心已經在棒球場，手裡拿著一隻熱狗，下巴沾到番茄醬。」

「心臟有下巴嗎？」

「相信我，有的心還有好幾層下巴呢。但是本人穠纖合度，所以我的心只有一個下巴。」隨著這荒謬對話的結束，麗茲摸了摸帽緣，離開書店。妮娜目視她背影片刻後搖了搖頭。老實說，那個女人瘋瘋的。

「妳需要幫忙嗎？」妮娜抬頭看到安娜貝爾，是參加這個讀書會的女士之一，她都這樣稱呼她們。安娜貝爾十歲，她是個嚴肅的孩子，有著堅定的意志並對各類事物抱持懷疑。

「當然好。」妮娜說。「妳可以幫忙把辦公室裡其餘的懶骨頭拿出來嗎？」

妮娜本來用的是一般的椅子，但這讓參加者們顯得拘謹而沉默。懶骨頭的效果好得多。安娜貝爾知道懶骨頭放在那裡。這是她參加的第一個讀書會，但她是那種喜歡自己掌控情況的孩子之一。她想知道妳是怎麼做的，然後她會自己來。

蘿根走進店裡。蘿根也只有十歲，和安娜貝爾上不同的學校。她們互相看著對方，蘿根先笑了，安娜貝爾也微笑打招呼。蘿根跟著她走向辦公室，一起帶著最後兩個懶骨頭回來，什麼也沒說。十歲小孩的怯懦和害羞有時令妮娜感到驚訝。她自己以前也是那樣，但其他女孩看上去都比她要自信得多。她們會互相熱情地打招呼，在下課休息時一起玩，熱情地爭吵跟擁抱。她總對此感到驚嘆，並想著也許她母親原本應該要幫她申請某種訓練的，卻忙到忘記。其他人的母親顯然為她們提供了更好的教養過程。這樣的想法讓她有罪惡感，於是又更加退縮到她的書本、電視節目和獨處的生活中。

門被推開，諾拉和烏娜熱烈交談並咯咯笑著走了進來。兩人同年，從幼稚園就認識。她們後面是另外一對朋友亞夏和露比芬。她們穿著全套象徵女力的裝扮，滿是獨具風格的裝飾：彩虹、假皮毛、閃亮飾品、獨角獸、露絲・巴德・金斯伯格大法官[9]或艾蜜莉亞・埃爾哈特[10]的照片，還有甜甜圈、樹懶或狐狸的琺瑯別針。檢查無誤，很好，請打勾。這個年紀是最後一段會彰顯個人主義的時刻；她們彼此穿著相像，通常只是因為她們看到某樣東西並且都很喜歡。各式象徵圖騰或衣服款式在學校班級裡如微風吹拂般傳播。父母們也很樂於接到這種只要去一趟塔吉特商店就可以達成的要求，他們會出門去把每件買得到的**女孩統治世界**的T恤都買回來。

妮娜好奇一旦荷爾蒙開始分泌並大舉入侵時會發生什麼事？她自己對中學女生的觀察是，她們會做相似的打扮以免被排除在團體之外，或在網路上被排擠，這跟說「我的天，那隻樹懶好⋯⋯可愛！」的動機完全不同。她看了看手錶，準備開始讀書會。她鎖上書店前門，沒有什麼比有顧客在旁邊閒晃更干擾讀書會的進行，並且去辦公室拿了魚型餅乾和瓶裝水這些童年必備的事物。

「誰要先開始？」她回來坐上她的懶骨頭問道。這個月的書是《天才神祕會社》，這是她最愛的書之一。既然是由她來挑選她們讀的書，她當然會挑自己喜歡的。

諾拉舉起手，她是一個非常有創造力的小女孩，從不猶豫分享自己的想法。她的想法通常很敏銳而有洞察力，所以沒有人介意她多發言。在這個小組中，孩子們顯然已經決定她是領導者。

「我喜歡這本書，但它讓我感到沮喪。為什麼老是得由小孩來解決問題？」

9 譯註：美國最高法院第二位女性大法官，也是第一位美國猶太裔女性大法官。
10 譯註：第一位獨自飛越大西洋的美國女性飛行員。

「請再說清楚一些。」妮娜說。

諾拉把頭側向一邊。「這樣說好了，在現實生活中，大部分的事小孩都不能自己去做，對吧？」她環顧她的同伴們，所有人都點了頭。「父母們會開車載妳；還有老師、保母等等。但是在書裡面，小孩總是在做很多事。在這起事件中，他們接受了奇怪的考驗，加入了一個祕密組織，還拯救世界。」

「他們沒有父母，」蘿根指出。「沒有正常的父母。書裡的小孩都沒有。」她數著手指。「他們要麼死了，要麼是壞人，或是忙著處理其他事。」

「珍妮・瓊斯有父母，雷蒙娜・昆比也有啊。」妮娜說。

蘿根回，「是的，但妳舉例的這些孩子過的是正常的生活。我說的是書裡那些做了很酷的事情的小孩，九歲或十歲的孩子不會真的去做那些事。」

「例如騎蝙蝠飛還有跟老鼠大戰，就像《格瑞哥》書裡的女王盧卡那樣。」

「或是像《時間的皺摺》裡的梅格在太空旅行。」顯然安娜貝爾也同意蘿根的觀點。

「我們不要偏離這本書。」妮娜有時會讓她們聊各自喜愛的所有書籍，因為她跟她們一樣喜歡這樣的對話，但她也一直在試著讓自己在這樣的討論中更為成長。

「不過，斯蒂奇有父母。」亞夏揮舞著她手上那本書。「對嗎？」

蘿根點點頭。「他有，但他覺得他們已經不要他了。」

「這比沒有父母更糟。」安娜貝爾說。

「沒錯。」露比芬說。

「凱特有父親，但她不知道。」

「佩魯瑪小姐呢？」妮娜問。「對雷尼來說她不就像是媽媽一樣嗎？」

突然有人敲了書店的門，嚇到了所有人。其中一個女孩還尖叫了。

她們所在的位置看不到門，妮娜起身走過去，看到有個男人站在外面。傍晚的陽光映照在他身後，讓她看不清他的臉，但她開口跟他解釋書店現在沒開門。孩子們的父母親應該要再過一個小時才會來接他們的小孩，不過也可能是某人的爸媽提早到了。

結果不是。是湯姆。來自問題王哈利隊的那位。那個湯姆。

有沒有搞錯？

「是妳的朋友嗎？」露比芬在她背後不遠處問。妮娜轉過身，發現整個讀書會成員都跟著她來到門口，她們無法抗拒對於所有新事物的好奇心，什麼都想參一腳。

「不算是。」妮娜回答。接著她走到門口，對湯姆微笑著皺了皺眉，心想著他為什麼會出現在這裡。

湯姆也在想著同樣的問題，等門打開後，他遞出電影票。「這是妳的。我剛好在附近，所以我想我得把它送回來。」

「呃，」妮娜說，「我們打烊了。」**很好，妮娜，讓我們來點前言不對後語的對話。真有妳的風格。**

亞夏問道：「你是妮娜的男朋友嗎？」她是一個高個子、觀察力敏銳的孩子，直接指向重點。

湯姆被熱切盯著他的六個女孩弄得有點困惑，他搖了搖頭。

「那麼你是她的男性朋友嗎？」露比芬不打算讓他用技術性的問題脫身。

「呃……」

「也許他想當她的男朋友，」蘿根提出看法。「但妮娜不想？」

「說不定她也希望他是，但還沒有告訴他。」所有的小鬼頭們都轉過來看向妮娜，她現在臉紅得跟草莓差不多。

「女士們，」她以堅定的語氣，「請回到妳們的懶骨頭上，稍安勿躁。我只需要幾分鐘。」

「不要緊，沒關係的，」諾拉說。「我們在這裡就好。」

妮娜使出她最嚴厲的眼神看了她們一圈，孩子們這才退開。

湯姆有點忘記來此的主要目的。「總之……我想妳可能會想在某一天去看另一部電影。」他遞出票，妮娜接了過來，想著他到底是要她「**跟我一起去看另一部電影**」，還是依據他那天的觀察：「我看到妳自己一個人去看電影，妳之後可以拿這張票**自己去看**。」

「謝謝。但這其實是你朋友的票，是她買的。」

他搖了搖頭。「不，她把票給了妳，我有拿票去辦了延期使用。」他突然笑了笑，自己的焦慮和他的魅力讓妮娜的手開始抽痛。他對她真的很有吸引力。他既高大又強壯，體格精實；她覺得她可能甚至沒辦法握住他的手，更別說做其他事了。而且她為什麼還會想到有其他事？

他有點遲疑地再次開口。「妳離開的有點突然。」

她臉紅了。「是的，抱歉。我，嗯……當時必須得走了。」

「這麼突然？」

「是的。」她沒辦法再解釋，已經夠糟糕了。「不管怎麼說……謝謝你。」她向他微笑，然後準備關門。「我得回去主持我的讀書會了。」**在我開始換氣過度，得用紙袋呼吸之前。**

「喔，她們該不會全都是妳的小孩吧？」他試著微笑。他可以聞到她的洗髮精，有著蜂蜜和檸檬的味道。即便是這樣簡單的互動對他而言都有些困難。她閃亮的頭髮，纖細的手和腳，和她嬌小的身材讓他感到自己的笨拙和尷尬，他就像個抱著一綑乾草，咬著一根麥稈，說著「噢，女士，我必須把這頭乳牛帶回牧場。」的粗人。她在對他微笑。**湯姆，保持鎮定。**

「我必須非常努力才可能有六個同年齡的小孩。」他看見她的眼睛是淡褐色的。溫暖的棕色，虹膜周圍有一圈比較黑。他入迷了。

他回：「靠現代科學？」**湯姆，你確定嗎？你要聊生育治療？接下來是什麼，問她喜歡什麼品牌的衛生棉條？**

「嗯，有可能喔。」他們站在那兒對彼此微笑著，瘋狂地想要找出些話題，好讓他們看起來不至於像自己感覺得那樣傻氣和困惑。

「看到沒？」躲在書櫃後的亞夏說。「他們絕對在曖昧。有時候我姊姊在發簡訊時的表情就是那樣。」她聽起來很興奮。「在我媽媽把她的手機拿走之前。」

湯姆和妮娜看向出聲的地方。書櫃上方是正在窺探的六個小頭，就像窗台上排了一排成熟的酪梨。她們又躲了起來，傳出咯咯的笑聲。

她回頭看湯姆，聳了聳肩。「很抱歉，她們無法控制自己。我得回去了。」

他點了點頭。「是的，好，那麼……」

她說：「嗯哼……」

他說：「機智問答見？」

她說：「當然。」

他說：「那再見了。」

她說：「再見，謝謝你的票。」

他說：「那是妳的。我只是拿來還。」

她說：「我知道，還是謝謝你。」

他說：「別客氣。再見。」

她說：「再見。」

他說：「之後見。」

她說：「好。」

她關上門，轉身面對孩子們。她們起身再次從書櫃後方看著她。諾拉第一個發表評論。

「姊姊，」她說，「妳得加強妳說笑的能力。」

安娜貝爾的母親莉莉來接她時，看起來似乎有心事。妮娜一直很喜歡她。她有種自然的魅力，不會刻意打扮，為人有趣而友善。但是今天晚上她顯得很忙亂。一頭亂髮在髮髻中東突西翹，亂到幾乎像是完全沒有整理的狀態。妮娜有種想把她的頭髮都束進去的衝動，但她努力克制自己的手。她提醒自己，不是每個人都像妳一樣喜歡保持對稱和控制。

「貝爾，拜託，寶貝，我們必須要快點。」莉莉正在她的大手提袋裡找東西。

「為什麼？」安娜貝爾問。她不是在頂嘴。她只是想知道。

「因為我得趕緊回家，完成那四十個特別訂製的種子包，好用來做妳姨姨婚禮上的標示。」

莉莉終於找到車鑰匙，看著手錶。「而且我真的需要妳一起幫忙，而妳本來應該在一個小時前就上床睡覺了，這意味著我必須使用童工，同時還違反了加州有關應給予童工充足睡眠的規定。」

安娜貝爾對她皺眉。「加州沒有關於童工睡眠的規定。」

「哦，我確定有，」正在收拾懶骨頭的妮娜大聲說。「十四歲以前的兒童不可以工作。」

「但睡覺那部分呢？」

妮娜越過安娜貝爾的頭上看著莉莉。「我想這些法規因州而異。」

安娜貝爾從妮娜轉向她的母親，瞇起眼睛。「我要幫忙做什麼？」

「上色，繫絲帶，貼標籤，檢查清單上的東西……」

「哦，聽起來真棒，」妮娜無法自制地發出聲來讚嘆。說真的，莉莉剛剛舉了四項她最喜歡的活動。

安娜貝爾笑了。「瞧，妳有幫手了。妮娜可以幫助妳，加州也不會生氣。」

莉莉顯得尷尬。「貝爾，我確定妮娜今晚有很多事情要忙。」

「其實，沒有耶，」妮娜說。「妳住在附近，對嗎？我很樂意幫忙。我喜歡組裝和手工。」

「真的嗎？」莉莉看起來感激涕零。「我實在不擅長這些。好吧，手工的部分還可以，但是我一直很焦慮，很怕我漏了誰或忘了放某樣東西，而這真的很重要。」

妮娜笑了。「好吧，讓我收拾一下東西和關好書店的門，我們十分鐘後見？」

「妳是女神下凡。」莉莉說。

「但是她不太懂得怎麼打情罵俏，」安娜貝爾堅定地說。她看著妮娜。「我媽媽有男朋友。

也許她可以幫助妳。」

莉莉有點驚嚇地看著女兒。「我們先去買冰淇淋。待會兒見。」

妮娜看見她們在走出書店幾步後停了下來，莉莉說話的嘴型很明顯地是在告訴她女兒不要談論其他人的私生活。儘管試試看吧，她想著。

第十章

妮娜熱心幫忙

莉莉就住在拉奇蒙特市區附近，但是她們還是得開車，因為這裡是洛杉磯。更何況，還有雜貨、美術用品和一袋巨大的狗食要載，妮娜也一起搭車。

「哦，妳有一隻狗！」妮娜興奮地說道。她很想養一隻狗，儘管她的貓菲爾可能不贊成。但她無法克制地蹲了下來，和莉莉那隻顯然已有歲數的拉布拉多犬打招呼。

「這是法蘭克，」莉莉說。「他是隻沒什麼羞恥心的愛吃鬼；只需要一點狗食，他就是妳的了。」

法蘭克凝視妮娜的眼睛，試圖說服她和他一起私奔去肉品店。她對他微笑並揉了揉他的耳朵，直到他發出舒服的低吼聲。

「咖啡？」莉莉問，收拾著雜貨。安娜貝爾不見人影，大概是回她的房間去了。另一個小女孩出現，比安娜貝爾年紀小一些。「不，謝謝。」妮娜回答。「現在喝對我來說太晚了。」

「對妳來說太晚了，是因為妳已經快死了？還是其他原因？」小女孩充滿興趣地發問。

「這是克萊兒，」她的母親說。「試著別理會她。」

「是的，」克萊兒像天使一樣對著妮娜說，「妳可以試試。」

「我的意思是，在這個時間攝取咖啡因太晚了；它會讓我睡不著覺。」

「真的嗎？我媽媽隨時都在喝咖啡。但是她年紀比妳大很多，所以也許她比妳更容易覺得累。人的身體會耗損，妳知道的。」她閃亮的短髮和棕色大眼睛使妮娜想起了雷蒙娜．昆比[11]。更別提她講話的方式如此率直而不經修飾。

莉莉不好意思地嘆了口氣。「她們正在上生物分解相關的課題；她現在滿腦子關於死亡之類的事。」

「妳知道，」克萊兒不理會她媽媽，繼續對著妮娜說，「妳的睫毛上住著微小的蟲子，正在吃妳的睫毛液嗎？」

妮娜揚起了眉毛。這孩子找錯對象了。她回答：「沒錯，不只在睫毛上。成年人的臉上隨時有上千隻蟎蟲在上頭生活。」她反問克萊兒，「那妳知道整個世界都被一層薄薄的排泄物覆蓋了嗎？」

「我知道，」克萊兒說，「妳知道絛蟲可以長到二十公尺嗎？」

「妳知道人每天都會產生一公升鼻涕嗎？」

「正常來說，會！」克萊兒興奮地說。「妳知道雷根糖外面塗的那一層是用昆蟲糞便做的嗎？」她停頓一下，「或者說曾經是這樣，我不確定現在還是不是。」

妮娜表示贊同，但莉莉要求結束這段對話。「夠了，」她說。「說真的，這有點噁心，克萊兒。」

「才不會呢，」克萊兒說。「我是在學習。」她走近妮娜，「妳是誰？」

11 譯註：《雷蒙娜》系列童書中的主角。

「我是妮娜。我在妳姊姊參加讀書會的書店裡工作。」

克萊兒想了一下，「妳有給更小的孩子的活動嗎？」

「妳幾歲？」

「六歲。」

「嗯，目前沒有。等妳年紀大一點就可以加入。」

克萊兒像她姊姊一樣，向妮娜瞇起眼睛。

「如果我們會看書，就應該可以參加。」

「妳可能會覺得很無聊。」

克萊兒無所謂地聳聳肩：「我願意冒險。」

莉莉收拾好剛剛採買的雜貨。「手工時間到了。」她說著，領著妮娜前往客廳。克萊兒跟在後頭。

莉莉邊走邊對著走在後面的妮娜說話。「車庫那裡有個辦公室，但是我都在客廳工作，這樣才能同時看電視。妳可以嗎？」

妮娜點點頭，莉莉拿出一個籃子，裡面裝有許多種子包，每個種子包都不同。它們都被繪上了花朵的圖案，並且用葉子和花瓣、藤蔓和樹枝的形狀寫著名字。看起來美極了。

「妳從哪裡找來這些？它們好漂亮。」妮娜在手裡把玩著種子包。

莉莉露出笑容。「是我做的。我是插畫家。這些賓客都是確定會出席的，所以現在我需要在這裡穿上一條緞帶，」她示範著，「然後在背面這裡貼上密封貼紙，好讓種子包不會打開。這些種子真的、真的很小。」

「像罌粟籽嗎？」

「正是，它們是加州罌粟花。」

「很可愛。」

「不會太貴。」莉莉咧嘴而笑。「而且很可愛。」

「我也可以幫忙嗎？」克萊兒問。

「妳該準備上床睡覺了。」

「這看起來比較好玩。」

莉莉想了一下，然後微笑。「好吧，妳可以貼貼紙。」

她們圍成一圈坐下來開始工作。

妮娜問，「所以，是誰要結婚？」

「我阿姨，」她媽媽才剛張嘴，克萊兒已經搶答。「她要嫁給一個她在街上遇到的男人。」

妮娜詢問地看向莉莉，莉莉搖了搖頭。「我妹妹瑞秋是在格羅夫購物中心遇見了她的未婚夫，不知為何，克萊兒就是喜歡誇大一點。」

「也許妳是個作家，」妮娜對小女孩說。「作家以編故事為生。」

「真的？不是騙人的？」

妮娜搖了搖頭。「不是，這叫做小說。」

「嗯。」克萊兒看起來若有所思。「總之，她要嫁給理查，他個子很高又很好。」

「妳是說他個子高得很好，也就是他很好地長得很高，這意思是他真的很高，還是他人很好、個子又高？」

克萊兒不解地皺起眉頭。

「算了，不重要。」妮娜說。

「他很高，」克萊兒慢慢地說，「而且人也很好。他也有一隻狗，他總是能逗我阿姨開心，幾乎快和我媽媽能做到的一樣。」

妮娜瞥了一眼莉莉，莉莉正用水彩筆在空白的種子包上繪畫。「妳和妳妹妹很親密？」

「非常親密。」莉莉專注於手上的工作，但繼續回答。「她是我最好的朋友，所以我不想遺漏任何賓客，影響了她的婚禮。而她也不斷邀請更多的人。」

「嗯，這肯定讓妳的工作變得更加困難。」

莉莉嘆了口氣，揮舞著小包把它弄乾。「她非常好客。老實說，就算是完全不熟的人來，她也會很高興；她沒有那麼在意。我想如果由她來決定，她會低調結婚。她第一次結婚時，舉行了一場大型婚禮。」此時莉莉轉過頭，假裝對地上吐了口痰表示不屑，妮娜嚇了一跳。「抱歉，這是家族傳統。總之，她舉行了一場盛大的婚禮，而她第一任丈夫是個失敗者，那段婚姻只持續了五個星期，每一天都是災難。所以她不太相信婚禮這種事，全交給我決定。」

「妳有一場很棒的婚禮嗎？」

短暫的停頓，莉莉點點頭。「非常棒。」

「我爸死了。」克萊兒插嘴說道。

「哦，」妮娜說。「對不起，我不知道。」

「沒關係，」孩子說。「我覺得這不重要了。」

「親愛的，這永遠都很重要，只是已經過去很久了。」莉莉繼續畫畫沒有抬頭，但妮娜聽得出她聲音裡的感傷。

「跟我同班的山姆也沒有爸爸。」克萊兒顯然還要繼續這個話題。

莉莉向女兒揚起眉毛。「山姆有兩個媽媽。」

「貝瑟妮沒有爸爸。」

「她有；她的父母分開了，但她是有爸爸的。這完全不一樣。親愛的，離婚跟去世是不同的。」

「為什麼不？他們都離開了。」妮娜意識到克萊兒的父親過世時，她應該還很小，對他沒有任何記憶。她希望莉莉不要因為她在場，不好回答這個話題。她讓自己忙著繫緞帶。

「不盡然如此。有些人雖然不是很好，但他們還是在某處存在著。而人一旦死亡，那就真的離開了。全部都沒了。」

克萊兒想了一會兒沒說話。接著，「總而言之，媽媽現在有了一個新的男朋友叫愛德華，他的個子比理查還要高，而且人更好。他幫我買一座小屋子放在花園裡。妳要看嗎？」

「當然要看，等我們完成工作之後就去。」妮娜看著克萊兒笑了。「妳似乎對於長得高的人是不是好人很感興趣。」妮娜很高興可以改變話題。

克萊兒一臉訝異地看著她。「當然啊。我只有八十六公分高呢。」

她突然起身走出了房間。「我該離開了，得去寫書，」她說。「再見，妮娜。婚禮上見。」

法蘭克碰地一聲，從原本睡覺的沙發跳下來，懶洋洋地跟著克萊兒。說不定他是要去給點寫作建議。

一個小時後，她們大功告成。莉莉聽了妮娜的建議，準備了幾個不特別署名，只寫著親愛的賓客的種子包，以確保如果她妹妹在最後一刻邀請了更多人時，至少籃子裡還有二十包的存量可以因應。

「婚禮是週末後過一個禮拜舉行，她還有足夠的時間增加名單，我們完全不能放下心。」莉莉背靠著沙發，拿著一杯酒。妮娜也有一杯，對自己的成果感到相當滿意。她們完成的種子包看起來很漂亮，像由緞帶和花朵構成的彩虹。

「餐廳會不會需要妳在某個時候確定不再增加人數？」

「以防萬一，我們有先多估了。」

「還要做什麼嗎？有桌面的裝飾品？」

莉莉搖了搖頭。「沒有，會用野餐方式進行。」

妮娜揚起了眉毛。「萬一下雨怎麼辦？」

莉莉兩手一攤，「我想我們可以改到溫室，結婚儀式是在那裡舉行，不過到時是五月底的洛杉磯。網路上預測下雨機率大約百分之一，瑞秋挺高興的，她希望出席婚禮的每個人都可以無拘無束、開心地享受。」

「那要怎麼做？」妮娜喜歡策畫婚禮這件事，雖然她已經很厭倦參加別人的婚禮。

莉莉伸了伸懶腰。「我們從道具屋租了很多不同種類的大塊地毯，準備放在草地上，另外還租了幾百個各式各樣的枕頭把整塊地方圍起來。」她看著妮娜。「妳真的對籌備活動很有興趣。」

妮娜聳了聳肩。「我喜歡把事物安排好。我喜歡事先掌握全部狀況，也喜歡準備的過程。」

莉莉帶著溫暖的笑容，看著眼前這個年輕的女人。「妳知道，妳不可能總是事先準備就緒。

遺憾的是，生活總有突然變得混亂的傾向。我以為我把自己的人生計劃得井井有條，然後我的丈夫死於車禍，一切都變了。有計畫很好；先做計畫是好主意，但妳必須在必要的時候，願意放下妳的計畫。」

「而妳放下了妳的？」

莉莉喝完她的酒。「我不確定放下是正確的動詞，但我要自己不去想它。至少，不去想原來那個版本的計畫。還要再來一點酒嗎？」

她起身，走向廚房。

當她回來時，顯然已經準備好改變話題。

「那麼，為什麼安娜貝爾對於妳跟別人曖昧技巧的評價這麼糟？」她把重新斟滿酒的酒杯遞給妮娜，然後坐在地板上。

妮娜臉紅了。「她和其他女孩看到我的一個朋友來書店，並認定我們之間有點什麼。」

「你們沒有嗎？」

妮娜嘆氣。「不太成功。」

「但是妳喜歡這個人？」

「我一點都不了解他。」妮娜停頓了一下。「但，是的，他很有吸引力。我不確定他是否聰明；他似乎對運動很了解，對書卻一無所知。」

莉莉皺起眉頭。「這很重要嗎？很懂書是個重要指標？」

妮娜聳聳肩。「至少對我來說是吧，我明白這樣的想法很古板。我喜歡書；我從事有關書的工作，書是我最主要的興趣……而且，我不是很懂運動。」

莉莉對這樣的說法抱持懷疑。「所以，問題在於他不是書蟲，還是妳不運動？也許有件事是你們倆都感興趣的。電影？動物？昆蟲學？」

妮娜嘆了口氣，躺在地板上伸展著，凝視著天花板。那裡有一團粉紅色的東西。「那是黏土嗎？」

莉莉連看都沒看。「大概吧。我想妳應該和他出去一趟，好確定妳們兩人是否合得來。」她遲疑了一下。「妳們年輕人現在還約會吧？還是會先用演算法試算成功機率？」

妮娜笑了。「哈哈哈，是的，我們的手機自己會互相對話，看操作系統是否相容。這樣可以節省很多時間和精力。」她補充說：「還有，為什麼妳說『妳們年輕人』，妳大概只比我大三、四歲吧，我不確定。」

莉莉露出笑容。「是的，但妳得用媽媽的歲月來看。它們就像狗年，每一年抵七年。按時間來看，我是三十四歲，用媽媽的歲月計算，我已經九十四歲了。」

「呃……以九十四歲高齡來說，妳保養得很好。」

「謝謝。妳不能在網上肉搜他嗎？我以為你們都會這麼做。」

「大概吧，但我不知道他姓什麼。」

莉莉笑了起來，將她的筆電拖了過去。「那麼，妳知道他哪些事情？」

「我知道他的機智問答小隊在上上週擊敗了我們這一隊。他們大聲喊出了某個賽馬問題的答案，以此獲勝。妳知道每隻賽馬的生日都一樣嗎？」

莉莉心不在焉地點了點頭。「是的，一月一號。」

妮娜舉手投降。「是不是除了我之外，每個人都知道這件事？」

莉莉不理她。「找到了。這個網站列出了東洛杉磯酒吧聯盟所有的機智問答隊伍。這是妳所屬的聯盟嗎？」

妮娜點點頭。

「他的隊名是什麼？」

「問題王哈利。」

莉莉看向她，做了個鬼臉。「真的？而妳認為他不愛看書？」

「喔，」妮娜說，「說得好。我不確定哈利波特迷是不是就一定會愛看書，但我猜這確實意味著他會看書。」

「妳在批評《哈利波特》嗎？」

「絕不，我可是個雷文克勞。」

「居然有像妳這樣的書蟲？真令人驚訝。」莉莉正在向下滾動著某個頁面，妮娜看不到螢幕。「找到了。團隊成員……」她頓了一下，忽然皺了皺眉。「托馬斯．柏恩斯[12]。」

「是愛德華．伯恩斯的伯恩斯，還是大衛．柏恩斯的柏恩斯？」

「後者。有木字邊。」莉莉仍然皺著眉頭。「真是怪了。」

「怎麼了？」

莉莉沒有回答，然後抬起頭，突然露出微笑。「沒事，我想到別的事。」她闔掉筆電。「既

12　編註：托馬斯（Thomas）的暱稱為湯姆（Tom）。

然妳現在知道他的名字，就可以上網搜尋一下，看看他是否符合妳內心的形象。」

「我不確定我真的想要這樣。」

「妳說謊。」莉莉拿起一個空白種子包，開始工作。

「是的，我承認，」妮娜說。「但是我現在沒有要約會。要處理的事情很多，時間有限，我得讓我的生活很有條理，恐怕無法負荷交男朋友這件事。」她開始胡言亂語。「而且，我不知道我有沒有辦法經營這種必須在網路上，透過照片、情侶毛衣和公開貼文來確立的關係。我光是要能和他人建立關係就夠難了。更別提既要好好交往，又要能在網路上打造我們是一對的形象……」

莉莉看著她，稍微停下了手上的工作。「妳應該知道並沒有人規定一定要在網路上展露妳的生活，是吧？幾千年來，不論悲慘或幸福，我們都是各自努力過自己的生活。妳還是可以這樣做。」

妮娜聳了聳肩。「當然。但是，即使是在我自己的生活中，和某個人在一起的感覺也像是……」她的聲音變得微弱。「覺得私人領域被入侵了。」她想到別的事。「此外，我還有很多其他事情要忙。」她開始敘述有關家人和父親的狀況，莉莉邊聽邊時不時地回著：「嗯，這樣啊。」最終，妮娜說：「還有，即使我沒有一堆事情要處理，一旦我們討論完《哈利波特》，那傢伙還會和我聊什麼？說不定，他根本只看過電影。」

「妳這個挑剔鬼；電影沒問題，那都只是妳不想面對這件事的藉口。」莉莉回答，把種子包翻過面來檢視著。她把它遞給妮娜。「這個怎麼樣？」

這個包上用藤蔓寫著妮娜的名字，旁邊是琥珀色的罌粟花。

「好美。」

「很好，」莉莉說，「這是給妳的。妳要參加婚禮。」

「我沒有被邀請。」

「妳現在被邀請了。克萊兒邀請妳，而且她不喜歡被拒絕。」

「沒錯。」門口傳來了聲音。克萊兒和她的編輯法蘭克站在那兒，拿著幾張紙。「我寫好我的書，要去睡覺了。」然後她看著妮娜。「妳可以參加婚禮，但是要等到儀式結束才能和我一起坐，因為我是花童，這可是相當重大的責任。」

妮娜張開嘴想說什麼，但又打消念頭。

「感謝妳的邀請。」她說。

「妳可以之後再謝我，」莉莉站起身來。「我就先當作妳會玩得很開心吧。」

妮娜笑了，站起來拍拍身上的灰塵。躺在地板上好像讓她黏上了一層厚厚的狗毛。不過，嗯，反正這個晚上也挺冷的。

「此外，」莉莉送妮娜走向門口時又說，「婚禮是認識人的好地方。」

然後她和克萊兒站在門口，向妮娜揮手道別。

today is the day

DATE May 14th

M T W Th F S Su

SCHEDULE

7>8

8>9

9>10 工作

10>11

11>12

12>13

13>14

14>15

15>16

16>17

17>18

18>19

19>20 機智問答比賽

20>21

GOALS

婚禮！

－衣服？

－禮物？

－贊安諾？

NOTES

比爾．莫瑞

電影馬拉松

TO DO LIST

- [ ]
- [ ] 我的
- [ ] 腦袋
- [ ] 完全
- [ ] 一片空白
- [ ]
- [ ]
- [ ] 貓食
- [ ]
- [ ]
- [ ]

BREAKFAST

咖啡

LUNCH

咖啡

DINNER

咖啡冰淇淋？

WORKOUT

別鬧了…

第十一章

妮娜見到了更多家族成員，但她寧願沒見過

第二天早上，妮娜收到一條短信：有危險，威爾．羅賓遜[13]。薩卡仔會打電話給妳。到時見。發訊人是彼得．雷諾德，這讓她皺了皺眉。收到簡訊時，正是她早上安排每日計畫的時間，她仔細看了下那天的行程，有處理法律事務的空檔嗎？看起來是沒有。如果沒有，那就不會有。嘿，行事曆就是行事曆，如果不好好按表操課，肯定會天下大亂，陷入無政府狀態、貓狗大混戰之類的。想到《魔鬼剋星》的場景讓她跟著想起比爾．莫瑞的另一部電影《烏龍大頭兵》，在電影裡他求女友不要離開，因為「所有的植物都會死掉」。她咧嘴笑了笑，打開手機的行事曆準備排個比爾．莫瑞的電影馬拉松。看到沒？即使在最井井有條的生活中，也還是有突發奇想的餘地。只需要安排好行事曆。就像《六人行》女主角莫妮卡說的，遵循原則有助於安排樂趣。

薩卡森在書店開門後過幾分鐘來電，這一點還算貼心。這位致電的律師聽起來帶著歉意。

「妳的姪女莉蒂亞恐怕打算對妳提起訴訟。她要求大家今天在我的辦公室會面。妳是否要參加？」他聽起來像是在詢問而不是命令，於是妮娜認真地開始考慮。

13 譯註：電視影集《太空迷航》(Lost In Space) 中的角色。

「告我什麼？」

薩卡森咳嗽一聲。「欺詐。她認為妳可能並不真的是雷諾德一家的人。」

妮娜笑了。「請你告訴她，我一點也不在乎，就算完全不知道我父親是誰，我也不會怎麼樣好嗎？」

「我明白，但這跟遺囑有關。」

「那就把我刪掉吧，我真的不在乎。」

薩卡森聽起來很震驚。「妳不能隨意地把某個人從別人的遺囑中刪去。另外，這可能是一大筆錢。」

「也可能只是一根巨大的充氣中指。讓我清楚地再說一次：我、不、在、乎。我過得很好。不需要讓人生變得這麼複雜。」

電話那頭沉寂了片刻，然後，「嗯，我了解妳的意思，妳也很清楚自己的態度，但是也許妳願意親口告訴莉蒂亞？希爾女士，拜託，如果妳能參加這次會面，那會非常有幫助。其餘的家族成員都會出席。」

難怪彼得提醒她要注意，他已經知道會有這個場合。

「好吧，晚點見。」

「謝謝。」律師聽起來鬆了一大口氣，妮娜很好奇他在懼怕什麼。「我的助手會再和妳連絡細節。」

該死。現在她必須修改她今天的行程。妮娜最討厭修改原訂行程。

律師的辦公室位於威爾夏大道和新月高地交叉路口，一棟有著閃亮玻璃帷幕和花崗岩的建築裡。儘管並不真的像《星際爭霸戰》裡博格族的據點那樣嚇人，但那陰森昏暗的氛圍，就算一整支帝國風暴兵突然從停車場冒出來，妮娜也不會覺得驚訝。嗯，好啦，如果真的發生以上的情景，她應該還是會很驚訝，只是從那棟大樓出現並不令人意外。重點是，這棟大樓令人生畏，妮娜也的確心生畏懼。

大樓外牆上沒有事務所的名字，妮娜快速地瀏覽了大廳的樓層索引，他們有專屬的三層樓，意味著這家可不是普通的事務所，不，長官。接待員顯然相當專業，因為當妮娜走到她面前時，她立刻站起來：「這邊請，希爾女士。」

「妳怎麼知道我是誰？」妮娜問。她本來應該不會在意，但她此刻有點緊張，請參見前面提到的：帝國風暴兵。

接待員對她微笑，一邊引導她沿著長長的，鋪著絨毛地毯的走廊走去。「我有一份出席人員名單，這是這個時段唯一會有客戶參與的會議，此外，其他人都已經到了。」

「哦，」妮娜說。「所以，專業加上合理的邏輯推演。」

那位女士點了點頭。

「做得很好，女士，」說出口的同時，妮娜真希望自己的頭炸開。為什麼會冒出這句話？為什麼她張嘴會吐出這些東西？Siri 和 Alexa 這些人工智慧都比她更自然、更有人性。

那位女士推開一扇門，旋即湧出大量對談的聲音，妮娜停下腳步。

「應該是弄錯了。薩卡森先生說只有近親參加。」房間裡擠滿了人。其中一端的大檯子上擺放了大量食物，足夠餵飽一整支足球隊。而且還是剛結束比賽的足球隊。

接待員搖搖頭。「沒弄錯，是近親。」她微微側了一下頭，示意妮娜走進去，因為她正撐著門，而門很重，於是妮娜走進了房間。

妮娜一直不覺得自己的不擅交際會是個問題。不是每次人際互動都得搞得像派對一樣熱鬧，對吧？她的一〇一號房（歐威爾迷們都知道這是什麼）[14]裡，聚集了她記不起名字的人群。所以走進一間充滿陌生人的房間，對她來說，應該就像戴上一頂滿是黃蜂的帽子，並且得牢牢套在頭上一樣地令人安心吧。總之，她還是走了進去。

「妮娜！」彼得站起來迎接她。他握著她的手，傾身靠向她說，「不要在意，當耳邊風就好。」他向後退了一點，微笑地看著她。「莉蒂亞不能代表我們大多數人。」

妮娜點點頭，越過彼得的肩膀看見了亞齊。他也在對她微笑，也許來這裡沒有那麼糟。她在變得安靜的房間裡找了個空位坐下，感覺到好幾雙眼睛打量著她。她嘗試用之前治療師曾建議過的**鼻子吸氣、嘴巴呼氣**的呼吸法。也試著轉移注意力，桌子看起來是不錯的選擇，於是她直盯著桌子。如果沒弄錯的話，應該是雲杉木做的。

「妳要來杯酒嗎？」彼得問。「非常難喝，但是有酒精。」

---

14 譯註：喬治．歐威爾（George Orwell）的小說《一九八四》中，一〇一號房裡面有世界上最可怕的東西。

妮娜點了點頭，他給了她一杯酒。就像他警告的，難喝得要命。妮娜不是什麼美酒鑑賞家，但她是千禧世代，而正如你所聽說的，這個世代比歷史上任何一個世代更能喝酒。古羅馬人可能會抗議這個說法，不過網路通常不會很認真地查證真實性。妮娜對於網路說法的看法，就像看待酒吧裡那些手上拿著蜂蜜芥末椒鹽脆餅，輕輕轉著高腳椅，看起來好像很厲害的男人。他或許是國際套利或軍火交易的專家，也可能是熟悉天主教歷史，但更有可能他什麼也不是。不管怎樣，她還是吞下了那杯酒，所以網路說對了。

薩卡森到了，把一隻羔羊腿扔在桌上，準備展開獅群的餵食秀。那隻羔羊腿長的像一疊文件，不過仍然代表著同樣的意思。

「感謝各位的蒞臨，」他以老派的風格開場。「我想先花點時間向大家介紹妮娜．希爾。」他比向她，妮娜環顧四周，臉上掛著世界微笑史上最隱微、最緊繃的笑容，如果以地緣政治史來看，這個笑容表現了相當多的意涵。**我很不開心**，這個笑容代表著，**但我願意保持禮貌，只要你們也待我以禮**。而如果你很了解妮娜，它還顯示著，**我的恐慌症開始發作了，在我吐到桌子上之前，可以趕快進行嗎？**但是那裡沒人了解她，她可以不用擔心洩了底。

律師繞著桌子行走。「我們從妳的兄弟姊妹開始。這是貝琪．奧利弗；她是威廉．雷諾德的第一個孩子。」這個女人的年紀大約有五十五歲以上，跟她兒子彼得長得很像，兩個人的微笑也相仿。她舉起手比了一個和平的手勢，妮娜覺得這個手勢代表著，嗯，別擔心。「她右邊的這位是妳的姊姊凱瑟琳，左邊則是她們的母親艾莉絲。」

艾莉絲目光如炬地盯著妮娜，但妮娜眼中滿是她整個人所展示出的奇特形象。她吹整的髮型彷彿可以整個取下來，隨時用另一頂不同髮色的相同髮型替換。她偏愛顯眼的首飾，但很難理解她究竟想藉此表達什麼，也許只是單純想強調，**本人是個缺乏內涵的空殼，無所謂，因為我的殼比你的殼亮**。這個宣示有力而明確。妮娜還記得彼得警告過要小心艾莉絲，並且儘量不要直接跟她對上眼。

凱瑟琳和她媽媽不同。完全素顏，對外表毫不在意。她的頭髮凌亂，衣衫不整，但她的眼神像準備伏擊蟲子的知更鳥一樣敏銳而鋒利。妮娜痛苦地意識到，在這個情境下她就是那隻蟲。

律師吞了下口水，繼續介紹。「在她們右邊的是亞齊，我想你們已經碰過面，還有他的妻子貝卡。他是威廉不幸早逝的第二任妻子蘿西的兒子。」

「嗨，」亞齊說。「抱歉要妳參加這次會議。」

「閉嘴，亞齊，」坐在妮娜正對面的年輕女子說。「別當叛徒。」她掃了他一眼，然後回頭看著妮娜，眼睛完全不眨一下。她看起來大約三十五、六歲，穿著紫羅蘭色的褲裝，搭配一件繫了蝴蝶結的襯衫。她可能以為自己參加的是一九八六年舉行的會議，或是在試鏡演出《洛城法網》裡的小角色。

哇喔，妮娜想著，叛徒，呃？這麼快就出現這種廉價的侮辱了。尊重。儘管這個女人如果不眨眼，她閃亮的小眼睛就會從眼眶上掉下來，並像大理石一樣在桌子上滾動。

律師加快介紹的速度。「妳最小的姊妹蜜莉今天不在，但貝卡旁邊是伊麗莎，她是蜜莉的母親、威廉的遺孀。」

伊麗莎緊張地對她笑了笑，但是這分緊張是因為她，還是天生如此，妮娜無法分辨。

艾莉絲突然俯身指著伊麗莎。「她殺死了他，妳知道的，所以我建議妳小心自身安危。誰擋在她和她的金子之間，都可能命不久矣。」

伊麗莎哼了一聲。「妳錯了，艾莉絲。而且年紀大了。」

「我沒說錯，」艾莉絲頂回去。「我只是太老了，老到只要我不願意，就不用刻意扮好人。是妳殺了威廉，好拿走他的錢。」

薩卡森打斷她們。「拜託，艾莉絲，這是毀謗，而且毫無根據。」

艾莉絲瞪著伊麗莎說，「殺人的蕩婦。」

「惹人厭的鳥身女妖。」伊麗莎平靜地回答。

「女士們，女士們。」律師低聲嘀咕著，顯然已經很習慣這種程度的家族爭吵。他對她們皺著眉頭，清了清嗓子，然後繼續。「好的，現在要介紹姪兒輩。妳已經見過彼得，坐在他旁邊的是他姊姊珍妮佛。」珍妮佛長得跟彼得相似，友善地揮著手。「珍妮佛的孩子是妳的曾姪女和曾姪子，他們的年紀比較小，法律上沒有規定一定要出席。」

「法律有規定我必須在這裡嗎？」妮娜看著薩卡森。「我以為這只是一個邀請。」

「確實是。」他很快地回答。「我只是在解釋他們在法律上是未成年人，因此不能擔任訴訟當事人。」

妮娜不解地皺起眉頭，但在她追問其他問題之前，她對面的那個女人插話：「我是妳姊姊凱瑟琳的女兒、妳的姪女莉蒂亞，但我懷疑我們之間是否真的有親戚關係。」她挑釁地看著妮娜。「妳有什麼證據可以證明我的爺爺是妳的父親，還有妳不是騙子？」

妮娜盯著她看了一會兒，慢慢地揚起了一邊的眉毛，這是她引以為傲的技能。如果這個女人認為可以用粗魯的言語嚇跑她，那就準備失望吧。雖然妮娜每個禮拜都會因為焦慮發作崩潰個一到兩次，但她同時是從事零售服務業的工作者，而粗魯無禮是洛杉磯人購物時的特徵。

「喔，我不確定。我的出生證明書？我父親自己親口證實？我母親的說法？」

莉蒂亞像學校裡的愛欺負人的大姊頭一樣露出笑容，準備批評其他女孩穿的鞋。「嗯哼，這樣遠遠不夠，不是嗎？」

「法律上來說足夠了，」薩卡森明快地回答。「她的出生證明書上有威廉．雷諾德的名字；他在遺囑中為她訂了條款，證明他知道她的存在，並且她母親已經確認他是她的父親。從法律上來說，完全沒問題。」

「那麼，誰能確定她就是她所說的那個人？」莉蒂亞態度輕蔑。「她可能是個假裝成妮娜．希爾的騙子，想來騙我們的錢。她可能綁架了真正的妮娜．希爾，把她關在某個地下室。」

至此，妮娜僅剩的最後一點社交焦慮消失了，取而代之的是憤怒。這不必然是好事。有時，當她的社交焦慮消失得太徹底時，某種奇異而瘋狂的自信會接管她的嘴，並導致非常可怕的後果。

「好吧，」她出奇地冷靜。「如果我是個騙子，那麼我為了佈這個局花了很久的時間，我上學時是妮娜．希爾，上大學是妮娜．希爾，也以這個身分找工作，整整工作了六年，全心將自己假裝成某個無名小卒。而我會這麼做，就只是為了哪天可能有個我從沒聽過的人掛了，並且留給我某個神祕禮物。」她攤開雙手。「這真是犬儒主義和樂觀主義的完美組合，但作為一個騙局，似乎有點太久了，妳不覺得嗎？」

在場有幾個人笑了，但是莉蒂亞似乎不覺得有趣。

「此外，」妮娜繼續說，「我沒有接近你們；是你們來找我，我不知道我父親是誰。他有可能是任何人。」

「妳母親是妓女嗎？」莉蒂亞問。

妮娜愣了一下。「不，」她平靜地回答，「我不是那個意思。她是新聞攝影師。她拿過普立茲獎。」

「露易絲·連恩有拿普立茲獎，而她是一個虛構人物。」

妮娜碰巧知道她在說什麼，並有那麼一瞬間認為，莉蒂亞雖然是個混蛋，但是個富有機智問答精神的同好。莉蒂亞繼續往下講，那友好的感覺迅速消失。

「妳那位行為放蕩的單身母親現在在哪裡？」

「她在中國。」

「真是方便的藉口。」

「如果要拿東西給她，就會很不方便。」

桌子那頭的伊麗莎大聲說。「這實在太荒謬了。既然威廉有留東西給這個女人，這不就好了？他可以把任何東西留給任何人，不是嗎？」她轉頭看著妮娜。「順便說一句，我沒有殺他。多年來抽菸、喝酒，幾乎每餐都吃紅肉，這讓他死於心臟病。」她聳了聳肩。「我們認識以後，他戒掉了這一切，但已經無法挽回對身體的傷害。」

「妳對他洗腦，」莉蒂亞說。「他變成素食主義者，還試圖說服我做果汁排毒。那真是太可怕了。」

妮娜揚眉看向薩卡森。「我父親的死有任何可疑之處嗎？」

「有，可疑之處就是他到底是不是妳的父親，」莉蒂亞吵鬧著。

「沒有，」薩卡森翻了個白眼。「並無疑問。正如伊麗莎說的，他已經七十多歲了，死於心臟病。」

伊麗莎盯著莉蒂亞。「莉蒂亞，妳根本不了解妳的爺爺。我不確定妳為什麼以為自己清楚他的健康狀況。妳上次見他是什麼時候？」這個女人全身上下都很優雅：淡金色的頭髮，深灰色的喀什米爾羊毛衣上裹著灰色的喀什米爾圍巾，多層次的金項鍊和手鍊。但她被激怒時也會像一般人一樣發脾氣。可能是因為她必須面對一個瘋狂的前妻和一個至少有一半蛇怪血統的繼女。

「妳不讓我們見他。妳把他藏起來了，這樣妳就可以影響他的想法，好來對付我們。」令人驚奇的是，莉蒂亞的每句話都充滿了憤怒，同時卻又維持著相當平穩的語調。

彼得終於加入對話。「莉蒂亞，親愛的，這不是電視劇小說。坦白說，威廉可以多撐這麼久的時間已經很令人訝異了，攻擊他的遺孀既沒品又沒有意思。伊麗莎是愛著威廉的。」

莉蒂亞猛地回頭。「彼得，你不了解女人，不要多管閒事。」

「真的嗎？」亞齊插話。「現在妳打算要攻擊彼得嗎？」

莉蒂亞生氣地指著他。「亞齊，你不要來湊熱鬧。你甚至不應該在這裡。你能獲得的錢比我們任何人都多。你怎麼會在乎？」

亞齊的臉發紅。「妳是說因為我媽已經死了？是啊，這真是一筆好交易。妳可能很樂意用妳的母親去交換冰冷生硬的現金，但貝卡和我……」

突然間，房間裡每個人爭相發言，但沒有一個人是好聲好氣的。

「噢，看在老天份上。」妮娜大聲說，爭論聲嘎然而止。「你們都瘋了。我不想聽遺囑了，我不要他留給我的任何東西，再見。」

莉蒂亞一臉得意。律師面帶憂慮。其他人則感到尷尬。

妮娜起身離開房間，在氧氣耗盡之前，趕緊走出大樓外呼吸新鮮空氣。她靠在外牆上，慢慢滑坐在人行道上。她把頭放在膝蓋之間，等待身體恢復正常。她要回家喝一杯白蘭地，然後更改電話號碼，可能的話甚至想改個名字，好不用再跟雷諾德一家往來。

她非常認真地希望他們不要再來煩她。

第十二章

妮娜再次回到正常生活

一等妮娜回到自己家裡，她發現自己已經把對於那愚蠢家族的所有想法都拋諸腦後。今天是星期二，意味著今晚是機智問答之夜，而今天晚上特別重要的原因是：這將是參與區域機智盃準決賽的再一次機會。為什麼贏得機智盃這麼重要？這個嘛，獎勵是這樣的：優勝隊伍可以獲得一萬美元捐款給指定的慈善機構，以及印有「答案盡在我手，但只值一件鳥衣服」的T恤。第二名的獎品則是非常具有電影風格的牛排刀組。第三名？沒有第三名。這個比賽有優勝隊伍，也有等同於失敗者的第二名團隊，就這樣，沒有其他名次。妮娜的團隊去年排名第三，這激發了他們尚未消褪的好勝心。今年的勝利將是屬於他們的。

妮娜花了很多時間閱讀最近六期的《體育畫報》，也研究了幾本有關棒球（美式消遣）、足球（美式運動）以及冰球（加拿大的玩意兒）的書籍。同時盡可能地看了維基百科上關於運動類項的所有條目，感覺自己就算在這一類題目仍然算不上有競爭力，至少不至於慘敗到爬著出來。

今晚的比賽地點是位於洛斯費利茲一家名為「遊戲機」的酒吧。妮娜環顧店內，明白了整個由來：某人碰巧遇上一大批每張桌面下都鑲著遊戲機的桌子，這些桌檯曾經大受歡迎，現在則被廉價拋售，於是帶走了其中五十張。然後他們意識到似乎該想想怎麼處理這些桌子，開間酒吧聽起來是個好主意。

無敵丹諾隊的其他成員都到了，她們坐在**大蜜蜂**那桌。蘿倫正在玩那台真的還能用的遊戲機，卡特和莉亞則在一旁加油起鬨。

「姊妹們，」妮娜打著招呼坐下來。莉亞遞過一杯酒，她立刻開喝。她顯然比自己以為的還要緊張。

「敬謝不敏，」卡特回嘴。「我知道我是個生性敏感的男性，但我可確實不是位姊妹。」

妮娜不以為意。「打得如何？」

莉亞從遊戲機上抬起頭。「這個嘛，如果這個星球的命運掌握在蘿倫手中，我想我們完蛋了。」

「看來也不會是了。」蘿倫沮喪地舉起雙手投降，她的火箭已被徹底摧毀。

「輪到我了。」卡特彎下腰投幣。

妮娜隨意地看了酒吧一圈。她已經喝完手上那杯酒，伸手又去拿了卡特的那半杯。

「他們還沒來。」莉亞說。

「誰還沒來？」妮娜一臉無辜。

「別裝了。問題王哈利隊。他們還沒出現，不過他們有登記參賽。假如我們能擊敗威脅清醒隊[15]，就會在第二回合跟他們對賽。」

「妳說假如我們能擊敗誰？」

15 譯註：取自美國加州搖滾樂隊醜小子喬(Ugly Kid Joe)在一九九五年發行的第二張專輯名稱。

「不知道，新的隊伍。」

「在哪裡？」

莉亞指向酒吧另一頭坐在小精靈小姐桌的一群男生。

妮娜看了一眼，露出笑容。「喔，我們肯定沒問題。那個男的之前是在龍舌蘭學舌鳥那隊。他通常已經半醉了，咱們再送一輪酒過去吧。」

「這是作弊。」

妮娜一臉憤慨。「才不是作弊。這是在展現我們對他的支持。」她的眼神飄向大門，莉亞猛力拍了下她的手臂。

「別再沉迷於那個男的。這會削弱妳的攻擊力。保持專注。我們贏了這場，就能進到準決賽。」

「我才沒有沉迷。」

「妳就有。」

卡特突然迸出歡呼聲。「我進了排行榜！」他站起身，繞著桌子轉圈跳舞，親吻著每一個人，湯姆當然就這麼剛好地在此刻走進酒吧。電影院那個女孩麗莎和他一道，她去找桌子，而湯姆走向吧檯，倒不是說妮娜有多關注他們的一舉一動啦。

「妳可以去點剛剛說的那輪影響攻擊力的酒了，」莉亞看著妮娜。「順道跟妳那位小朋友打個招呼。」

「我的小朋友？妳要引的是《戰爭遊戲》還是《疤面煞星》裡的意思？」

莉亞做了個鬼臉。「都不是。大部分人都能夠不引用電影或書就能進行對話。只有妳是透過虛構的宇宙過著自己的真實生活。」

「妳講的好像這是件壞事。」妮娜起身，走向吧檯，暗自拉了拉可能不小心起皺的衣服。她是個真實的人，坐下時可能會把衣服壓出摺痕。幸運的是，她身上穿的是復古的深綠色洋裝，用料比時下衣服紮實得多，她可以毫不費力地恢復亮麗造型。感謝天然纖維及斜角剪裁。

她擠到吧檯邊，緊鄰著湯姆。「呃，哈囉。」

湯姆早就從吧檯後方的鏡子看到妮娜走來，事實上，他從大門進來時就立刻注意到她了。他看著她整理著身上的洋裝，內心卻超想立刻把那身衣服弄皺。他肯定是瘋了。

「嗨，」他對她微笑，暗自慶幸酒吧裡燈光昏暗，她不會發現他在臉紅。「準備好戰鬥了？」

她點點頭，感覺臉微微發燙。「希望是。你呢？」

他聳聳肩。「希望。妳那天見過的麗莎過敏症發作，抱怨個不停。另外兩個隊友還沒來。」

「她是你的女朋友嗎？」**喔，我的老天。妳在幹嘛？**

他停了下來，微微蹙起眉頭。「不，她是個朋友。我們從高中就認識了。」

「喔。」妮娜拚命想著該如何回應。「好極了。」此刻她的大腦伸出想像中的雙手掐住自己的腦幹，如一隻憤怒的母雞。**我要罷工**，她的腦說。**如果那張嘴再不等我的意見就亂發言，我就不幹了。**

妮娜點了一輪酒。湯姆裝出嚇壞的表情。「在比賽前喝酒？這不是很冒險嗎？妳忘了上回妳們令人印象深刻的火力全開的表現？」

她對他擺了個臉。「這是在嘲笑我？你上回打敗我們了。」

「那只是運氣。我看過上百次妳們的比賽，那是頭一次被打敗。」他停了一會兒。「喔，除了去年的準決賽。」

「啊，你有看到？」

他的臉更紅了。「是啊。我們也在準決賽時落敗。輸給西班牙問題多多隊[16]。」他忍不住微笑。

「完全意料之外啊。」

她回了他一個微笑。巨蟒劇團對上哈利波特。他不完全只是個運動宅嘛。吧檯備好了她點的酒，她正準備開口請他們送去給另外那個隊伍，突然感覺這真的很像作弊。真該死。

他挪了挪腳，讓自己更正面地朝向她。她的頭正對著他的肩膀，於是她將頭往後仰了一些。他們靠得非常近，近到她可以聞到他身上木屑和肥皂的味道。「好好享用妳的酒，」他說。「我點的是摻了咖啡因、Omega-6、肉桂和人蔘的特調飲品。特別訂製直送到酒吧來的，好讓我的團隊可以保持尖峰狀態。」

「真的嗎？」

他搖搖頭。「不，不是。我點了一桶啤酒和一碗開心果。」

「我很愛開心果。」

「我也是。」

「它們飽含脂溶性維生素。」

毫無意外地，這段對話有點無以為繼。應該可以歸咎於「富含維生素」這句。妮娜端起她那盤酒，準備邁步走開。

---

16 譯註：隊名應是自英國巨蟒劇團（Monty Python）的電視節目《飛行馬戲團》第二季第二集標題《西班牙宗教裁判所》（Spanish Inquisition）一詞轉化而來。

「嗯，很高興又見到你。」她有氣無力地說。

他點了點頭。「我很期待打倒妳。」他停了下來。「這樣說感覺很怪。」

妮娜皺眉看著他。「看你的運氣了。我們今晚狀態極佳。剛剛已經用大蜜蜂遊戲機熱身了，在過去一個小時裡成功地保衛了我們的星球。」

他哈哈大笑。「如果妳們已經在這兒混了一陣，現在又打算喝酒，我們隊應該會贏得毫不費力，我的隊員們可都是受了高度訓練、個個腦袋清醒的知識王。」

「要打賭嗎？」

「當然好。」

「賭二十塊？」

「賭一頓晚餐。」

妮娜看著他，看起來不像在開玩笑。「好，賭一頓晚餐。如果我贏了，你要請我去丹尼餐廳吃飯。」

「確定？」

她點頭。「我很愛那家餐廳。」

「月兒照火腿三明治？」

「每次必點。如果你贏了呢？」

「炸雞跟鬆餅。」

她笑了。「我們真是絕配。」

他贊成。「我很想知道除了對肥滋滋食物的口味相仿，我們還有哪些共同點？」他緩緩地對她露出微笑，她一時呆住了，嚥了下口水。

突然，霍華德的聲音響徹酒吧。「大家晚安，勇敢的挑戰者和膽小的觀察員們。今晚的比賽即將開始。在第一輪中，將由無敵丹諾隊迎戰威脅清醒隊，假如上禮拜的對戰表現是參考點的話，威脅清醒隊應該沒啥好擔心的。」

「我得走了。」妮娜趕緊回到她們那一桌。

湯姆看著她離開，注意到她在穿過人群時微屈著身體，小巧而靈活。丹尼餐廳從來沒這麼有吸引力過。

在大多數的酒吧益智比賽，或者叫機智問答，又或者看各地習慣怎麼稱呼的這類型比賽中，每個隊伍會拿到一張寫滿問題的單子，必須在限定的時間內作答完畢。作弊是被強烈禁止的，但當然還是會發生，特別是現在還可以用手機連網查詢。為此，今晚的**機智盃**特別改變了競賽規則。兩邊隊伍必須各派一位上台對戰，跟電視節目一樣。主持人問完題目，兩隊按鈴搶答，然後爭取分數。如果先答的那隊答出正確答案，獲得兩分。如果沒有，而另一隊答對了，得一分。

參賽隊伍被鼓勵攜帶自己專屬的搶答鈴，因此現場常有很奇怪的聲響。莉亞負責今晚的鈴聲，她帶了一個在 eBay 上找到的老式火車口哨。那口哨的聲音有點悶，大家因此質疑起莉亞的選擇，直到蘿倫從皮包找出一罐多功能去漬劑的迷你瓶來清了清，這才有效解決了這個問題。然後有人提出了疑問，為什麼蘿倫要隨身帶著霧化碳氫化合物，接著又有人提問妮娜為什麼用這個詞來形容它。整串討論花了將近三十秒，所幸霍華德剛好也用了這麼長的時間在解釋規則。

「現在進行第一類題目：**世界地理**。請兩邊隊伍推派代表。」

這對無敵丹諾隊來說很容易，地理是莉亞的強項。她是由媽媽親自教導的在家自學者，她媽媽認為背誦是放鬆心情的良方，因此莉亞能背出各州（包括首都、州鳥和州花、主要河流和地標）、世界各國（包括非洲國家，就算它們有了很大的變化）、聖經章節、歷任總統和第一夫人（以及他們的寵物，包括柯立芝的浣熊），以及從開天闢地以來扮演過《神祕博士》的每個演員。最後那個是她自己想要背的。

「等等，」妮娜擔憂地說。「萬一下一個題目是歷史類，而我們不能派她了怎麼辦？」

莉亞聳聳肩。「那換蘿倫吧，她的地理也很強。」

「我不行，」蘿倫憤怒地低語。「上次我就搞錯了，把世界最長的河說成是密西西比河，還像個參加拼字比賽的五歲小孩一樣把密西西比拼出來。甚至最後還複述一次。」

「妳拼對了啊。」

「對，但那不是重點。我沒有答對問題，而且我再也沒臉踏進那家酒吧。」

妮娜讓步。「莉亞，妳上吧。」

為了幫自己的機智比賽創建 YouTube 頻道，霍華德最近費了很多心思，還弄了個小搶答檯。

莉亞和來自威脅清醒隊的對手走上前。

「別碰，」他發出噓聲。「還是濕的。」

「為什麼？」莉亞立刻住手。

「當然是油漆啊。我太早上亮光漆了，所以乾得很慢。」

「她就是要問這個啦。」威脅清醒的那傢伙大笑。

莉亞翻個白眼，捏緊了她的口哨。

霍華德看向他的朋友唐，唐負責這場比賽的直播。「唐，準備好了嗎？」

「隨時待命，大導演。」唐是個愛開玩笑的人，喜愛老電影和詩歌大滿貫，他正假裝自己是個電影攝影師。

霍華德清清喉嚨：「女士和先生們，我們開始囉。歡迎來到南加州機智盃預賽現場。今晚各個隊伍將為榮耀而戰，並且爭取晉級的機會，我們的隊伍包括無敵丹諾、威脅清醒、問題王哈利、以及奧莉薇核彈。其中一個隊伍將稱霸今晚，另外三隊則將默默無名。第一輪比賽由無敵丹諾隊對上威脅清醒隊。」他轉向莉亞咧嘴而笑。「這位小淑女，請問妳的名字是？」

莉亞不以為然地揚眉看著他。「我的名字叫『去死吧，性別歧視』，這位小隻男。」

霍華德沒理會她，轉向威脅清醒隊的傢伙。「那麼你呢？」

「我叫艾爾。你可以叫我艾爾。」

霍華德轉向前方，對著唐舉著的收音筒微笑。「比賽開始。」他變得嚴肅。「美國國旗上有多少條紋？」

「十三條。」莉亞立刻回答。

「參賽者必須先按鈴搶答。抱歉，無敵丹諾。威脅隊，你們有答案嗎？」

「呃，十三條？」

「答對了。威脅隊獲得兩分。」

妮娜、卡特和蘿倫吼叫著表示抗議，但霍華德舉手制止。「吵鬧也沒有用，無敵隊。你們很清楚規則。」

莉亞抱歉地看著她的隊友們。

「好，下個問題：蒙特維多是南美洲哪個國家的首都？」

威脅隊的男生捏住他的橡皮雞，發出吱吱聲。

「嗯……」

霍華德等著答案。

「呃……」

「你要猜猜看嗎？」

「嘿，」莉亞說。「這不公平。那是他自己太早搶答，應該輪到我了。」

「好吧，請作答。」

「烏拉圭。」

「正確答案。無敵隊獲得兩分。下一個問題：格陵蘭的官方語言為何？」

一陣短暫的停頓，然後莉亞吹了哨子。「格陵蘭語。」

「別鬧了，」威脅隊的傢伙說。「這是妳編的吧。」他捏著橡皮雞發出好幾次抗議的聲響。

「你去網路上查啊，笨蛋。」莉亞回嘴。「不然問霍華德，答案在他手上。」

「沒錯。她說的對。」霍華德說。「加分題，請說出格陵蘭會用的另一種語言。」

「丹麥語。」莉亞回答。

霍華德看著她。他在莉亞第一次參加他主持的淘汰賽時就愛上了她，她在世界宗教上稱霸，同時擅長英格蘭皇家歷史和非洲塞倫蓋蒂動物種類。他愛她的大腦，還有她迷人的曲線。

「有妳不知道的事嗎？」他脫口而出，忘了自己的麥克風還開著。

「有，」莉亞答道。「我不知道你為什麼不幫我加上那一分。」

酒吧裡爆出一陣笑聲，霍華德皺眉。「禁止嘲弄，參賽者。加分取消。」

莉亞不作聲，試著對霍華德擠出笑容，卻無法勉強自己。

「下個問題，加拿大育空地區的首都為何？」

吱！

「白馬市。」威脅清醒隊的傢伙對莉亞微笑。「我是加拿大人。」

她面無表情地瞪著他。「恭喜。」

霍華德清清喉嚨。「這一階段的最後一個問題：區隔東非海岸和沙烏地阿拉伯半島的是什麼海？」

嗶！

「紅海。」莉亞對這題很有把握，她帶著勝利姿態回到隊上。目前戰績：無敵丹諾隊，六分；威脅清醒隊，四分。

「休息片刻後，接下來我們將進行比較簡單的，我會稱之為『書籍』的領域。」霍華德對全場微笑，但是沒人注意聽他說話。「還有請記得喔，今晚的酒買一送一，所以請務必到吧檯來喝個大醉吧。」唐舉起手開始倒數，三、二、一，作勢已切掉直播。霍華德立刻撤下笑容，跳上前來看回放的影像。

妮娜若有所思地看著霍華德。「酒是他給這些聰明的參賽者們的禮物，這樣能讓他看起來掌握全局。」

「他確實口才無礙呢，說真的。」莉亞同意。

「讓我們把這輪酒喝乾吧，」卡特說。「非洲很多清醒的孩子們會為此瘋狂的。我們可不能這樣浪費。」

於是他們這麼做了。

妮娜站在搶答檯前，手沒有碰觸檯面，面對威脅清醒隊的另一個隊員。他長得挺帥，一臉自大，妮娜迫不及待地想摘下他那驕傲的高帽子，當然，這是以一種隱喻的說法。

唐已經開始拍攝，霍華德切換成比賽主持人的狀態。「好了，各位觀眾，我們要進入書籍，或者有些人喜歡稱之為文學的領域。」

「嗨，自大鬼。」威脅隊的男生說。

「哈囉，臭知識分子。」妮娜回應。

「不要故意挑釁。請保持風度。」霍華德意帶責難地看著她們。「以『我的名字叫伊什梅爾』作為第一個句子，這是來自……」

妮娜吹響哨子。「《白鯨記》。」

霍華德點頭，但提醒。「請在問題問完之後再搶答。」

「抱歉。」

他對她皺眉。「《唐吉軻德》的作者是？」

哨聲響了。「塞凡提斯。」

「全名？」

妮娜瞇起眼瞪著他。真是個惹人厭的傢伙。「米格爾·德·塞凡提斯。」

「在關於一隻六十三公分高的大紅狗的那本童書中，那隻狗叫什麼名字？」

吱！

「格利佛！」那位自以為是的帥哥對這個答案很有把握。

霍華德提高聲量，「加分題：那隻狗為什麼長得那麼高大？」

帥哥突然變得有點傻氣。「因為艾蜜莉愛他。」他停頓了會兒。「艾蜜莉的愛讓他變得如此龐大，以至於霍華茲得離開家。」

霍華德嚴肅地點著頭。「沒錯。是的，就是這樣。」

妮娜很火大。「那是電視主題曲說的，書裡沒有寫。」

「妳確定書裡不是這樣？」霍華德不耐地對她撇嘴。「不，妳不確定，所以請不要有意見。下個問題：探討本體論問題的《存在與時間》是哪位德國哲學家的作品？」

一陣漫長的沉默。

「我有意見，我們從《大紅狗格利佛》跳到這個？哲學算在文學的範圍裡嗎？」妮娜抗議。她的頭有點暈。真不該在比賽中喝酒。

霍華德不以為意。「這個嘛，首先，妳的問題是個非常哲學性的問題；此外，這個階段的主題是書籍啊。別來亂了，無敵丹諾隊。」他看著兩位參賽者。「沒有答案嗎？」兩個人都搖頭。「隊裡有誰要幫忙回答？」沒有回應。「現場有誰知道嗎？」一片沉寂。霍華德裝腔作勢地嘆口氣，當然啦，他知道答案。「馬丁．海德格。」

「真是太棒了，」妮娜說。「你覺得艾蜜莉的愛對他有什麼影響嗎？」

霍華德無視她的嘲諷。「請說出霍格華茲魔法與巫術學院的四個學院？」

嗶！吱！

妮娜和來自威脅隊的傢伙怒目相向。嗶！吱！嗶！吱！

霍華德舉手調停。「猜拳決定。」

妮娜出了石頭。威脅隊出了布。一陣歡呼，他大喊出答案：「赫夫帕夫！史萊哲林！雷文克勞！葛來芬多！」

「用不著那麼激動，」妮娜嘟囔著，氣惱著出石頭的自己。剪刀向來會是比較好的選項。

「好了，現在的比數是：威脅隊五分，無敵丹諾隊四分。最後一個問題：一九一五年首次出版的《變形記》，作者是？」

妮娜自信地吹響哨子。「卡夫卡。」霍華德沒作聲。「法蘭茲・卡夫卡。」她不悅地繼續說。他還是沒說話。「法蘭茲・費南德・卡夫卡。」她早就準備好了中間名，但她敢打賭霍華德對卡夫卡的了解絕對比她少。

他點頭表示正確，接著說：「加分題：傑夫・高布倫變成蒼蠅的那部電影名稱？」

「《變蠅人》！」威脅隊的傢伙大吼。

「答對了！兩隊在這個階段各得六分。」

一陣騷動。「等一下！」妮娜說。「這不公平！那部電影甚至沒有依據卡夫卡寫的書改編。主角是變成蟑螂，不是蒼蠅；那是電影，不是書；更何況……」

「抱歉，這是最終裁定。」霍華德態度堅決，儘管妮娜的連番質問逼得他往後退了一步。莉亞和蘿倫也衝上來加入爭辯，他又往後退了一步，突然重心不穩地跌坐在後方一位來不及避開的女士的大腿上。飲料灑了。開心果滾過地板，果殼四散。人們跳了起來，不小心踩了地上的堅果。有人跌倒。有人詛咒。威脅隊的隊員全部湧了上來，過了二十秒左右，警衛也出現了。

半分鐘後，在酒吧外，卡特嘆了口氣，「妮娜，為什麼總是妳讓我們成了拒絕往來戶？」

她看著他，依舊很生氣。「那甚至不是有關書的問題！」她甩了甩袖子上濺到的啤酒，幾顆開心果飛了出來。「這是原則！如果我們不堅持……」

「那我們還能相信什麼？」

她轉過身。湯姆站在那兒，已經套上了夾克。「我想妳可能需要有人送妳回家。」他笑了。「妳似乎有點……火大。」

「嗯，」妮娜說，「我本來要跟莉亞一起……」她環顧四周。看見其他隊員們消失在街道那端的轉彎處。「喔。」

第十三章

讓我們多了解湯姆這個人

妮娜讓湯姆載她回家，她坐在駕駛座旁，再次聞到木屑的香氣。

「你是個木匠嗎？」她問道，酒精稍稍卸下了她的防衛。「你身上有木頭的味道。」她靠向他，誇張地聞了聞。

他笑了。「算是吧。」

妮娜皺起眉頭。「到底怎樣，木匠？」

「這算是個句子嗎？」

「可以算。為什麼不行？」她靠回椅背。「我木匠、你木匠，大家都木匠……」

他瞄了她一眼，然後將眼神拉回路面。「妳喝很多酒？」

她搖著頭。「不。我根本不該喝酒；我拿酒沒轍。會立刻喝醉，不到兩個小時就開始宿醉。真的不太能喝。」

他大笑。「所以，不是個酒國英雌，這是妳的意思？」

她搖頭晃腦。「通常到了最後，我會開始哭。」

「哇喔。這樣的話，嗯，妳還是喝汽水就好。」他打了方向燈，妮娜用腳跟著聲音打著拍子。

「汽水會讓我放屁。」她說完緊閉上嘴，對自己發誓不再開口說話。最好永遠都別開口。

「那麼，喝白開水吧。」他看著她的側臉。「雖然放屁也沒什麼大不了。」

她信守對自己的承諾，不發一言。她望向車窗外，看著外頭熟悉的場景：流浪漢在白日的一日好眠後醒來，好打起精神應對黑夜裡的各種危險。準備趕攤的時髦人士打扮得像穿著好鞋的流浪漢，擠在店門口，等著共乘汽車，他們來回滑著手機，比任何時刻更專注地辨識著車牌。酒吧和有賣酒的店面如聖誕節般亮起了燈，照亮了店門前潮濕泥濘的人行道。然後他們進入了拉奇蒙特的住宅區，那裡原本想設置更有氣氛的老式路燈，結果與實際相距甚遠。

他們在妮娜住的屋子前停下車。她離開時留了一盞扶手椅旁的閱讀燈沒關，燈光透過窗顯示著歡迎之意。她有點希望自己今天根本沒出門，因為她現在頭痛欲裂，而且也沒贏得機智問答比賽。她嘆了口氣。

「很不錯的小屋。」湯姆說。

「謝謝。」她一時找不到車門的門把，這種事通常不會發生。湯姆靠過來幫忙，輕易地把門整個推開。

「妳需要有人幫忙找鑰匙嗎？」他故意鬧她。

她看著他搖頭。「我想不需要。」接著她想起來，「等等，你拋下你的隊伍嗎？你們不是下一輪就要參賽？」

「是啊。」湯姆一臉無所謂。「但少了你們這一隊，根本沒有挑戰性。」

她皺眉。「你的隊員們也是這樣想？」

他點點頭。「他們沒有把這件事看得太認真。」其實是麗莎把他推出去，要他去看看妮娜是否需要有人載她一程，不過他想可以不用提到這一點。「更何況，益智混蛋應該會重新排賽程吧。」

「好吧。」她命令自己的腿開始移動，準備下車，可是似乎沒起作用。她不悅地再次發出命令——天哪，到底誰才是這個身體的主人？她總算起身下了車，整個人有些搖晃，湯姆及時下車趕到她身旁，扶著她的手臂。

「妳真的不太能喝酒呢，是吧？」他帶著微笑說。

她抬頭看著他。「你會看書嗎？」

他困惑地回答，「當然，偶爾會看。」

「是好書嗎？」

「這個嘛，是我覺得還不錯的書。」

「你讀過珍．奧斯汀？」

「沒有。」

「馮內果？」

「沒有。」

「楚門．卡波提？」

「也沒有。」他面無表情，但她看得出來他有點對這一連串的提問感到惱怒。

「哈利．波特？」情急生智。

「當我小的時候，當然讀過。」

「那你知道你是哪個學院嗎？」

「不知道。我沒有那麼迷。」

她又暈得搖晃了一下，突然倒在他身上，臉朝上地看著他，這樣的情境讓湯姆除了吻她之外，別無他想。

於是他這麼做了。那是個得體的輕吻。

「你想進屋裡來嗎？」等他們各自退開，她這麼說。

「妳確定我是受歡迎的？我沒讀過指定讀物。」

她點了點，再次踮起腳尖，將他拉向自己。他的雙臂緊摟著她的腰，這次吻得很深，但他趕緊停了下來，甩了甩頭。

「這樣不行。我不該佔喝醉酒的可愛小書蟲便宜。這是規定。」

「是嗎？」妮娜很困惑。「誰說的？」

「我說的。」他輕輕地將她轉過身去，推往房子的方向。「去吧。我會確定妳好好地回到屋裡。」

她走進屋裡，上階梯的腳步踩得其實還挺穩的，一等進到屋裡，她立刻走去打開了窗戶。他還站在車道上。

「嗨。」她說。

他對她露出笑容。「哈囉。」

「我應該放下我的頭髮嗎？」

他搖搖頭。「首先，妳的頭髮不夠長，搆不到我。其次，我一直搞不懂這是啥鬼主意。幹嘛不把頭髮好好剪掉，編成繩索，然後做個真正的階梯？又沒有多困難。」

「但是就沒有那麼浪漫了。故事也會變得很短。」

他不以為然地聳著肩。「是，可是假使故事是那個叫什麼名字的女生打造了一個髮梯並成功逃脫，這聽起來不是很酷嗎？」

「樂佩？」

「妳說是就是囉。」他轉身準備離開，然後停下腳步，轉回來抬頭看著籠罩在閱讀燈光暈下的她。「我想再見妳。」

妮娜一本正經地偏著頭。「我會好好考慮。」

「別太熱情地撲倒我。」

「好。」

「那麼，掰掰。」他坐進車裡，開車離去，一隻手伸出窗外揮了揮。

「掰掰。」妮娜看著他的車燈隱沒。她坐回椅子上，關上了窗。

「菲爾，」她對著那隻正在地板上來回踱步等著食物的貓說，「我想我喜歡上某人了。」

「那真是棒透了，」那隻貓回答。「我餓了。」

湯姆邊開車，邊拿出電話打給他哥哥理查。

「我想我喜歡上某人了。」一等他哥接了電話，他立刻說了這句。

「嗨，湯姆，」他哥挖苦地說。「你好嗎？現在是半夜——你有注意到吧？」

「我嚇壞了，」湯姆說。「所以才打給你啊。」

「你不過是遇到了某個新的女孩，有什麼好大驚小怪？保持冷靜，等你和她睡過幾次，她開始顯現出她失心瘋的那一面，而你得想盡辦法擺脫她。等那時你再恐懼吧。」

湯姆說，「聽著，你跟我不同。我得在和她上床前，先搞清楚她的精神狀態。」

他哥的聲音帶著諷刺。「是嗎？那愛妮卡該怎麼說？」

「那是個例外，每個原則都有例外。」

「但不是每個女人都有被申請禁制令。」

「她的頭髮很美。」

「沒錯。直到她剃下頭髮寄給你。」

湯姆發現自己根本沒辦法專心開車，於是停到路邊。「這個女孩不一樣。」

他聽見她哥哥在嘆氣。「說說看吧。」

「她在書店工作。」

「有工作很好。喜愛文學也是個好跡象。」

「她長得很嬌小，有著栗子色的頭髮。」

「喔，老天，你已經變成抒情小子了。總之，她是紅髮女郎？」

「不，基本上是黑色的，但帶著紅棕色的光澤。有點像艾蜜莉亞以前染的那樣。」

「她也是染的嗎？」

「不，那是她天生的髮色。」

「艾蜜莉亞也總說她的頭髮天生就長那樣。」

湯姆不太高興。「聽著，我們的妹妹怎樣跟這無關。妮娜有著深紅棕色的頭髮，淺褐色的眼眸，身材嬌小，美麗極了。」

「你說過她很嬌小了。所以她的身高不到一百二十公分？」他停了一下。「你是在跟我預告，我會見到一位在餐廳裡需要坐加高座椅的女生？」

「沒那麼誇張，但她比，嗯，比瑞秋嬌小。」

瑞秋是理查的未婚妻。「瑞秋有一百七十五公分，她根本不能算嬌小。」理查聽起來很樂。「其實你真要和坐加高座椅的女生約會也沒什麼問題，只要她不是真的是個小孩就好。麻雀雖小五臟俱全，你說是吧？」

湯姆不悅地哼了哼。「理查，她長得一般高，她很漂亮，我真不懂我幹嘛跟你討論她。她很聰明，對我來說可能太聰明了。」

「很好。你總是會跟太沒個性的女生約會。」他咳了兩聲。「或是完全的瘋婆子。」

「她的名字是妮娜。」

「你說過了。你們上床了？」

「沒有。只有親吻，她有邀我進屋，但我拒絕了。」

「為什麼？」

「她有點醉。不是非常醉，但是有點暈。」

「喔，那就是了，我記得你那難以撼動的荒謬原則。那麼你現在打算怎麼辦？」

「我會在她上班時去找她，約她出門。」他其實不知道原來他已經有了打算，但顯然他已經想好了。

他哥哥笑著。「好極了。這個週末要來吃晚餐嗎？我希望你能見見瑞秋的家人。你們到現在還沒見過面實在有點誇張。」

「我同意。但是從你認識瑞秋到決定娶她，這中間才過了，嗯，差不多一個月吧，我們還在忙著跟上進度。」

「我猜一見鍾情是咱們家族的弱點吧。」

「總比唇顎裂好。」

「那應該是遺傳？」

「不知道。你自己去網路查吧。這個週末我會盡量出席。」

「好吧。祝你和那個女孩順利。我希望她不會跟上一位那樣，是個恐怖的跟蹤者。」

「你很好笑。」

「我未來的妻子也這麼說我。」

「大概只有在你脫下褲子的時候說吧。」

「你現在成了喜劇演員啦。掰囉，湯姆。」

湯姆說了再見，帶著笑容掛上電話。他發現自己的車停在一間甜甜圈店前面，於是他走進店裡，幫自己買了個炸麵團甜點。畢竟，他向來是個行動派的男人。

today is the day

DATE May 15th

M T W Th F S Su

SCHEDULE

7>8

8>9

9>10 工作

10>11

11>12

12>13

13>14

14>15

15>16

16>17

17>18

18>19 瑜珈

19>20

20>21 讀書會

GOALS

男朋友？

NOTES

更多瑜珈

讀更多詩

TO DO LIST

- [ ]
- [ ] 清理冰箱
- [ ]
- [ ] 買貓食，
- [ ]
- [ ] 不然他會在睡覺時
- [ ]
- [ ] 吃了你
- [ ]
- [ ]
- [ ]

BREAKFAST

LUNCH

DINNER

WORKOUT

第十四章

妮娜進一步認識她的家族成員

儘管妮娜衷心盼望雷諾德家族可以就此消失，不再出現，再次接到彼得的電話還是令她開心。

「妳不需要喜歡我們每一個人，」他說。「但我想妳跟我可以做朋友，就算是因為咱們都需要個人來聊聊各類紙製品。」他清了清喉嚨。「或者我應該說『我們都需要能夠一起討論紙製品的對象』？」

妮娜笑了。他剛好在她經歷昨晚機智問答災難後隔天一大早的上班途中打來，她很高興看到手機上顯示的是他的名字。

「我覺得都好。我知道你不想讓句子說起來怪怪的，但我想朋友間不用這麼計較。」

「親戚間也是？」

「對，親戚不計較。我甚至能容忍你使用奇怪拗口的語法。」

他大笑出聲。「妳願意在實際上允許語法定律從談話中被暫停？」

她皺起眉頭。「噢，這樣太超過了。聽起來比我以為得還要令人難受。」

彼得換了個語氣。「我很抱歉莉蒂亞對妳這樣。在妳離開後，薩卡仔已經告訴她不能強迫妳去做親子測試，而且從法律的角度，她也沒有立場。除了她媽媽和艾莉絲阿嬤，沒有人站在她那邊，後來她氣沖沖地走了。」他嘆口氣。「妳的存在帶來了一些驚嚇，亞齊可能是最沮喪的那一位。」

「我們見面時，他似乎很焦躁，起士三明治好像有讓他好一點。」

「通常會有用。總之，亞齊現在因為寶寶的事情有點分心。」

「他有寶寶？」

「還沒出生。妳沒注意到貝卡的大肚子？大概是因為她沒站起來。他們有個兩歲的小男孩，肚子裡的這個隨時都會出生。我不認為他現在有放多大心思在他父親身上。」

彼得錯了。

📖

妮娜那天下班時，亞齊・雷諾德站在對街等她。儘管才第二次見他，看到他的臉還是很令人高興。這是她哥哥。她的兄長。遲來總比沒有的好，她是這麼想的。

他露出淺笑。「嗨，妹妹。」

她走上前跟他握手，旋即意識到這樣有點蠢，於是抱了抱他。這是她從未想過因為有家人而有的好處：更多的擁抱。自從保母露易絲搬走後，她身邊就沒有任何人可以讓她，嗯，你懂的，在需要的時候抱一下。朋友們會在打招呼時相互擁抱，但妳總不能在店裡賴在波莉旁邊，硬要靠著她二十分鐘吧。她放開亞齊，意識到她現在與兩個星期前她絕對沒能在排隊結帳的人群中認出的路人有了關聯。她應該可以適應。越看似平凡的事物在剛開始時都很新奇：電燈！自來水！電視劇馬拉松！

亞齊仔細地打量著她，在這張臉上尋找父親的影子，好奇著他之前來過這家書店那麼多次，怎麼卻沒有注意到這樣的相似處。他一定見過妮娜，在他們兒子還很小的時候，每個月總有一或二次，他們會在週末的農夫市集後來到奈特書店。他可能跟她說過話，也肯定曾相視微笑，拿書跟她結帳，但從來不曾多想過什麼。每天與我們擦身而過的陌生人當中有多少人會與我們產生關連，假使我們駐足停留，是否其中有些人會成為我們的生死之交，或者開啟第二段姻緣，又或者將帶來災難？他發現自己正盯著妮娜。

「感覺很奇怪，對吧？」妮娜也盯著他瞧。「這整件事有點讓人困惑。」

亞齊點頭。「的確。我想跟妳談談。妳待會兒有事嗎？」

她正要去上瑜珈課，但任何能夠讓她不用去感受身體僵硬和手腳笨拙的理由，此刻都極受歡迎。而且，瑜珈也只是她稍晚參加讀書會時，得以用來大啖餅乾和小蛋糕的藉口。她搖了搖頭。

「不，我沒事。你想來杯咖啡嗎？」她指向對街。「我們可以去上次去的那家。」

「好極了。」亞齊過到對街，拉開咖啡店的門：「對了，我們全家族應該對於昨天任由莉蒂亞欺負妳而羞愧。」他幫她將門擋著，「我很抱歉。」

「沒關係，」妮娜說。「莉蒂亞總是那樣嗎？」

「富攻擊性且荒謬？」他大笑。「是啊，差不多就是那樣。可以肯定的是，完全沒因時光而消減半分。」

他們在上回那張桌子坐下。

凡妮莎今天沒有上班，妮娜對著另一個她很喜歡的服務生安蒂揮揮手。安蒂露出笑容，拿了菜單過來。

「妳顯然不需要這個，妳比我還熟，但也許妳的朋友……？」

「來杯咖啡就好，謝謝。」亞齊還是很難不老盯著妮娜瞧。

「我也是。」妮娜說。

亞齊清清喉嚨。「如果換個情節，我們很有可能會一起長大。妳只比我小幾個月。為什麼妳媽媽不願意我們相認？」

妮娜顯得驚訝。「我不認為她有想到這個問題，老實說。」她聳了聳肩。「你很難抓得準她的心思；她不太能預先釐清自己的動機。我之前問了她差不多的問題，她的答案是她不認為你爸爸會是個好父親。」

「他也是妳爸。」

「你們都這麼跟我說。但我不確定單純的生物學就能讓一個人成為父親。不是總該做點什麼身為父親該做的事？我的意思是，是的，他提供了精子，但在那之後就沒了。我認為養兒育女應該有更積極的作為吧。」

安蒂送上咖啡，他們的對話停頓了一下。「妳說妳媽媽在妳小時候經常不在家。」

「她現在還是這樣。」

「但妳還是把她當媽媽，即便是另一個人在照顧妳。」

「嗯，確實如此。」妮娜無奈地說。「我想，有很多種方式會讓人把自己的母親視之為母親。我的母親雖然實體不在我身邊，但會寄來很多很酷的明信片。」

在妮娜幾乎已經遺忘的童年裡，那些明信片經常出現。它們以每個月一到二次的頻率登場，附上簡短的訊息（「妳肯定會討厭這裡」，或者，「到處都臭烘烘的」，又或者，「吐了好幾天，不過天氣還不錯」），用大而潦草的字跡署名著媽咪。露易絲跟她會研究郵票，反覆端詳著照片，將明信片貼在冰箱上。她試著回想這些明信片的下落，然後記起她將郵票都剪了下來，給了某個她迷戀的十五歲男孩。這個告白策略遭遇了史詩級的失敗；對方莫名所以地看著她，表示感謝，從此再也沒跟她說過話。而她現在也還是想不起來那剩下的明信片去了哪裡。她將注意力拉回亞齊身上。

「而我直到兩個星期前才聽到關於你的……我們的……父親的訊息。對一個慣性外遇的人來說，他倒是挺信守承諾的。」妮娜笑得有些勉強。

亞齊沒有笑。「我確實有點難接受這件事，但我同時也覺得我很難理解為什麼我無法接受，希望妳懂我的意思。畢竟他欺騙過他的第一任妻子……我怎麼會認為他不會也騙我媽？」

妮娜做了個鬼臉。「因為他愛她？」

亞齊不以為然。「我不認為他偷吃的行為實際上與任何一位妻子，或者是他對她們的感情有關。我覺得他就是喜歡拈花惹草，而且很自私。我們曾經談過這件事，在我已成年並準備結婚的時候。我的妻子……」他的臉唰地發紅。「就如妳那天見到的，她非常美麗。從結婚時我就深愛著她，至今如是。但我爸爸找我吃晚餐，預言我總有一天會背叛她。」

「他怎麼會知道？」

亞齊的嘴唇扭曲。「他不知道。他只是出於本性地認為每個丈夫都會偷吃，也許每個妻子亦然。他說新鮮肉體的誘惑太強烈，並暗示刻意抵抗是毫無意義的。」

「這似乎有點誇大其詞。他為什麼這麼篤定？」

「我不確定。我猜他對於性有著自己一套重要的核心信念吧。他認為性是每個偉大故事和重要事件背後的驅動力。」

「你不贊同？」

「我不知道。我想那是他的驅動力。」亞齊看著她。「我得提醒妳，他身邊充斥著大量的性、女人、香菸、金錢和酒。妳知道他喝得很多吧？他是個酒鬼。小時候我還不太懂，現在回想起來就很明顯。早上起床時他總是很焦躁，會一直發抖然後躲在浴室很久。我媽媽說他是血糖過低，她會幫他準備柳橙汁，把他當孩子一樣哄。」他喝了口咖啡。「其實他根本是宿醉，只是在等著上班好繼續喝。」

「這下可好，」妮娜說。「幸好我都沒讓自己喝這麼多。」和湯姆的那個吻突然閃過她的腦海。

亞齊點著頭。「貝琪和凱瑟琳從很早以前就不再碰酒；其他人我就不知道了。」他喝完了他的咖啡，抬頭尋找安蒂。「會遺傳的，妳懂吧。」

妮娜表示理解。「那你呢？」

亞齊皺眉。「我什麼？」

「你有偷吃嗎？瞞著你的妻子？」

他搖搖頭。「還沒有。只是妳出現了，讓我有種天注定的感覺，跟酗酒一樣。如果他無法控制好自己，我可能也好不到哪兒去。我原本不這麼認為，但妳的存在讓我又想起這些過往忽略的事。」安蒂注意到他了，他做了個請續咖啡的手勢。「對不起，我知道這不是妳的問題。」

妮娜不以為意，繼續追問。「但你以為他不會欺騙你媽媽。你認為會有例外。」

「是啊，因為她死得很早，對吧？我以為在那之前的短暫時光，他總可以管好他的褲檔吧。但他沒有，完全沒有。早在我媽生病之前幾年，他就跟妳媽上床了，說不定還有別人。」

「是啦，但看看我的例子啊。我媽根本沒能在一個地方停留超過一個月，而我確實連這個州都沒踏出過半步。他是個渾蛋，這並不代表你也得是。」

「也許吧。」

妮娜試著轉移話題。「你們的寶寶何時出生？」

「下個月。」他拿出手機，滑著照片。「這是我兒子亨利，那個是貝卡。」相片裡是個戴著付小巧眼鏡的可愛小男孩，還有她在律師辦公室裡見過的那位美麗的金髮女子，兩個人都對著鏡頭傻笑著。

「他們看起來很快樂。」妮娜說。

「他們的確是，」亞齊回答。「希望他們能一直這麼快樂。」他將手機擺到一旁，雙手摩娑著臉。「妳會不會老在擔心自己會把事情搞砸？」

「哪種事情？我是說，是的，當然會，一直有這種念頭，但你有特定指什麼具體的事嗎？」

「我很擔心我會無法掌控我的生活，可能會犯下滔天大錯，毀了一切。我也不知道為什麼，但情況越來越艱難，貝卡懷孕、亨利才兩歲、還有我的工作……」他將手按在桌面上，動作不夠快，妮娜看得出來他的手在發顫。

「你是不是很焦慮？」她問道。

他點頭。「是的。狀況本來更糟，我現在有用藥。妳也是？」

她點點頭。「對。情況嚴重時我會吃贊安諾，有時真的很慘。如果一切按常軌進行，就還能控制，但我拿意外的驚喜這種事沒輒。」她深吸一口氣。「你可以這麼說，我很容易驚慌失措。我無法讓自己打心底鎮定下來，感覺比較像在表面上罩上一層風平浪靜的薄霧，一有風吹草動就洩底了。」她笑了。「我也不太確定我還能這樣撐多久。」

他對她微笑。「我們家的平靜之源是我妻子。說真的，她就像是個靜心湖。我比較像妳。」他聳著肩。「老爸也跟平靜完全扯不上關係，他總是情緒高亢，這樣的血脈混和了艾莉絲血液中的氫化毒素，製造出嚇人的凱瑟琳，但也生出了彼得的母親貝琪，這世上最善良的女人。下一代的彼得和珍妮佛都棒透了，卻也有像莉蒂亞這樣的瘋女人。遺傳學真的很有趣，對吧？」

妮娜將手攤平擺在桌面，與他的手對照。「看，我們的手很像。」

「我的手大一點。」

她瞄了他一眼。「還真是好眼力唷，夏洛克。」

他哈哈大笑。「我不知道我幹嘛跟妳碎念這些。」

「因為我是你妹妹？」

「嗯哼，可能。就算妳知道我有多焦慮，也不能拒絕當我妹。我……我感覺妳或許能夠理解我。」他轉開眼神研究著桌面。

安蒂送上她們的咖啡。妮娜喝了一口，用袖子擦去嘴唇上沾到的奶泡漬。「理解你為什麼會為了突然發現那個本來就沒啥好期待的傢伙又做出這件鳥事而抓狂嗎？」

他點點頭。

「怎麼會不能理解？一個星期前，身為勇敢、富創造力、優秀的世界旅行者的孩子，我從來沒能搞懂為什麼我本人卻超害羞、容易緊張、基本上不願意到本州郵遞區號以外的地方旅行。現在我知道可能的部分原因了，但我同時也承繼了酒精成癮和無法忠實的潛在因子，所以，你明白的，沒辦法雙贏。」

亞齊突然笑了，任何旁觀者都能立刻察覺他們有血緣關係。「是，不過還是有差啦。妳畢竟也可能會因此繼承一大筆財富。」

「還不一定呢。假使莉蒂亞堅持的話。」

亞齊翻了個白眼。「莉蒂亞永遠在生氣，妳不過是今天的焦點。實在很可惜，因為她真的很聰明。她的心思敏銳，不幸的是，都用在對抗虛構的侮辱和傷害。」

「棒透了。你們真是可愛的一家人。」妮娜將一小堆糖包堆成塔狀。

「是我們，」亞齊帶著笑容回應。「這也是妳的家人。」他伸出手指彈掉她堆的糖包塔。

「如果我不想要就不會是。」妮娜揮開他的手，重新開始堆砌。

亞齊舉手準備結帳。「繼續嘴硬吧，祝妳好運。」他看著她的手。「妳單身？」

「沒錯。我現在沒空交男朋友。」

「多可悲。」

「會嗎？」妮娜想起湯姆。「我有認識人，但沒有一個讓我想要放棄一切。」

「所以妳的人生充滿刺激和冒險？」

「你在開玩笑嗎？我每週都有讀書會，參加固定的電影之夜，至少有一個晚上會去好好進行健身運動，還養了一隻貓……簡直是夢寐以求的生活。」

他笑了，簽了帳單。「妳是個幸運的女人。」

「是的。而且我現在還得面對很多問題。那個男人肯定得超級特別，才有機會擠進我的生活。」

亞齊起身，用和妮娜一模一樣的方式伸展了下他的腳。「這個嘛，也許我們可以幫妳介紹個值得為他放棄讀書會的男人。」

妮娜跟著他到了咖啡店外。「我很懷疑有這種人。你肯定聽過『事實比小說更詭異』這句話？」

「當然。」

「嗯，通常也比小說更不吸引人。謝啦，我寧願待在我虛構的愛情中。小說裡的跟想像中的。」

亞齊停在人行道旁。「我的車就停在前面。需要順路載妳一程？」

妮娜搖頭。「不，謝謝。我喜歡走路。」

「好吧，我們再聊。」他抱了抱她，在那短暫的碰觸中，她接收到溫暖而令人安心的認同感。不管莉蒂亞有多刻薄，亞齊和彼得的存在都足以彌平一切不快。很顯然地，她從來沒有過兄弟，也未曾和一個男人交往得夠久到能將他視為理所當然的存在，或無需任何理由的單純擁抱，她突然很高興現在自己的生命中擁有了這些。**我有哥哥**，她再次想著。**我是他的妹妹呢**。

她看著她的哥哥消失在街道前方，他走路的方式異常熟悉。她瞥了眼手錶；好極了，已經完全來不及上瑜珈課，現在她可以直接回家，餵餵貓，套上那件說不上到底是睡褲還是休閒褲的衣服，出發去朋友家參加讀書會。

是的。妮娜．希爾正過著夢想中的生活。

today is the day

DATE May 16th

M T W Th F S Su

SCHEDULE

7>8

8>9 工作

9>10

10>11

11>12

12>13

13>14

14>15

15>16

16>17

17>18

18>19

19>20 無所事事♡

20>21

GOALS

練習
手寫字

NOTES

薩洛揚的書

TO DO LIST

- [ ] 牛乳
- [ ] 鮪魚
- [ ] 猫食
- [ ] 麵包
- [ ] 衛生紙
- [ ] 洗髮精
- [ ] 沐浴乳
- [ ]
- [ ]
- [ ]
- [ ]

BREAKFAST
完全

LUNCH
都不

DINNER
記得

WORKOUT
了

第十五章

妮娜堅持自己的安排

星期四是妮娜最喜愛的一天。下班後沒有安排任何行程。字面上確實是如此，她在行事曆上的晚上六點到十點寫著無所事事。而這實際上代表著閱讀，因為當她沒事做時，她唯一做的事就是閱讀。有時人們會想試著邀她做點別的，但她很堅決地捍衛著她的無所事事。

因此，當她從正在重新上架的成堆書籍中抬起頭來，看見湯姆走進店裡，浮上腦海的第一個念頭是她今晚不能跟他約會，今晚是她的無所事事之夜。第二個念頭則是他又沒開口約她，她也沒道理認為他是來約她出門的。第三個想法是她最近顯得有點忙亂疲憊，需要打起精神。這一連串小小腦中情境劇的第四個也是最後一個念頭則是，他正朝她走來，她好像應該打個招呼。

「嗨。」她說。他比她記憶中還要高。再不就是她縮水了。

他對她微笑。「嗨。」

「在找書嗎？」

他搖了搖頭。「我不是個愛書人，記得吧？倒不是知識淺薄，只是沒那麼愛看書。」他攤著雙手。「抱歉。」

她抬起眉毛。「也許是你還沒找到適合的書。」

「我也沒有特別想找，」他一派輕鬆。「總之，我來店裡是想看看也許妳願意跟我吃晚餐？」

他對自己放鬆而自在的語調印象深刻。她肯定聽不出來他現在其實跟誤闖蜘蛛大會的近視蒼蠅一樣緊張。**吃了牠。**

「呃……當然好。」**很好，妮娜，聽起來一點都沒有過度熱切。好吧，嗯，她的語氣聽起來沒有很感興趣，再加把勁。**「哪一天好呢？」他記得她躺在自己懷中的感覺，那個吻和試探……看來那個女孩今天沒現身。

「我去拿行事曆。」妮娜抱著剩下的書回到櫃台，彎下腰翻找著行事曆。

「哇喔，」湯姆在她把行事曆拿出來時發出讚嘆。「這本行事曆真不得了。」他想著自己的行程表，大概只用了他的腦的一小部分，而且通常沒什麼事可記。如果他真有兩件或三件事得記住，他可能會寫在便利貼上，僅此而已。這女孩對他來說恐怕是過於井井有條。她在床上會是什麼樣子？**請搓奶頭兩分鐘，接下來請花四十秒……**

妮娜像是第一次看到般地檢視著她的行事曆。那是本很大本，有著各種裝飾品的記事本。四處突出著各式書籤；上頭有著絲帶和標籤；還有個口袋裝滿各種行事曆專用的特殊工具。

「我喜歡將生活安排得條理井然，」她回應著。「這樣的話……」她將行事曆翻到這個禮拜，當湯姆看到那一頁有多滿時，忍不住皺起眉頭。

「哇塞，」他發出評論。「妳有好多行程。」

「是啊。」妮娜點頭，突然有點難為情。「呃，這個禮拜不太行。下個禮拜如何？」她翻了幾頁。「喔，不，也滿了。」

湯姆注視著正翻著行事曆的妮娜。她的鼻樑挺直精緻，有些小雀斑。身為洛杉磯地區具吸引力的三十歲男性，湯姆的感情生活還算活躍，但他已經好幾年沒有為某人傾心。他對那些跟他約會的女性有好感，可是當中沒有任何一位像這個女人令他念念不忘。他一直想著她，想像著她的肌膚觸感，他的手摟著她的腰，將她拉向自己……。他皺眉，試著要自己專注在眼前實體的她，而不是他腦中突然冒出來的成人版本。

妮娜抬起頭，發現湯姆正聚精會神地看著她。她的臉紅了起來。「呃，三個禮拜後如何？有個星期五晚上空著……」

湯姆努力地讓自己回到現實。「三個禮拜？」他難以接受這個令人訝異的答案。「真的嗎？」

「是啊……」她再次檢視著這個禮拜的行程。

他把頭湊過來看著行事曆。「這天怎麼樣？」他指著那頁的某處。「上面寫著妳今晚沒事。」

妮娜搖著頭。「這樣寫其實是表示有事。」

他看著她。

「我的意思是，這表示我有要做的事；我要看書。」

「妳規定自己要看書？」

「那是我的工作。」**而且跟做其他事比起來，我寧願看書，不過這不重要。**

「等等，那這天呢？」他指向標著電影之夜的地方。「我們可以一起去看電影。」他很得意。

「妳已經有票了。」

「好主意，」妮娜回答，「但這禮拜不行。我要和我朋友去看《異形》。之前就約好了。」

「那再下個禮拜呢？」湯姆驀地覺得尷尬。如果妮娜不想跟她出去，他不會一直逼她。倒不是希望她為了他立刻排開所有行程，但他期待至少有點正面回應。

她往前翻了翻。「不行，我要和我老闆麗茲進行珍・奧斯汀小說電影馬拉松之夜。」她邊看邊微笑。「有《傲慢與偏見》、《艾瑪小姐》和《理性與感性》。棒透了，對吧？」

「嗯，當然。」看來這或許不是個好主意。這個女孩跟他根本合不來。他沒讀過珍・奧斯汀的作品，這幾部電影他一部也沒看過，他不愛看書，不喜歡做什麼都有計畫，也不需要預先確定下一週每天的每一分鐘打算怎麼過，更別提下個月。她的頭動了動，再次飄來混合著蜂蜜和檸檬的香味，他知道自己還是很想約她出門。想要多了解那規律外表下的她。

妮娜仍然翻著行事曆。「再下一週好了。大概可以。」

大概？「妳有紙嗎？」湯姆臉上的笑容消失了。

妮娜帶著困惑，找出一張紙給他。他從登記本旁的筆筒拿了支筆，在紙上寫了些什麼。然後將紙遞還給她。「這是我的電話。如果有哪個行程取消，就跟我說。我會盡量配合。」

他轉頭離開了書店，試著掩飾失望，並盡量讓自己看起來瀟脫，至少從妮娜站的角度來看。

「嗯，真是一堆藉口，」妮娜跟波莉說了發生的事，她做出了評論。

妮娜狐疑地看著她。「是這樣嗎?我以為是我什麼都得看行事曆決定，這樣好像很遜。」

波莉保持公正態度。「嗯，我想，這也是個原因，」她很快地補充說道，「我不是在說妳很遜；只是妳有時會太執著於按表操課。」

「我有嗎？」

波莉靠在離得最近的書架上，肯定地點著頭。「妳還記得上次飛輪教室淹水停課，妳整個人六神無主？因為妳排好了那個時間要上飛輪課，完全不知道突然停課了該去做什麼才好。」

妮娜把她從書架拉開，將書重新擺整齊，然後皺眉看著波莉。「飛輪課有八十二分鐘，那是我已經分配好的時間。」

「就是這樣。妳清清楚楚地算好飛輪課有八十二分鐘……」波莉停了一下。「等等。飛輪課是四十五分鐘啊。」

妮娜點頭。「是的，但從店裡走過去要三分鐘，換衣服是七分鐘，我要花一分鐘時間調整飛輪車和拿毛巾，結束後花兩分鐘打理好自己，才不會汗流浹背地離開健身房，接著是用十四分鐘走到 Chipotle 和在店裡吃個沙拉，再花十分鐘走回家。」

「妳如何預估晚餐只要花十四分鐘？萬一隊伍排得很長，或是他們的沙拉吧燒起來了？」

「他們沒有沙拉吧。此外，生菜不像妳以為的那樣是易燃物。」

波莉看起來有點抓狂。「這不是重點。我的意思是，人生是無法預測的。隨時都有可能發生意料之外的事情。」

「當然，」妮娜說。「我的計畫是立基於一般情況和過往經驗。我是依照大部分時候，我在做這些事情時所花的時間來規劃。這當中也很有彈性。我會隨機應變。」

波莉不以為然地哼了哼。「菲爾長跳蚤，而妳得帶他去醫院的那次？」

「這是個很好的例子，」妮娜開始有點激動。「我立刻排開了那天所有的行程。完全沒有一點遲疑。」

波莉大笑。「是啊，因為妳不知道在臨時得去看獸醫的情況下，該怎麼重新安排行程，乾脆連試都不試，直接全部取消了事。」

「妳的意思是？」

「我的意思是妳根本沒有彈性。」波莉對妮娜微笑。「所以妳寧願全盤抹去，不想花時間調整。這其實也不要緊，除非妳很在意會因此錯失這個約會。」

妮娜搖搖頭。「反正他不適合我。他不看書。」

「看書並不是這世界上唯一該做的事，妮娜。」

「那是世界上最棒的五件事之一。」

「另外四件事是？」

「貓、狗、蜜蘋果和咖啡。」

「沒有其他？」

「當然，也有其他還不賴的事物，但這五樣是最棒的。」

「那是妳的觀點。」

「是啊，當然是以我的角度。每個人都有自己認為最棒的五件事。」

波莉想了想。「我支持這個說法。我的話，會是：電影、牛排和炸薯條、三十歲時期的裘德洛、晚上乾淨的床單、室內暖氣。」

「我的是：賺錢、讓書店繼續營業、整齊上架的書、滿滿的訂單、還有不會只顧站著聊天的員工。」麗茲突然出現在她們身後。

「看吧？」妮娜開心地說，同時拿起一張顧客訂單。「每個人都有最棒的五件事。」

第十六章

妮娜讀訊息、發訊息、讀訊息

有些人不愛看書。妮娜曾經見過這類人。他們走進書店問路，然後當他們意識到自己被成堆奇特的長方形紙張包圍時，會露出一臉困惑的表情。誰知道呢，也許他們本身就過著充滿幻想樂趣的生活，也說不定他們是被無法接觸乾燥印刷紙張的海星撫養長大的，妮娜感到抱歉，但忍不住在心中評斷著這些人。

她一直是個書癡。她的浴室牆上掛著一張照片，照片裡的她躺在地毯上睡著了，旁邊都是書。她大概一歲左右。那時她仍和媽媽一起到處旅行，她媽媽去哪裡、在哪個地方歇腳休息，她就跟著到那兒。但即使在那個時候，唯一不變的——當然，除了坎蒂絲．希爾和她的照相機之外——就是書了。她的書架上有著英語、法語、他加祿語、俄語、希臘語、印地語和威爾斯語版本的《彼得兔的故事》（是單集故事，不是全集）。她們並沒有一起去過上述所有國家，但是當妮娜在洛杉磯定居之後，無論她媽媽到了哪個地方工作，都會將彼得兔送到家裡，對她媽媽而言，這成為必要的儀式。妮娜自己偶爾還會上網搜尋她所沒有的外語版本，雖然從 eBay 上買有點像作弊。此外，她的書櫃也沒有足夠的空間。

對於愛書人來說，書櫃空間一直是個問題。妮娜很幸運地擁有三個直達天花板的落地大書櫃，她的朋友們第一次走進她的公寓時都會倒抽一口氣。其中一個書櫃放的是**每月精選書**，這其實會是個問題，因為自然是每個月都有新的書不斷加入，而書櫃已經沒有空間。露易絲在妮娜滿十八歲時給了她一張會員卡，她努力地限制自己一個月只買一本書，但這仍然意味著她現在光是在這個書櫃就擁有超過一百二十本美麗的精裝書。另一區是作者簽名書，同樣地，超過上百本。儘管她一樣努力地限制自己只收藏作者本人當面簽名的書籍，不包括已簽好名販售的版本。在另一個完全獨立，比較小，有著玻璃門的書櫃中，則是罕見的首版或有趣的書籍版本，這一類書籍的量要少得多，因為妮娜只有偶爾才買得起。有一次，一位光顧奈特書店多年的老顧客帶來紀伯倫的第一版《先知》，將書交到她的手中。

「妮娜，我太老了，現在沒辦法看書。妳應該擁有它。這本書是在我還是個孩子時收到的，它很特別。我想我媽媽在她年輕時就買了這本書。」

妮娜感動到無以復加。「但是妳不想把書給妳兒子嗎？」她有次見過她兒子和她一起來書店，但她對他沒有什麼印象。

那位女士微笑著搖了搖頭。「對他來說，這本書有點值錢這件事比書本本身更讓他在意，而這樣是不對的。如果把書給妳，我知道它會獲得很好的照顧。」

這本書被小心地套上了無酸書套，並且常常被拿出來閱讀。書裡有妮娜最喜歡的一句話：當你們無法與你們的思想和平共處時，你們開始說話。她想把這句話秀在T恤上，繡在枕頭上，或是刺在手腕上。但這種字很多的刺青的問題是，其他人會開始讀這些字，妳得站著不動等他們讀完，讀完後他們會抬頭看著妳皺眉，然後妳得自己開始解釋……。這當中太多人際互動了，再加上針、疼痛、對針和疼痛的恐懼。所以，不考慮紋身，刺繡倒是可以接受。

另一面牆的書櫃是專門用來放妮娜已經讀過的書，按作者字母排序，然後再按出版日期的順序排列。幾年前，當她正試著自一段情傷中復原時，她買了一小組印章、借書卡和放借書卡的袋子，花了連續五個週末布置她自己專屬的圖書館。結果顯示，那次情傷並不嚴重，而五個星期恰好是她讓自己分散注意力及發現自己沒有太傷心所需要的時間。另一個好處是，現在她可以逐一紀錄自己重讀每本書的次數，也能順道作為借書給值得信賴的朋友時的紀錄。

圖書館是她最喜歡的地方，每到一處旅行，她的首站都是當地的圖書館，她由此斷定自己是個徹頭徹尾的書癡。人們說第一次總是難忘，妮娜確實記憶如新。八歲的她第一次走進洛杉磯中央圖書館，拿到她的第一張借書證，這至今仍是她最珍視的回憶。圖書館的入口大廳極其美麗，與任何一座大教堂比起來毫不遜色。妮娜環顧四周，意識到她永遠不會沒有東西可閱讀，這種確定感讓她充滿了平靜與滿足。不管有什麼事情出錯都沒關係；只要世界上有她還沒讀過的書，她就能安然度過。被書本包圍是她最有歸屬感的時刻。書本支持著她，至少有各類非小說類書籍會準備好在必要時戰鬥。

所以，星期四晚上是讀書之夜，是每週最棒的一晚。她有一整套流程：下班離開書店，外帶晚餐，回家，吃飯，洗澡，套上睡衣和用微波爐預熱過的蓬鬆襪子，然後整個人縮在那張巨大的椅子上看書，直到睡著。

那天晚上，她看的是威廉・薩洛揚的《人間喜劇》。麗茲對於妮娜說她從沒讀過薩洛揚的作品感到驚訝，並堅持要她馬上帶回家讀。

「有人說他太感性了，但我認為他是少數幾個敢於書寫激烈的愛與喜悅之美，以及有時因此而起的醜惡和恐懼的作家。」

妮娜看著她，對於她說的話挑起了眉毛。麗茲聳了聳肩。「看吧，讀了薩洛揚的作品後，就會有這樣的評論；妳無法抗拒。」

妮娜很喜歡這本書。文筆優美，人物寫實，設定的情境苦樂參半，讀了一個多小時後，書中的一句話強烈地衝擊著她，使她不得不將書闔起來一會兒：「我覺得孤單，」書中的年輕人尤利西斯說，「而我不知道我在孤單什麼。」

妮娜很明白這種雙重打擊：感覺的本身，以及不知道該怎麼形容那個感覺的挫折感。她在某個地方讀過，如果妳無法用語言形容一種體驗或感覺，那表示它源自於妳最初的童年時期，在尚未懂得使用語言之前，那時一切感受都是難以言說並壓倒性地傾洩而來。當她獨自身處在人群時，她常常會有這種感覺。她看著他們的臉，腦海中諸多想法若隱若現。如果她想試著抓住這些想法，它們會像沙蟹一樣將自己藏向更深處，她只能匆匆一瞥這些迅速自她身上流逝而過的感受。

出於一時衝動地，她拿出手機，從口袋掏出寫著湯姆電話的小紙條。她沒有給自己考慮的時間並改變主意，而是給他發了訊息。

「嗨，我是妮娜。在書店工作那位。」

然後她關上電話，回到書本上。嗡地一聲。是她的手機，不是書。

「嗨。」

嗯，這不算是很令人鼓舞的回應。但接著，「我不認識別的妮娜，所以妳不需要說明。」

她坐著，想了一會兒，輸入：「抱歉，我今天的表現好像很沒禮貌。」

「不要緊。」

她苦笑。他的回答不是：不，妳不會沒有禮貌，別擔心。而是：是的，是挺直接的，但我能接受，不會放在心上。「我現在有很多事情得忙。」

「我可以理解。」

他在生她的氣嗎？很難從簡訊的文字讀出對方真正的心思，她很好奇，這一代人對於以文字溝通的依賴會讓他們成為更好的作家？或者只是使他們在人際互動上變得更困惑？肢體語言可以告訴我們非常多事，訊息文字的本身則很容易被誤解。妳可能以為那麼顯然大家都精於用字遣詞，好使簡短的對話能更加準確地表情達意，但她並未發現有這種趨勢。

他再次發來訊息。「在看書嗎？」

他記得她那天晚上要做什麼，這意味了什麼？可能只是他記憶力好，可以記得某件事好幾個小時；嘿，妮娜，我們別過度解讀了。她拉下蓬鬆的襪子，抓了抓剛剛被襪子套住的部分。

「是的，」她回答。「某個我正在讀的東西讓我想起你。」

該死。她為什麼要這麼說？這下他會問她是什麼了，而她得想出個搪塞的答案，因為如果她告訴他是因為讀到了一段關於孤獨的文字，她會突然顯得：a. 暴露自己太多的想法，b. 看起來像一個失敗者。一個非常、非常孤獨的失敗者。

「嗯，很高興收到妳的訊息。」

妮娜鬆了口氣。他換了話題，感謝上帝。

幾哩之外，坐在吧檯高腳椅上，邊看著電視轉播足球比賽的湯姆皺起了眉。他很想問她讀到了什麼，但他擔心這段對話的最後又會讓他覺得自己像個文盲。他設法避開了那個可能。接下來呢？輪到她了，他等待著。

妮娜知道輪到她了，但她不確定該說些什麼。此時，她有兩個極端的選擇：繼續對話，或者結束。如果她選擇結束，沒事，只是想為今天的舉動跟你說聲抱歉，她感覺會容易一點，但之後還是得在機智問答之夜躲開他。如果她繼續對話，她……不太確定會有什麼結果。

她以一個問題繼續。「你在做什麼？」

「自己一個人在酒吧裡看足球。」

顯然，他並不害怕被視為孤獨的失敗者，他很有自信。「誰贏了？」

「不是我，那是肯定的。」連他的訊息看起來都有點悲情。

妮娜笑了。湯姆接著說：「不過，加州的開心果農民應該會很高興。我正被滿滿的果殼包圍，並且隱約覺得後悔，儘管我因此攝取了豐富的脂溶性維生素。」

他講的是他們在機智問答比賽那個晚上的對話。她臉紅了，想起他們的吻。

「妳知道加州生產美國百分之九十八的開心果嗎？」

停頓一下。他繼續：「而且它們是聖經中唯二提到的兩種堅果之一。」她揚起了眉毛，他接著寫道：「我查了維基百科。」

「我沒有用維基。我的腦袋裡記了很多我無法忘掉的資訊。」

「聽起來很煩人。但這解釋了妳很擅長機智問答。」

「是。」她又停了下來。她想討論機智問答嗎？她想談談她腦袋裡面的東西嗎？傳訊息有個好處，可以停下來思考要說什麼，如果是在面對面的對話中，沉默三分鐘會很奇怪。

湯姆傳來新訊息：「妳晚餐吃了什麼？」

這一題她可以回答。「壽司。」

「哈，我也是。」

「所以某方面來看我們的確一起吃了晚飯。」又來了，妮娜，這不是很好的回答。

「如果是以另一種更符合字面意義上的，真正的一起吃飯，我們沒有喔。」

「確實如此。」她重看了一下對話。他的應答出乎她意料之外地迅速而有趣。

突然：「嘿，我得走了。謝謝妳傳訊息給我。」

就這樣，沒下文了。幾公里外的酒吧裡，湯姆站起來迎接今晚赴約的對象，內心希望著自己現在可以繼續跟妮娜傳訊息。他收起手機，才不會一直查看訊息，這樣太無禮了。這很難，但他是個成年人，他設法做到了。

在等了一兩分鐘，確定湯姆沒有再傳訊息之後，妮娜將手機塞進椅墊下面，再次拿起她的書。

經過三個小時，她讀完了這本書，妮娜的臉頰泛紅，因為這本書是如此悲喜交雜，持續起伏。她站起來伸了個懶腰。離開書本的世界總是令人痛苦。她總在漫遊書中世界和經歷不同時空後，睜眼驚訝地發現眼前一切事物如常。這期間菲爾都在床尾睡覺，現在他抬起頭朝她眨了眨眼。

「要上床睡覺了嗎？」他無聲地問，打了大大的哈欠，直到他的鬍鬚刺到自己。

妮娜點頭，在房裡踱了會兒步，關燈，檢查大門，打算去刷牙，又決定別為這件小事麻煩。最後，她爬上床，但不得不再次下床，因為沒刷牙的感覺不太好，也因為她必須需要找到她的手機好設定鬧鐘。難得她還記得手機擺在哪裡，她從椅墊下面拿出手機，發現錯過了湯姆的訊息。

上頭寫著：「晚安，小書呆子。」

妮娜微笑，設好鬧鐘，上床睡覺。

today is the day

DATE May 18th

M T W Th F S Su

SCHEDULE

7>8

8>9

9>10 工作

10>11

11>12

12>13

13>14

14>15

15>16

16>17

17>18

18>19

19>20 《異形》!!☆

20>21

GOALS

上網查

《人間喜劇》

這部老電影

NOTES

TO DO LIST

- [ ]
- [ ] 衛生紙
- [ ]
- [ ] 用完了，
- [ ]
- [ ] 你這野蠻人
- [ ]
- [ ]
- [ ]
- [ ]
- [ ]

BREAKFAST

LUNCH

DINNER

電影院的零食

WORKOUT

第十七章

妮娜和新朋友共進晚餐

「有一次，」麗茲說道，邊吃著巧克力可頌，「我不得不把一個傢伙從行駛中的計程車上給推下去。他不肯接受我的拒絕。計程車司機忙著聽收音機，沒聽到我說要靠邊停。而且，我得說，車子也沒有開得很快。我們是在格林威治村那一帶，某個星期五晚上的十一點。車子剛好在爬坡，那傢伙被踢下車後爬都爬不起來。」

「他很難過嗎？」妮娜問。現在是星期六下午四點，有時候讓人昏昏欲睡的那種午後。波莉和妮娜坐在櫃檯後面的地板上，整理著書籍，聽著麗茲講述約會奇談。

「呃，他第二天打電話來，問我要不要再出去一次，顯然沒有很難過。」麗茲轉身向書店櫥窗外看去，想著自己的二十多歲，一點也不懷念。

「妳有嗎？」

「沒有。我問他是不是腦袋壞掉了，然後掛上了電話。」麗茲笑了。「那個時候還是打電話時，得真的拿起話筒才能通話的年代。」

「好奇特。」波莉說。

「是的，」麗茲說，「那個時代，我們不能像妳們每個人現在這樣，隨意地躲在手機螢幕後面。

不過可以非常大聲地摔電話，這感覺很爽快。」她心想著，同時人們也可以擁有私生活，只要決定不再提起，就不會一輩子被過去某個錯誤決定所糾纏。倒也不是說千禧世代不明白他們自己失去了什麼，他們只是將所失去與所獲得的一切做了衡量之後，覺得得失相抵。

不知道老闆正在進行哲學思考，波莉打了個冷顫。「有一次，我和一個正在思考要不要去讀天主教神學院或牧師學院的人上了床。我以為我花了四個小時很有說服力地給了他不要過獨身生活的理由，結果第二天他打電話說要為我祈禱。」

「哇噢，妳影響某人走向神職了嗎？」

波莉聳了聳肩。「可能他覺得跟我共度春宵後，人生只會開始走下坡。這世界讓他得以與我度過一個不可思議的夜晚，所以他也要獻身回饋給這世界。」她的聲音中沒有絲毫諷刺，也不是自嘲。

麗茲和妮娜瞅著她。

波莉毫不羞赧地繼續。「也許整件事都是精心策劃的詭計，好讓我跟他上床。他不知道其實他可以直接提出要求。那時候我正處於人生中『什麼都說好』的階段。」波莉並非過度自信，她只是那些撕毀女性不應有自信的社會標籤的女性之一。妮娜一直很羨慕她。

「我還記得其中一個事件，」妮娜說。「妳在參加滑輪飆速大賽選拔的時候大腳趾骨折。」

「是的。事實證明，小輪子不適合我。」

「以及，吃了蚱蜢後食物中毒。」

「是的。不過我得幫蚱蜢辯護，那個週末我還吃了壽司。」

「還有，看默劇看到睡著。」

「是的，」波莉說。「默劇很棒。安靜，但很棒。」她看起來若有所思。「一旦那男人走出了他想像中的盒子，我完全就被他征服了。」

再一次，麗茲和妮娜瞅了她一眼。然後妮娜開口：「妳們看，這整段對話再次提醒了我，我一個人過得更好。我非常開心，我喜歡我的工作，而且我有很多新的親戚要認識。我希望回到家過著安靜的夜晚，吃得健康，去健身房健身，還有減少糖分。」

「呃，真可惜，」波莉挑釁地伸著下巴，「我本來要告訴妳我發現的好吃鬆餅屋，現在我不說了。」

麗茲笑了。「那跟我說，」她說。「我喜歡鬆餅。」

「啊，奎因女士。」

她們瞬間呆住，波莉和妮娜站了起來。麥佛先生不知什麼時候悄悄走近了她們，這位房東現在正站在那兒，拈著他的鬍鬚，並準備將她們其中一位給抓去綁在鐵軌上。

實際上，他只是站在那兒，禮貌地微笑。他長得不高，不是會讓人留下深刻印象的類型，但顯然他還配備有隱形模式。

麗茲打起精神，向他微笑。「啊，麥佛先生，見到你真是開心。很抱歉，前幾天沒見到面。那時我正在和 J.K. 羅琳的代表見面，羅琳正在考慮要在這裡發表她的下一本書。」她停了一下，然後加重語氣說，「這是《哈利波特》系列作品驚人的全新啟動，我認為這對我們的書店會很有利。」

「真的？」麥佛先生不是個愛讀書的人，但也不是白痴。「我覺得這不太可能。」他停頓。「我是來收房租的。租金還沒進我的戶頭。」

「但是我已經匯了！上禮拜你來書店之後，我就匯款了。」

「妳匯了？」

「是的。」麗茲堅定地說。「我告訴銀行幫我轉帳。很抱歉發生問題。我會立即跟銀行聯繫。」

麥佛先生笑了。「沒問題，妳可以現在就寫一張支票給我，如果匯款進來了，我再退還給妳。」

麗茲看起來滿臉歉意。「哦，抱歉。我的支票用完了。我已經訂了新的支票，但還沒送到。」她停了下來。「我訂的是凱蒂貓圖樣的支票；或許要花比較長的時間。」麥佛先生仍保持微笑，但顯然有經過一番努力。「我們可以走路去銀行開銀行本票。」

「我們的政策是不使用本票，你沒看過那些詐騙的故事嗎？」他看起來很困惑。「這只會發生在付錢給妳不認識或在網路上認識的人，而不是把租金付給妳租了十多年店面的房東。」

「真的嗎？」麗茲看起來很擔心。「小心駛得萬年船。妳不這麼想嗎？」她轉向波莉求助，波莉用力地點頭，並靠向麥佛先生。

「我的姨媽就被騙了一大筆錢，她寄了一張銀行本票來付衣索比亞王子的保釋金，他說他大學時就認識我姨媽的父親。」波莉以非常肯定的語氣說道，「現在這種時代再怎麼小心都不為過。如果連衣索比亞的王子都不能相信，還有誰可以相信？」她對房東微笑。「麥佛先生，你最近有沒有讀到什麼好書呢？」

麥佛先生還滿喜歡波莉，他之前在一支汰漬洗衣粉的廣告片裡看過她，她全身打理得很整齊地走過自動洗車道，讓他對她留下很好的印象。

「不，波莉，我沒有。」他再次轉向麗茲，但她不見了。

他嘆了口氣，回頭看著波莉。「告訴妳的老闆，她有一個禮拜的時間付租金，不然我就要找新的房客了，我不想再每個月追著她要房租。」

波莉對他露出甜美的微笑，妮娜發出了表示了解的聲音，躲在櫃檯後面地上的麗茲則想著一定要在門口裝鈴鐺。

那天晚上，妮娜和莉亞、蘿倫、卡特一起去看《異形》。有時候機智問答小隊會像這樣做實地考察，並且盡最大努力不要變成知識大考驗，但他們通常都不成功。

「你們知道嗎？蕾普利這個角色本來差點要由梅莉．史翠普演出。」當燈光熄滅時，蘿倫開口說道。

「異形的唾液實際上是K-Y潤滑液，」這是卡特的回答。

「還有異形爭相爬過通風口的鏡頭，」莉亞也跟著發言，「實際上是讓演員沿著纜繩從通風管垂直降落，然後把攝影機放在下方拍的。」

「停止！」妮娜說。「我想好好欣賞電影。」過了一分鐘後，「看，蕾普莉第一集在逃生艙門裡面用的魚槍就在那裡，在地板上。」其他三人以向她丟爆米花來回應。

在好萊塢的弧光影城看《異形》這類的經典電影有個特別的地方是，影廳裡都是已經看過上百次電影的狂熱影迷。當希克斯下士說：「比賽結束了，伙計！」所有人會異口同聲地應和；當小女孩紐特說：「它們在晚上出現……」會有八百個人接著說完：「……大部分是。」這真的很有趣，當這四個朋友在電影演完走出影廳時，他們都很興奮，咯咯笑個不停。

儘管如此，當妮娜看到湯姆站在那兒和他的朋友麗莎聊天時，她的第一個念頭是恐慌，立刻開始考慮各種逃生途徑。然後她的前額葉皮層恢復了控制，她微笑著走過去跟他說話。不是把他當成某個用強酸當血液的異形，而是一個她已經吻過和發過訊息的迷人男人。妳可以的，妮娜，她對自己說。

在湯姆這一頭，他在妮娜一走進戲院大門時就注意到她了，無法移開視線地看著她走向他。他先開口說話。「嗨，妳上次說這部電影上映了，這是我最愛的電影之一，所以，妳明白的。」

「這也是我的最愛之一。」她回答，對麗莎露出笑容。「嗨，妳好。」

「嗨，妮娜，」麗莎打了招呼。「妳的機智問答小隊經常一起活動嗎？」無敵丹諾隊的其他成員也聚了過來，莉亞為大家回答。

「假使我們找不到更好的伴的時候，」莉亞說，她不知道這對妮娜和湯姆來說可能是個痛處。

「我們是彼此不得已的最後手段。」

「沒錯，如果我們四十歲時仍然單身，我們會建立一個公社，」蘿倫說。「並且抽籤決定誰和卡特一起睡。」

「哇噢，真不敢當。」卡特揚起眉毛說。

「是啊，抽到最短的簽的人有此殊榮。」莉亞補充。

妮娜微笑，離開去了下洗手間，當她回來時，只剩湯姆獨自站在那兒。

「發生什麼事了？」她問。「出現喪屍來抓人嗎？」

湯姆笑著聳聳肩。「他們都突然有約。很奇怪的巧合。」

「嗯。」妮娜說。

「妳餓嗎？」湯姆問。「還是妳得回家看書？」

她抬頭看著他微笑。「我餓了。而且，我可以讀菜單。」

「太好了。」他說，轉身帶路走出影城。

「她答應了嗎？」麗莎問，她們全藏在旁邊一個星際大戰賈霸的人形立牌後，幸好立牌夠大可以遮住所有人，不過蘿倫得蹲在尾巴後面。

「是的。」卡特回答，轉過身跟每個人擊掌。「喔耶。」

妮娜很幸運，她和湯姆去的這家餐廳在菜單上完整列出了所用食材的生產履歷，對緊張的她來說，在第一次約會時有大量材料可以閱讀非常有幫助。

「這上面說，」妮娜說，「羊肉漢堡中使用的新鮮薄荷是採自廚房窗台上不甚精美的手作花盆。」

「真的？」湯姆說。「有放照片嗎？」

妮娜搖了搖頭。「連張鉛筆手繪的小圖都沒有。」

「真令人失望。」湯姆看了看他的菜單。「好吧，這裡說沙拉醬使用的石榴提取物是由負責種植的農民的二女兒親手榨的。」

「真的？」妮娜忍著微笑。「好吧，如果我們有人點牛排薯條，會有個叫哈洛德的小男孩自己搭公車去最近的社區花園挖馬鈴薯好讓咱們炸薯條。」

「呃，」湯姆一臉嚴肅，「這個時間讓哈洛德一個人出去有點太晚了，也許我們應該點其他東西。」

「感謝你對哈洛德的體貼，」妮娜說。「那我點漢堡。一個小時前有志願者幫忙摘了生菜和番茄，所以，你懂吧。」

湯姆點點頭，闔上菜單。「我希望有更多餐廳會幫每樣東西講出背後的故事。」

「我們自己就可以講得很好了。」妮娜回答。她稍稍探測了一下自己的狀態，驚喜地發現自己沒有感到緊張。也許她還有點處於看完電影的興奮中吧。

「蕾普莉大概是我最喜歡的電影女主角，」她說道。「我喜歡她明明被嚇得要死，想要不顧一切地離開那裡，但她還是撐了下去，並且度過一切困難。這是真正的英雄。」

「是的，」湯姆同意，「我媽媽以前總是說，『如果不害怕，就不叫勇敢』。」他喝了一口水。

「不過，通常她說這句話是為了讓我嘗試一些危險的事情。」

「就一個母親來說，這是不是不太尋常？」

「她是不尋常。」他沒有再多說。

女服務生走過來幫他們點好餐，在點完餐後他們沉默了片刻。

「我很高興我們能巧遇。」湯姆說。

「我也是，」妮娜回答。「有關前幾天的事我很抱歉。」

「沒什麼，」他說，低頭看著桌子。妮娜在他的眼睛旁邊發現一條小疤痕，突然想摸一下。他繼續說道，「不是每個人的行事曆都跟我一樣彈性。」

妮娜很感興趣。「為什麼你的時間這麼自由？」

他笑了。「因為我什麼都沒安排。基本上我每天就是工作，其他事就等發生了再安排。我不是一個會排計畫的人。」

「我喜歡計劃。」

「我知道。」

「這讓我感覺比較好。」

「比什麼好？」

「比混亂好，比不可預測好。」

「但這不也代表著妳就不會有偶然的機緣巧合嗎？如果一切都計劃好了，那就沒有驚喜了。」他很認真的看著她，真心地對她的話感到興趣。在等她回答時，他發現自己在想，她是否有擦口紅，當她覺得興奮時臉頰會變成什麼顏色，為什麼他無法自制地想要和這個他並不了解的女人上床。他不是青少年了，但她卻讓他覺得自己是。

妮娜嘆了口氣。「我還是會遇到很多沒想到的情況。你可以預先依自己的想法規劃生活，但人生就是會有難以預料的事情發生，對吧？」她看著他的臉，對於他的輪廓越來越熟悉，他專注地凝視著她，眼神是如此溫暖。他在想什麼呢？「例如，我最近發現我有父親。」她進一步說明，「或者該說，我知道我一定有父親，但我最近才知道他已經死了。」這個說法有點怪，但她不認為自己能說得更好，所以就這麼說出口了。話說得再好，有時也還是會造成不好的結果。又能怎麼樣呢？

湯姆又喝了一口水。「妳覺得妳媽可能是處女生子？」

妮娜對他做了個鬼臉。「是啊。我媽告訴我，我是直接從她頭上蹦出來的。」湯姆看著她，嘴角上揚形成了微笑。他等待著，妮娜繼續往下說，「才不是這樣啦，我只是不知道我爸是誰。當然，我在小時候問過我媽，但她漫不經心地回說她不知道。」

「妳媽是交際女王嗎？」

「我猜是。顯然也是個騙子。」妮娜等著服務生幫他們兩個倒好酒，然後舉起她的杯子。「敬驚喜！希望都是好的驚喜。」

「沒錯，」湯姆說，用酒杯輕碰她的酒杯。「還有敬嘗試新的事物。」

兩人沉默了一會兒。妮娜開口，「你還是有一些預先安排的活動，對吧？例如參加機智問答。」

湯姆笑了。「這其實不是我的主要活動。主要是因為麗莎需要一個了解運動的人。」

妮娜大聲叫出，「我就知道！你是運動員。」

「不，我只是記憶力很好又愛對運動說三道四。」他揚起了眉毛。「妳要告訴我更多有關妳父親的事，還是要換成其他話題？這是件大事，是吧？」

「我想是的，」妮娜說。「我仍然不太確定要怎麼去思考這件事。我不再是小女孩了，對吧？而且他也不在了，我不需要再去認識他。」

「有兄弟姊妹嗎？」

妮娜點點頭。「有幾個。還有姪女和姪子，甚至還有姪孫和姪孫女。」

「是怎麼回事？」湯姆問，妮娜向他解釋。亞齊和彼得說得對，這件事變得比較容易了。

湯姆微笑。「嗯，聽起來妳至少有一位好哥哥和一位很棒的姪子，這已經比大多數人都多了。」

他們點的菜送上來了，妮娜咬著起司漢堡繼續聊天。

「你有大家庭嗎？」

「不像妳的。我有一個兄弟和一個姊妹。」

「比你大還比你小？」

「各一。一個是哥哥、一個是妹妹。我哥哥快要結婚了。」

「你會當伴娘嗎？」妮娜透過睫毛瞥了他一眼。「你會穿漂亮的伴娘裝嗎？」

「可能，」他說，「如果他們能找到適合我穿的禮服。我的身材跟其他女孩不太一樣。」他模仿她透過睫毛看人的眼神，讓人驚訝地學得很像。

「可以想像。」妮娜回答，臉紅了起來。令人意外且愉快地，她在湯姆身邊並不會緊張，但有著清楚的……感覺。雖然沒說出口，他們之間的空氣中瀰漫著彼此都知道還會有更多發展的氣氛。兩人間傳遞著某種對話，無須言語但清晰。

「要買單了嗎？」湯姆的聲音很平靜。

「是的，」妮娜說。吞了口口水。「我該回家了。」

「還來得及在睡覺前再讀一章？」他笑了。

「也許吧。」她回答。

他們倆都是搭別人的便車去看電影，所以他們開始往南走回拉奇蒙特。

湯姆深吸了一口氣。「所以，妳的行程很滿，沒時間約會？」

妮娜也深吸一口氣。「不完全是的。」她停了下來。「老實說，我一個人還滿開心的。我有很多……」

「朋友？」湯姆幫她說完，妮娜點了點頭。「我也是。但妳不需要其他事物了嗎？」

他們正穿過聖莫尼卡林蔭大道，妮娜沒有馬上回覆。「我不反對。我只是沒有主動去追求它。你懂我的意思嗎？」

「當然，」湯姆態度輕鬆地回答。他模仿著葛麗泰・嘉寶的腔調。「妳想要獨自一人。」

「她從來沒有這麼說過。她說請讓**我自己一個人**待著，這意思完全不一樣。」妮娜搖了搖頭。「我懂了。我也希望自己一個人待著。」她很快地看了他一眼。「我不是對每個人都這樣說，只對大部分人。我喜歡安靜的生活。」

他嘖了一聲。「妳有想過離開洛杉磯嗎？這裡可不是修道院的風格。」遠處傳來管樂合奏的音樂證實了他的觀點。

「我注意到這點了，」她回答。「但是我在這裡長大；車水馬龍的聲音對我來說就像海浪。」

他們穿過梅爾羅斯大道。「你呢？你常常約會嗎？」

他聳了聳肩。「一陣一陣。我和一個女朋友交往了一陣子。幾個月前我們分手了。」

「哦？」妮娜不解這為什麼讓她皺眉。可能是因為幾個月似乎不長。

「是的。結束得有點難看，所以我正享受著獨處。」他聽起來沒事，但她仍想知道他是否已經放下了。

「你們不是朋友了嗎？」

他搖了搖頭。「不是。」他沉默了片刻，走過一個繁忙的十字路口。「我哥說我很容易被難相處的女性吸引。他說我喜歡挑戰。」

「你不同意嗎？」

又一次聳肩。「我不認為我有意如此。我想我是個挺無趣的人。」

「對我來說不是。至少現在還不是。」妮娜很高興自己沒有正看著他，因為她覺得自己又臉紅了。她的臉頰很容易背叛她。

「嗯，謝謝。也許用『無趣』形容不太正確。我很冷靜。我傾向等事情發生了再處理。妳懂我的意思嗎？」

「大概吧，」妮娜笑著說。「我不是那樣的人，不過我知道有像你這樣的人存在。就像獨角獸一樣。」

「我敢肯定，我們沒有那麼稀少。」他繞過一群迎面而來的青少年，等他們再會合時，他發現自己和她走得更靠近了。他們的袖子碰在一起，但兩人都沒有拉開距離。「也許這正是為什麼我會被那些有某種耀眼特質的人吸引。雖然有時結果不見得太好，我的朋友們也是這樣。比方麗莎。我們從高中就是朋友，她一直是我們團體中最耀眼的明星。聰明有趣。與眾不同。」

「她看起來是個很好的人。」

他笑了。「嗯，我不知道用『好』來形容是否正確，但是她絕對很有自己的個性，我喜歡這樣。」他們沉默地繼續步行，湯姆正想伸出手握住妮娜的手，她突然開口：「我家到了。」然後停下腳步。

他抬頭看著她的住處。「就是這裡啊，」他說。「妳認識那隻貓嗎？」

菲爾正坐在大門上，看著他們。

妮娜點點頭。「我認得。是我的貓。」

「他叫什麼名字？他在打量我。」

「他的名字叫菲爾，事實上，」妮娜說，「他是在打量我。」她抬頭看著湯姆。「我很高興今晚我們遇到彼此。也很開心我們沒有讓哈洛德去挖馬鈴薯。」

「我也是。」湯姆說，走近她。她看著他，往前走近一步，拉著他的外套靠過來給了他一個吻。片刻之後，他們分開，妮娜開口邀請他進屋裡。

「嗯，晚安，妮娜。」湯姆說。「也許我們很快能再約見面？」他俯下身子再吻了她一次，就著她的嘴唇微笑，然後轉身離開。「我會再傳訊息給妳，好嗎？」

「好，」她回答，一邊皺著眉頭看著他走遠。客套話，她想。哪裡出錯了嗎？

但是她走進門後，手機響了。

「我很想進去，」他傳了訊息，「非常、非常想。但是妳今晚本來想當自己一個人待著的嘉寶，而我決定不要冒險。此外，正如另一位女演員說的：來日方長[17]。」

她微笑著抱起一臉驚訝的菲爾，緊摟著他。

「小心我的鬍鬚，女士，」他說。「我可是很小心地保養它們。」

---

17 譯註：電影《亂世佳人》結尾女主角的台詞，原文為：Tomorrow is another day。

today is the day

DATE May 19th

M T W Th F S Su

SCHEDULE

7>8

8>9

9>10

10>11

11>12 打掃

12>13

13>14 公寓

14>15

15>16

16>17

17>18

18>19

19>20

20>21

GOALS

NOTES

新內衣？

TO DO LIST

- [ ] 換床單
- [ ]
- [ ] 預約婦科內診
- [ ]
- [ ] 打蠟
- [ ]
- [ ] 白酒
- [ ] 巧克力
- [ ] 莓果
- [ ] 打發鮮奶油
- [ ] 保險套

BREAKFAST

LUNCH

DINNER

WORKOUT

第十八章

妮娜首次履行家族成員的義務

星期日通常是妮娜的專注計劃日。她會挑好下一週要穿的衣服，規劃每一天的餐點，確定自己看完工作上或讀書會需要的指定讀物，列下生活雜貨的待購清單並進行採買……。這是她幫自己進行重新設定及展開新局的日子，儘管每回一到傍晚，她就覺得一切又亂了套。

總之，今天才早上十點，事情已經開始出錯，這都要怪彼得．雷諾德。妮娜得進行有生一來首次的家族義務，她不確定自己是否喜歡這件事。

她在早上九點就接到彼得傳的訊息，這是他認為若要在星期日打擾他人時，能夠被接受的最早的時間。

妮娜當時還在睡夢中。於是她帶點尖酸地回電，建議他重新調整這個時間，改成**她能接受的十一點**。

「不，」她姪子回答，「如果我為妳開了特例，就得改變我的整個運作系統，這樣可不行。」

「你有個系統？」

「當然。平日有平日的標準起床時間，假日有假日的。每天晚上過了某個時間，除了好朋友或愛人，不應該打電話打擾別人，一過某個特定時間，更是只有緊急事件才能打。」

妮娜把手機放在枕頭上，開了免持。「如果是打來約上床就會是例外吧。」

「妳說的沒錯。看吧？這是個很好的系統。如果我讓每個人都有不同的可以一大早打電話的時間，就會亂掉了。我喜歡讓事情保持簡單。」

「那麼，我猜我們最好全都遵從你的意旨囉。」妮娜依舊有點起床氣，而且她還沒攝取到任何咖啡因。

「這樣就最好了。反正妳也是得起床接電話，沒差。」妮娜可以從聲音聽出來，她這位新姪子是個可惡的晨型人。她沒接話，將頭側向一邊壓在枕頭上，手機順勢滑到了耳邊。

彼得還在絮絮叨念著。「我在想妳今天願不願意跟我一起去拜訪我媽？她住在卡爾弗城，而我的狗需要修剪爪子。」

妮娜睜開眼盯著天花板。糟糕，她忍不住好奇：「這兩件事有啥關聯？」

「我媽是獸醫。她教了我很多東西，但沒教我如何修剪狗爪子，而不會弄得雞飛狗跳又濺血。我上回試著自己做這件事，整個屋子有好幾天都活像昆汀．塔倫提諾電影裡的場景。」

於是她出現在這裡，在星期天早上十點鐘，坐在彼得車上的副駕駛座，腿上坐著一隻全世界最小隻的格力犬。她和那隻狗都不太確定這是個好主意。

「話說，」彼得開口。「妳的臉洩漏出妳昨晚應該過得很不賴。」

她轉過頭難以置信地看著他。「你怎麼知道？」

「本人技巧高明。」他咧嘴對她笑著。「這是我從某個學生身上學到的說法，現在變成習慣用語。」

「我不確定現在還有人這樣說話。」

彼得聳聳肩。「至少我會。妳大概會認為那是因為我不在乎別人對於我的用字遣詞的看法，妳是對的。」

妮娜和那隻格力犬交換了個對此不以為然的眼色。妮娜說道，「嗯，確實，昨晚過得還不錯。我認識了某個男人，一開始不喜歡他，後來覺得他不錯，然後我們接吻，接著我搞砸了，後來又有了另一次機會，而這次有好一點。」

彼得笑了。「聽起來是好事，我想。我可以來場快問快答嗎？」

「當然。」

格力犬緊張地嚥了口口水。

「他的名字是？」

「湯姆。」

「職業？」

「我想他是個木匠，不過我也不太確定。他聞起來有木屑的味道，目前我只知道他沒有家可以住，睡在鋸木廠裡。」

「長得很好看？」

「沒錯。」

「性感？」

「非常。」

「幽默風趣？」

「是的？」

「還有，請原諒我的提問，妳和他上床了？」

妮娜搖搖頭。「老實說，我很想，但我第一次邀他進門時被拒絕，昨晚則是在我有機會開口前，他就離開了。」

「這樣啊。」

妮娜看著他。「你覺得這是個問題？」

「不。」彼得慢下車速，讓後方車輛超車。「只是有趣。根據我對洛杉磯年輕男性的觀察，當然，我的涉獵範圍可能跟妳的不太一樣，他們全是『先上床，再聊天』的物種。也許他是外地來的。」

「不算是。他來自帕薩迪納。」

彼得向左轉，開始找停車位。「那就是了。帕薩迪納人都很怪。」

「是嗎？」

「是啊。那裡有加州理工學院和太空總署的噴射推進實驗室。同時也有著加州藝術學院，所有偉大的動畫創作者聚集之處。科學怪咖和宮崎駿電影在此有了奇特的交集。」他找到一個空間，巧妙地停好了車。「走吧。」

彼得的母親貝琪在卡爾弗城裡的住處，座落於某個妮娜有一陣子沒有到訪的地區，她驚訝地發現那裡的街區氛圍變得很中產階級，有著必不可少的以某個鯨魚獵人為名的連鎖咖啡店、果汁吧、無麩質優格冰店，還有蘿蔔是論根計價的有機雜貨店。彼得按了門鈴，他媽媽顯然是放出了一群地獄之犬，他們發狂地如許久未進食般地踩在木頭地板上狂奔而來。等門打開，才發現原來是三隻小巧的混種狗，全都垂著舌頭，個個熱切地搖著尾巴，共同的目標是向彼得的狗展現他們誠摯的愛，顯然這群狗兒之前都見過彼此。

貝琪是那位在律師辦公室對妮娜展露善意手勢的女士，她帶著慵懶的笑容迎接他們。「嘿，你把我的新妹妹給帶來了，」她邊說邊親了親她的兒子。「請別在意屋裡的髒亂。」

大部分時候，當人們這麼說時，通常表示屋裡其實有條不紊，只等著妳發出「喔，你該看看我家」之類的回應。但在這個案例裡，屋裡是真的很亂，妮娜鬆了一大口氣。屋裡還有兩隻年紀比較大也比較缺乏活力的狗，他們待在原來分別趴睡著的沙發和地板上，聊勝於無地對妮娜搖了下尾巴。幾隻貓警覺地，或者該說是不屑地看著她，妳總是很難分辨貓到底在想什麼，各處都覆蓋了層動物的毛。屋裡有著淡淡的煙燻味和狗耳朵的味道。

妮娜和彼得跟著貝琪穿過客廳，走進了原來是個廚房的地方，那裡相對乾淨得多，至少東西都擺得好好的。有個年長的男人坐在桌邊，正在幫栗子南瓜剔籽。

「嗨，」他說。「我是約翰，彼得的繼父。」他揮了揮黏答答的手。「歡迎來到混亂中心。」

貝琪敲了敲水壺，轉向妮娜。

「要來杯茶或咖啡嗎？」

妮娜點頭。「都可以。」她看了看四周。彼得正在和他繼父說話，那群狗已經跑到外頭，繞著大圈奔跑，爭奪著某個瑪格麗特犬的填充玩偶。為什麼呢？妮娜想著。狗兒們是瑪格麗特雞尾酒的愛好者嗎？

貝琪的電話響了，她一臉不情願地接了電話。她聽著，保持微笑，然後說道，「沒問題，不過只能今晚。」她繼續聽對方說話。「我沒辦法保證。先帶他過來吧。」她搖著頭掛上了電話，將茶包放進杯裡，注意著玻璃做的水壺。壺裡的水開始冒泡，但還沒沸騰。

「約翰，你要茶嗎？」她問著，下口氣接著問，「妮娜，妳喜歡動物嗎？」

「喜歡，非常喜歡。我有隻叫菲爾的貓，也總是想著該再養隻狗。」

貝琪表示讚許。「養貓很好。我在這附近養了三隻還四隻流浪貓。還是五隻？記不清了。」她舀了一匙糖懸在杯子上方，帶著詢問的眼神看著妮娜，妮娜點了點頭。貝琪把茶遞給約翰和彼得，在餐桌旁坐下來，嘆了口氣。「我不是個動物拯救者，我只是在他們需要有個安全的中繼站時，幫忙照顧那些動物。不算是真的飼養，因為他們通常很快地會被移到可以被長期照顧的地方，但可以幫忙紓解尋找飼主時的壓力。我很愛這些動物，就算是狀況不好的幾隻。」

「我想妳特別偏愛狀況不好的那幾隻，」約翰微笑著說。他看向妮娜。「妳眼前這位是這星球上心最軟的幾個人之一。」

妮娜問道，「剛剛那個電話表示有新的動物要送來嗎？」

「對。一隻狗。」貝琪朝著既高且寬的廚房窗戶示意，妮娜望過去，看到窗外是大而雜亂的院子，其中一個角落用鐵絲圍了一塊。「我可以在那一小塊區域照顧兔子、小雞之類的動物。很可惜，鴨子就沒辦法了。沒有池塘。」

「洛杉磯有很多流浪鴨嗎？」妮娜很訝異。

「喔，老天，別讓她開始這個話題，」彼得阻止，但已經來不及了。

貝琪聳了聳肩。「不幸的是，被丟掉的動物可多了。妳知道有些慈善機構會把我們收容所裡的小型犬空運到其他地區嗎？有些地方的大型犬很多，小型犬很稀少，而我們這裡卻過剩。這些狗在其他地方是搶手貨，在這裡卻得被安樂死。這個鎮上有很多人在為動物們努力。社群力量和其他次文化一樣大。」

約翰完成了他的剔籽工作，走去洗手。「所以，」他背對著她們，「妳們是姊妹？真有趣。」他關上水龍頭。「威廉・雷諾德是個大麻煩，但他的確很會生小孩。」

貝琪向妮娜翻了翻白眼。「別理他，」她說。「我在路上發現他的，跟其中一隻流浪狗混在一起，然後他就跟著我回家了。」

彼得大笑。「那我們要留下他嗎？」

約翰朝他們兩個灑水。「那是妳這輩子最幸運的一天了。」

「沒錯，」貝琪說。「我養過最棒的狗。」她向妮娜微笑。「我們兩個的父親是同一位，實在很怪，對吧？妳幾歲？」

「二十九歲。」

「而我五十九歲。這表示他成為我父親的時候是二十歲，然後他在五十歲時生了妳。男人真是做到老，是吧？」她喝了茶，傾身呼喚著狗兒們。「彼得，今天只要處理爪子？」

她兒子點頭。「謝啦，老媽。」

貝琪聳聳肩。「我是為了他，不是為了你。你這個大懶蟲。」

所有的狗兒一湧而進，貝琪抓起那隻迷你格力犬放在腿上。她從口袋拿出一支指甲剪，在他們談話時俐落地修剪著狗兒的爪子。

「妳還記得很多關於妳父親的事嗎？」妮娜看著她姊姊的臉，聚精會神地工作著，眼神盡是溫柔。她突然想起湯姆，他的眼睛也一樣溫暖。

「當然，」貝琪說。「太小時候的事不太記得，大一點以後的就都有印象。他在我姊與我還很年輕的時候，和我媽媽艾莉絲離婚，娶了蘿西。但我們還是常常碰面，這是他希望的。他很喜歡身為父親的這個概念，妳懂吧，這個身分描述。他只是不想承擔實質的工作。」

「他很兇嗎？」

「不，動手打人之類的，從來不會。但他有點自以為是。」貝琪陷入思索，她將格力犬放了下來，看著整群狗兒又衝去外面。「當然，妳可能也會喜歡他；他可以是很有魅力的人，當他想要這麼做，或者幾杯黃湯下肚的時候。他最愛滔滔不絕地談論他偉大的人生哲學，比方給人感情上的建議，妳知道的，這對於一個甚至無法保持忠實至少二十分鐘的人來說，實在很諷刺。」

門鈴響了，貝琪起身走去開門，途中差點兒被跟著成群衝出的狗兒們絆倒。

約翰和彼得看著妮娜，這連串的騷動讓她有點傻住。

約翰微笑。「就像我說的，這兒是混亂的中心。」

貝琪領著另一位女士走進來，她牽了隻黑白相間的牧羊犬，手中拿著一大疊文件。這隻新來的狗兒捲著尾巴，眼中無神。

那位女士說著。「他叫波里斯，但不確定是收容所給的名字還是本名。已經檢查過沒有心絲蟲症，結紮了，大約三歲。」她抬起頭。「喔，嗨，約翰。」

「他們在哪裡找到他的？」約翰問到。「他好可愛。」

「有人發現他自己在路上跑，所以把他帶過來。很明顯地，身上沒有晶片。」

貝琪把狗接過來，將他抱到流理台上，好不受其他狗兒干擾地好好檢視他。他很有耐心地站著，極輕微地搖著尾巴頂端。她檢查著他的耳朵、牙齒、眼睛，接著檢視四隻腳掌和全身，看看是否有受傷。他等待著，尾巴搖動的幅度在她終於完成所有檢查，雙手捧著他的下巴將他的臉往上仰時稍稍大了些。「小傢伙，」她說著，現在他的尾巴整個搖起來了，「你是個好孩子，我們會成為好朋友的。」她輕輕吻了下他的鼻頭，而他小心翼翼地舔了舔她的臉頰。她把他抱到地上，打開了往院子的後門。所有年輕的狗兒們爭先恐後地衝出去奔跑打鬧著，立刻熟稔了起來。人們從旁看著，對於他們能如此輕鬆自在地交朋友感到羨慕。

貝琪坐回椅子上，將頭靠在較年長的其中一隻狗兒身上，他正將下巴抵在她的膝頭，凝望著她。「我爸的問題之一是他總是不在。他會答應要做這個或那個，可是永遠會在最後一刻冒出抽不開身的理由。後來我們都不再對他抱有期待，希望越大，失望越深，是吧？」她看著妮娜，溫柔的眼神因回憶而顯得有些嚴肅。「我的第一任丈夫，彼得和珍妮佛的爸爸，就是這樣。」

妮娜看了眼彼得和約翰，他們靜靜地聽著，喝著茶，彼此相處得很自然。

「你爸離開時，你們幾歲？」她問彼得。

他媽媽代為回答。「他和珍妮佛當時分別是三歲和一歲。他們對父親不太有印象。」

「他後來都沒再出現？」

「沒有。」她停頓，沒有繼續往下說。

「幸好沒有，這對大家都好。」約翰說，將手舉到頭上伸了個懶腰，然後揉了揉彼得的頭髮，彷彿他還是個三歲小孩。「我在他離開後二十分鐘左右就出現了，讓一切變得更好。」

「那已經是好幾年後的事，不過沒錯，」貝琪仍輕拍著靠在身上的狗兒。

「約翰就是我爸，」彼得聳肩表示。「沒有比他更好的父親。」

約翰對他擺了個鬼臉，但妮娜看得出來他很感動。「要認知到你想要好好照顧一個可愛到讓街上老太太們都為之傾倒的孩子，這實在很容易，」他看著妮娜，帶點粗啞的聲音說著。「要當個繼父的重點在於，你得清楚知道自己將承擔什麼。我看到一位美麗的女子帶著兩個迷人的孩子，以及難以計數的成群動物。也許彼得的生父有著不同的夢想，但對我來說，這就是全世界我最想要的事物。」他望向他的妻子。「我每天都為他感到可惜。」他停了一下。「只除了某人不開心地拿東西扔我時，那我就會可憐我自己啦。」

傳來一陣爪子刮著門的聲音，他們轉過頭去，發現是新來的狗兒波里斯站在門外。貝琪開門讓他進來，他將柔軟的頭蹭在她的掌心，彷彿他們本就彼此相連。波里斯抬頭用淡巧克力色的眼睛望著她，她回看著他，但像是在對她丈夫說話。「要加入一個破碎的家庭並不容易，但有時你會發現你就是不可或缺的黏著劑。」然後她看向妮娜。「嘿，妳確定妳不養隻狗嗎？這傢伙是個超級小甜心呢。」

彼得大笑。「媽，妳明明知道妳一定會自己留下他的。」

約翰表示贊同。「她拿牧羊犬沒轍。一讓她看到那黑白相間的毛色、貼心聰慧的反應，她就立刻拜倒在他們掌下了。」

貝琪笑著揉揉那隻狗的耳朵。「這個嘛，說句公道話，每個家庭永遠都有容納新成員的空間。」她對著妮娜微笑。「不光是狗兒啊。」

today is the day
DATE May 25th
M T W Th F S Su
SCHEDULE
7>8
8>9
9>10
10>11 半天班
11>12
12>13
13>14
14>15
15>16 參加婚禮！
16>17
17>18
18>19
19>20
20>21
GOALS
NOTES
吉米・哈利的書，
給貝琪的，
查一下庫存
TO DO LIST
跟莉亞拿禮服
搭配的鞋???
BREAKFAST
LUNCH
DINNER
WORKOUT

第十九章

妮娜參加婚禮

身為近三十歲的女子，妮娜參加過很多場婚禮。說實話，過去幾個夏天，就是在連串令人痛苦的婚禮巡迴中度過，乾雞胸肉、潮濕的宴會小點心、和半生不熟的陌生人進行不著邊際的對話，以及和只剩模糊印象的大學同學笨拙地跳著舞。然而，在抵達莉莉的妹妹瑞秋的婚禮後，妮娜立刻感覺到這個婚禮絕對不同以往。

第一個線索是駱駝。牠站在大片草地的一側，用條長繩子繫著樹，身上掛得珠光寶氣、滿是毛球綴飾，還有印度拉賈斯坦傳統風格的各式駱駝配備，奇異的飾品吸引了人群聚集。認真說起來，是吸引了一整群小孩。

妮娜晃過去，認出了安娜貝爾。「嗨，」她若無其事地打了招呼。「那是妳的駱駝？」

穿著閃閃發亮的洋裝和戴了貓耳髮圈的安娜貝爾驚喜地看著妮娜。「我以為克萊兒說妳會來是在唬人，」她說。「我真的很高興妳來了。我們待會兒可以來聊聊書。我有一些問題。」

「當然好，」妮娜說。「所以，駱駝是？」

安娜貝爾聳聳肩。「不是我的。牠是為了婚禮來的。」

「牠有被邀請嗎？」

「並沒有，」她身後傳來了回答，妮娜轉身看到莉莉，一臉無奈又好笑的神情。「是某位受邀賓客送來的，但我完全不知道該拿什麼餵牠。有個男的把牠從拖車上牽下來，把繩子遞給了我，然後交代『我過三小時後回來』。」她看著妮娜。「妳有看到邀請卡吧，上頭寫著請回覆可出席或未克出席，可沒有附送駱駝這個選項。」

駱駝轉過來，若有所思地看著她們，覺得挺無趣的，又轉了回去。

「這個嘛，」妮娜環顧四處擺設的地毯和抱枕。「還算搭得上這個主題。至少沒有來個一對。」

有個高大的男人提了兩桶水放在駱駝前面。安娜貝爾的妹妹克萊兒跟在他後面。

「嗨，妮娜，」她說。「妳看到駱駝了？他是不是很美？他們沒有告訴我們他的名字，我打算叫他亨屁・鮑嘉。妳知道駱駝並不是用駝峰儲水，那其實是一大坨脂肪吧？就像女人的胸部？」

她身後的莉莉蓋住臉，而那高大的男人忍俊不住地哼了一聲。

妮娜點著頭。「那妳知道他們一次可以一口氣喝下四十加侖的水嗎？」

那個男人皺起了眉頭。「也許我該拿大一點的桶子來。」他的語調帶著口音，對妮娜露出微笑。「妳好，我是愛德華。我們應該並不認識。」

「這位是妮娜，」克萊兒說。「她是我的客人。我邀請她來的。」

愛德華點點頭。「好極了，真高興妳來了。克萊兒，妳得趕緊找到妮娜該坐在哪兒，帶她去她的……呃，毯子。」

克萊兒伸出手拉住妮娜的手。「來吧，我們去看座位圖。表演馬上要開始了。」

妮娜跟著她。「但我還沒搞清楚那隻駱駝是怎麼回事。」

「我也搞不懂，」小女孩說，「我媽說瑞秋阿姨認識世界上很多很特別的人，因為她專門走私稀有少見又漂亮的東西，」她最後那句話說得很快，整個糊在一起，「他們其中一位送了那隻駱駝來。」她瞄了妮娜一眼，做了個鬼臉。「但不是要送給我們養的，只是用來觀賞。」

「真可惜。」

「就是啊。」克萊兒停頓一下，壓低了聲量。「我在想要把駱駝留著。」妮娜可以看出來有個詭計正在形成。

她們到達大草地的前方，克萊兒把妮娜拉到某個大型看板前。途中經過了很多人，正如新娘所計劃的那樣，每個人看起來都一派輕鬆自在。目前為止，一切順利。

克萊兒研究著看板。「妳在哪兒？」妮娜越過她的頭頂，立刻找到了自己的名字。

「我在第十四號毯子。跟我一起坐的是……」她念著名字，「麥可和安吉，伊洛依絲和法蘭西絲，法蘭西絲和邁克爾。」她對著小女孩微笑。「兩個法蘭西絲？」

克萊兒點點頭。「他們很好分辨。其中一個比另一個大隻得多。」

「但如果他們都叫法蘭西絲，我可以都這麼稱呼他們，是嗎？」

「是的，」她說。「因為他們真的很好認。」

這是和小孩子對話時會遇到的瓶頸，妮娜有過經驗，知道最好的方法是點頭稱是，放下這個問題。

「這張毯子很不錯，」克萊兒像是女主人領著賓客到一張特別的桌子。「他們都是花園俱樂部的朋友，除了其中一位法蘭西絲是我媽的朋友。」

妮娜打點好自己，換上友善的表情，準備被介紹給陌生人。不知為何，她不像往常一般緊張。在戶外的開放空間裡，似乎讓人感覺比較有餘裕。也許她該考慮搬去住帳棚。

「嗨，克萊兒，」一個體型龐大的年長女士對著克萊兒說，她坐在妮娜和克萊兒正要靠近的那張毯子。「我以為妳是花童。」

「我是啊。」克萊兒回答。

「那麼，妳不是該去準備了？」

「我準備好了。」

那位女士和妮娜同時看向克萊兒，妮娜這才注意到，她穿著上頭有著粉紅色細肩帶，身上印著粉紅豬小妹的睡衣。類似伊莉莎白．泰勒在《朱門巧婦》裡穿的那種有著蕾絲肩帶和露背的款式。

「妳看起來很棒，」另一位女士說，看起來有點眼熟。「我猜這是妳最喜歡的衣服。」

「沒錯，」克萊兒開心地說，很高興今晚有人識貨。她轉向妮娜。「這二位是法蘭西絲們。」她念得有點不順，於是又說了一次。「法蘭西絲們。法蘭西絲。」她嘆了口氣。「她們的名字一樣。」

兩位女士都掛著微笑。較年長的那位伸出手。「我是花園俱樂部的那位法蘭西絲，」她自我介紹。「這位是我的妻子伊洛依絲。」另一位和她長得很像的女士慵懶地揮了揮手。

「我是在學校工作的那位法蘭西絲，」另一名女士說。「妳是不是在拉奇蒙特大道上的奈特書店工作？」

「是的，」妮娜回答。「妮娜．希爾。」她小心翼翼地和兩位女士握了握手。

來自學校的法蘭西絲笑得很開心。「就說嘛，我在那兒看過妳好幾次。我們家就在轉角，我和孩子們每個禮拜至少會去逛一次書店。」

妮娜認出她了。在妮娜的腦袋裡，她是屬於「非小說及親職教養」人，因為她都買這類書，而她的孩子們呢（她非常努力地將他們各自歸類），分別專攻青少年讀物、童書和繪本。這位法蘭西絲是那種很容易親近的類型，即便妳們共處於某個尷尬的情境。她穿著牛仔褲和連帽運動衫，以參加婚禮而言是個挺特別的選擇，但邀請卡上確實寫著「隨你高興穿什麼」。法蘭西斯注意到她的目光，露出笑容。

「我跟新娘瑞秋不太熟，我是莉莉的朋友，她跟我保證，瑞秋完全不在乎大家穿什麼來赴宴。所以我決定以日常穿著的簡單版現身，這讓我感覺比較自在。」她看了看四周。「我猜我不是唯一一位這樣穿的。」

她說的沒錯。人們的穿著形形色色，也有穿小禮服和西裝的，妮娜還看到至少有一位賓客穿了連身睡衣來。是大人版的連身睡衣。

克萊兒已經跑開去忙花童的事，此刻從擴音器傳出了聲音。

「好了，各位來賓。」是莉莉在說話。「我們要開始了，請試著找到毯子坐下，如果是照安排好的最好，不是的話也沒關係，我們準備要進行這二位的婚禮了。瑞秋堅持她待會經過時，大家都有乖乖坐在位子上，因為她打算慢慢兒地晃過去。」

法蘭西絲靠向前去。「這不是很有趣嗎？那隻駱駝真是巧思。」

「聽說駱駝會吐口水，」另一位法蘭西絲咕噥著。「我賭十塊錢，今晚結束前肯定有人不小心被噴口水到眼睛裡。」

「我接受這個賭注，」懶洋洋地窩在毯子另一端的男士這麼說，他應該是法蘭西絲的老公邁克爾。

妮娜根本沒在聽。她看著新娘瑞秋，美到難以置信，穿著七〇年代復古剪裁的奶油色亞麻禮服，看起來要價百萬美元。她正緩緩穿過草地，克萊兒和安娜貝爾穿著她們自己最愛的衣裳，光著腳丫走在她身後。妮娜這才意識到看似隨意錯落的各張毯子，其實是為了讓瑞秋在走到最前方的途中，能夠經過每一位賓客，人們會逐一將手中的花遞給她，最後形成她手中的花束。她向每一位致謝，給予祝福，甚至時不時地彎下腰親吻對方。這不是妮娜參加過最正式的婚禮儀式，其間瀰漫的滿滿情誼卻讓人永誌難忘。瑞秋突然看向草地最前方，新郎和伴郎在那兒等待著。

「我就快走到了，寶貝，」她大聲說著。「只是想在我醉到認不出人前，好好跟大家打招呼。」那位看起來也已經喝了不少的新郎朝她揮著手。「慢慢來，瑞。我們接下來一輩子都會賴在一起。」他像個傻子般地對她微笑。

在他身旁，伴郎正在和莉莉說話，她邊看著她妹妹和她的女兒們走過草地，邊擦著滑過臉頰的眼淚。接著，伴郎也轉過來看著瑞秋，就在那一刻，妮娜明白這場婚禮確實將會與眾不同，不只是因為那隻駱駝的緣故。

那位伴郎是湯姆。

📖

婚禮儀式在交換誓言的部分花了很長的時間，涵蓋範圍很廣。

妮娜最喜歡的是承諾永遠會在前一天晚上準備好咖啡機，以及附帶約定永遠不會把咖啡奶精用完不補。

終於，婚禮主持人說：「接下來是最後的誓言，瑞秋和理查將念誦他們最喜歡的歌曲的歌詞。」

瑞秋說，「理查，我們一起寫了誓言，這對我們意義重大。但是也有人已經以歌詞更貼切地寫出了我們的心境，所以，讓我們開始吧。」

她清了清嗓子。「我永遠不會放棄你。」

他回應，「永遠不會讓妳失望。」

她接著，「永遠不會到處亂跑，留下你獨自一人。」

妮娜轉向法蘭西絲，揚起了眉毛。

法蘭西絲聳了聳肩。「我想這是他們童年時代的經典歌曲。」她們倆轉頭注視著那對幸福的夫妻承諾絕不說謊或傷害彼此後結束了儀式，法蘭西絲補了一句，「看來偉大的哲學家理察・艾斯理對於愛情誓言確實略知一二。」

「他有登上金氏世界紀錄，」妮娜忍不住開口。「他的前八支單曲全都進了英國排行榜前十名；他是唯一做到這一點的男歌手。據我所知，目前仍無人打破這個紀錄。」

法蘭西絲拍了拍她的手臂。「很好呢。」

妮娜檢視著野餐籃，拿出一包那種上頭有著巧克力的百奇餅乾棒。相較於千篇一律的雞胸肉或蘑菇餡餅，這真是一大進步。籃子裡還有三明治、麵包、奶酪和水果，以及大量巧克力。錫罐裡放著小糕點，是做成了花朵形狀的蛋白霜餅乾。

「另一個籃子裡有什麼？」她問法蘭西絲。

法蘭西斯掀起蓋子，轉身對妮娜咧嘴一笑。「這是偽裝成籃子的保冷箱。裡面塞滿了冰棒。」

服務生每隔一段時間就會來為賓客們添上新的飲料，而儘管妮娜在敬酒後已經改喝氣泡水，她仍和其他人一樣有著微醺感。太陽下山了，現場亮起了一排排的燈火，感覺很夢幻。

莉莉出現，緊鄰著她坐在地毯上。「所以，是那位湯姆嗎？」她直接切入重點。

「是的。」妮娜點頭。「但是我不明白是怎麼回事。」

莉莉開心地環抱著自己。「這個啊，我在幫妳看機智問答團隊的名單時，看到了他的名字，不過很有可能洛杉磯有一個以上的湯姆．柏恩斯啊，對吧？我知道理查有個叫湯姆的弟弟，但我們還沒見過面，而妳跟我在那晚之前其實也不算真的很熟。這實在得碰運氣。」

「是的，」妮娜說。「有點難以置信。」

「但確實發生了，」莉莉說。「以我的經驗，它們發生的次數遠超過妳的想像。所以我才邀請妳參加婚禮，如果命定相遇，那麼他應該就是那位湯姆。」她看看四周，聳了聳肩。「更何況，這裡有很多單身男人，為瑞秋工作的大多是體格健壯、能舉重物的年輕人，如果他不是那位湯姆，妳也可能在這裡遇到不錯的人。」

「克萊兒說妳妹妹是走私商？」

莉莉大笑著。「她是藝術品和複製品的進口商，她與博物館和私人收藏家合作。上回克萊兒去辦公室找她時，瑞故意這麼跟她解釋她的工作，她覺得這樣比較有趣。」

「哈，希望克萊兒長大後不會想去國稅局工作。」

「再去多喝幾杯吧，」莉莉邊說著，站了起來。「好好享受今晚。湯姆看起來不錯，他哥哥理查是很棒的人，我們絕對能透過他大幅提增本家族的優良基因。」

她環顧四周。「等等……駱駝跑去哪兒了？」

結果原來是克萊兒把駱駝牽走了，正試著說服牠爬進她媽媽開的車子後車廂。事實證明駱駝們不太容易被說服，特別是當妳希望他們把自己像傘一樣折起來，塞進小小的空間裡時，因此克萊兒並沒有取得太大的進展。

在威脅利誘和大量滾燙淚水掙扎後，她們好不容易把克萊兒帶開了駱駝亨屁的身邊，克萊兒這才說出她剛剛吃了四根冰棒和兩袋蟲蟲軟糖，然後全吐在汽車後座上頭。妮娜自告奮勇地前去尋找乾淨的衣服和紙巾來善後。她正和某位熱心的服務生說話時，湯姆走到她身後。

「嘿，妮娜，能在這裡見到妳真的很令人高興。」他在婚禮儀式結束後就看到她了，但是立刻被拉去拍了大概有五千張那麼多的婚禮大合照，直到現在才能來找她。「雖然說真的，我不太確定妳是如何會出現在這裡。」他微微臉紅。「我的意思是，我是真的非常開心看到妳。」別激動，放輕鬆，他對自己說。

妮娜懷裡揣著一堆紙巾，正好讓她可以做為開場白，對他解釋整個克萊兒、駱駝、蟲蟲軟糖危機。這樣的話湯姆應該不會注意到她的臉有多紅。

「讓我再釐清一下狀況，」他在他們並肩穿過草地時說道。「妳是受到我的新嫂子的外甥女克萊兒的邀請參加婚禮，這位克萊兒遭遇了糖果和駱駝的迷惑，而我們現在正出發去提供協助。」

「差不多就是這樣，」妮娜回答。「她姊姊是上星期躲在書架後盯著你看的小女生之一。她有參加我舉辦的小學生讀書會活動。」

「哇噢，世界真小。」

「不，」妮娜說，她看到莉莉和克萊兒仍坐在車子旁的地上，那隻駱駝則在附近嚼著草。「世界很大，但拉奇蒙特很小。」

克萊兒看起來平靜多了，於是湯姆將駱駝牽回原本該在的地方，妮娜幫忙清理善後，莉莉則忙著向克萊兒解釋：「不，就算她現在感覺好一點了也不能再吃冰淇淋。」「不，就算她吐完以後肚子裡又有空間了。」「不，即使可能只是因為蟲蟲軟糖才讓她吐的。」以及，「不，她不能養駱駝。」

湯姆和妮娜決定他們差不多可以慢慢退場了。莉莉顯然已經掌控局面。

「對了，恭喜你。」妮娜在草地上蜿蜒而行。人們開始在靠近前方的區域跳舞，許多毯子現在是空的。

他困惑地看著她。

「這是你哥哥的婚禮啊。還有恭喜你有了新嫂子。我不認識她，但莉莉人真的很好。還有她的外甥女們，如你所見，可愛極了。」

湯姆笑了。「我也是最近才認識她們。」

「哦？理查和瑞秋不是在一起很久了嗎？」

湯姆搖了搖頭。「不，他們是去年夏天開始交往，雖然理查在那之前就見過她，並且一見鍾情。等他再次遇到她時，就立刻展開追求了。」

「哇。那真是……很大膽。」

湯姆聳了聳肩。「這是柏恩斯一家的特色。過度自信。我們寧願盡力嘗試後失敗，也不願意不去嘗試。這是我媽的錯；她很瘋狂。」

妮娜停下腳步。「是真的有精神錯亂的問題，還是行為很瘋狂？」

湯姆笑了。「好吧，我不是精神科醫生，但她絕對是個瘋狂的人。她喜歡嘗試新事物，成天往外跑地做各種事情。她會滑雪、跳傘、騎馬、馬拉松。」

妮娜笑了笑，「聽起來很累。」

湯姆點點頭。「但她很喜歡。理查很像她，我妹妹艾蜜莉亞更像，我只有一點點像她。我不太喜歡冒險。」

妮娜抬頭看著他。「你爸爸呢？」

湯姆注意看著路，試著不踩到任何地毯。「我比較像我爸。他很……正常。他喜歡看著我媽媽做這些事，為她加油，但不會實際上摔斷他自己的腿。」

「你媽媽經常摔斷腿嗎？」

湯姆搖了搖頭。「最近沒有。」

他們已經晃過整片草地，於是停下來看著大家跳舞。

湯姆轉向她。「妳想跳舞嗎？」

妮娜搖頭。「我不太會跳舞。我喜歡音樂，可是我很容易緊張，然後就會搞砸。」她心想，很好，好像我需要強調自己多缺乏冒險精神似的。

響起了一首慢歌。朱莉・倫敦的《女孩們的對話》。

湯姆微笑。「妳不可能搞砸慢舞。來吧。」

妮娜搖著頭，但讓自己被拉上了舞池。「這是有史以來最性別歧視的一首歌。」

「是的，」湯姆拉近她，開始跳舞。「確實是。但是請暫時不要考慮這件事，跟著我的節奏。」

「我無法不想到這件事，」妮娜說，儘管她已隨著他的腳步起舞，享受著他用手臂摟著她的腰的感覺。她也得將手臂放在他的腰上，因為他太高了，無法用手繞著他的脖子。「我們天南地北地聊著髮型和鄰居的八卦……這真的是很性別不正確的歌詞。」

「但是她的聲音，」湯姆低下頭說，這樣她才能在音樂外聽見他說話。「她的聲音是世界上最美麗的東西。」

妮娜微笑著抬頭看著他。「的確是。她確實有著最……」

然後他親吻了她。時機正好。而幸好他正抱著她，否則她可能失去平衡。

克萊兒在舞池的那一頭轉向母親，伸出她的手。「我就說吧！」

莉莉嘆了口氣，從口袋裡掏出一條蟲蟲軟糖。「妳贏了。」

克萊兒咀嚼著糖果，看著仍在接吻的妮娜和湯姆。「我知道他們會親嘴。我看得出來。」

「妳怎麼知道？妳才六歲。」

「我觀察妳和愛德華就知道啦。打算接吻的人，他們會先從眼神開始交流。」克萊兒聳聳肩。

「妳從兩公尺外就看得出來。」

湯姆和妮娜分開，默默地看著對方，克萊兒伸出了手。「瞧，還打算再吻。再來一條吧。」

莉莉啪地在女兒的手掌上放了另一條軟糖。

克萊兒咬著糖。「嗯，現在又要繼續吻了。」

第二十章

妮娜進一步嶄露自己

「哇噢，」湯姆走進妮娜的公寓，發出讚嘆。「這些書櫃真的很棒。」

妮娜走在後方，看著湯姆走進她住的地方，觀察他在她家裡的模樣。她幾乎不帶男人回自己住處。她寧願去他們家，這樣才能在必要時直接脫身。假使約會結果不順利，沒有什麼比得在半夜把某人趕出去，或佯裝無事地撐到第二天天亮還更糟糕的了。她的胃部突然焦慮地一陣翻騰，但此時湯姆轉過身，對她微笑，焦慮消失了。

「這些書櫃一定是從建造客房時就在這裡了。現在已經找不到這種製作方式。」他用手撫過書架的邊緣。

妮娜笑了。「好像沒有人像這樣認真稱讚過書櫃。人們通常更關注上面的書。」

「是呢，確實有很多書。」但是他的目光仍然向著書櫃。

「想喝點什麼嗎？」妮娜走去檢視家裡有沒有紅酒或啤酒，結果沒有。

「不，我不用。」他說著，走到她身後，雙手環繞著她的腰間滑動。喔，這個女人，個頭雖小，卻很有力。當她扭動身體並再次親吻他時，他能感覺到她的肌肉在他手掌下移動。她毫不猶豫地對他給予回應，這次不是在舞池中，不是在婚禮上，不是在開來這裡途中的汽車裡，現在他們之間沒有阻礙。他傾身靠向她，用雙臂緊緊地抱住她，將她略略抬高地靠到自己身上。突然，腳踝處傳來劇烈疼痛，他驚呼一聲，立刻退開。

妮娜低頭看時笑了起來。「哦，對不起。那是菲爾。」有一隻小貓站在廚房的地板上，搖著尾巴，耳朵向後豎著。「他餓了。」

湯姆彎腰撫摸那隻對他嘶嘶叫的貓。「我不覺得這是出於飢餓，應該是種恨意。」

妮娜正把貓飼料裝進小銀盤，她搖了搖頭。

「不，他是個可愛的戀人，不是好鬥的戰士。」她把盤子放在地板上，菲爾開始吃飯。「看到了嗎？只是餓了。」湯姆走近菲爾身邊，菲爾轉過身，再次咬了湯姆的腳踝。「呃，」妮娜說，「我錯了。他討厭你。」

菲爾總算允許湯姆通過，他們走進了客廳。湯姆坐在那張巨大的扶手椅上，把妮娜拉到他的腿上。「妳就是在這裡度過大部分的時間嗎？」他一邊親吻一邊問。

「是的，」她回答，「這是世界上我最喜歡的地方。」她跨坐在他身上，當她將洋裝從頭上拉起來脫掉時，湯姆再次聞到檸檬和蜂蜜的味道，他親吻著她的腹部。「雖然，」她繼續說，一邊解開他的襯衫鈕扣，「我從來沒有……在這裡……做過這件事。」她解開他的襯衫之後，開始解皮帶，鬆開扣環將它拉了出來。

「妳真是令我驚訝，」湯姆站起身並將她抱了起來，好從鬆脫在地上的褲子裡走出來，她的雙腿繞著他的腰，他接著轉身再次把她放倒在椅子上，跪在她面前的地毯上。「這樣很完美。」

他再次俯身親吻她的腹部，逐步往下前進。

「哦，」妮娜閉上了眼睛，向後仰著頭。「你說得對，這樣……」——她的聲音略略顫抖——

「很完美。」

妮娜在第二天早上醒來，戴著忘了拿下的隱形眼鏡，看見湯姆在廚房裡走來走去。她微笑著，回想著前一天晚上。有一度她不想起身，也不想讓他起身，除了一遍又一遍的反覆溫存，什麼都不想做。

他看過來，發現她在看著他。「早安，美女，」他說。「咖啡？」

她點點頭。

「我已經出去買早餐回來了，」他說。「還有，我跟妳那隻超級愛吃醋的貓達成了和平協議。」

妮娜發現到菲爾正站在廚房的流理台上吃東西。「你是怎麼辦到的？」

「用最傳統的方法，賄賂，」湯姆回答，端了兩杯咖啡過來。「結果他很樂意讓我跟他分享妳，代價是給他有機煙燻鮭魚。」他坐在床邊的地板上，靠過來親吻她。「妳還好嗎？」

她啜飲著咖啡，並對他微笑。「很好。你呢？」

「非常好。」他也報以微笑。「昨晚非常棒。妳太棒了。」

她把咖啡杯還給他，拉開了羽絨被。「回到床上來，」她說。「我想到一些更棒的事。」

他笑了，滑進了被單。

幾個小時後，他們好不容易才終於離開公寓，手牽手漫步到拉奇蒙特大街，週日是這裡妝點得最熱鬧的時刻，但並不是妮娜最喜歡到訪的日子。因為農夫市場吸引了像是有上百萬名遊客，每個人都在搶占有限的停車位，背著環保束口袋，裡面裝滿了價格過高的農產品。

湯姆轉向妮娜。「妳餓了嗎？」他問。

「不算真的餓。」她回答。「但我總是吃得下冰淇淋。」

他笑了笑，輕輕地吻了她的嘴唇。「妳不覺得妳已經夠甜了嗎？」

她對他做鬼臉。「我確實很甜，但是我是否含有多種精心挑選的配料呢？我不這麼認為。」

「說得好，」他說。「而且，如果妳因為香草攝取不足，病倒了怎麼辦？」

「正是如此，」她說。「只有趕緊攝取冰淇淋才能預防遺憾發生。」他們走進林蔭大道上唯二，是的，總共只有兩家手工冰淇淋店的其中一間。妮娜有時會想像他們的員工在深夜的大街上各自備好鏟子，或者推出大型的冰淇淋投石機，互相投擲著巨大的冰霜必殺球，彼此競逐拉奇蒙特村的冰淇淋帝王寶座。空中飄過配樂大師恩尼歐．莫利克奈版本的冰淇淋卡車鈴噹聲，冰淇淋融化在八月中旬滾燙的路面，奶霜蔓延溝渠。

等待買冰淇淋的隊伍很長，妮娜向湯姆說著她想像的畫面。他仔細地聆聽著，對於投石機那段點頭表示讚賞，同時緊閉著嘴唇，好避開街道清掃揚起的灰塵。接著他嘆了口氣，深深地吻了她，整條隊伍的人們都中斷了原先的對話，欣賞著他的吻技。終於，他放開了她，對她說：「妳真的很瘋狂，妮娜．希爾，我猜我可能永遠不會知道妳的腦袋裡在想什麼。」

妮娜恢復呼吸，點了點頭：「我對你的感覺也一樣。」儘管此時此刻，她腦袋裡的一切都是他。當然，這一點不必讓他知道。

她點了一球帶有巧克力碎片的鹹花生奶油口味冰淇淋，湯姆點的是莓果脆片冰淇淋，兩個人坐在店外面的長椅上安靜地吃著冰淇淋，看著往來行人，享受著終於和朝思暮想的那個人共度了比想像中還要棒的一晚後，那種難以置信的感受。

路上經過的人個個帶著洛杉磯人對於生活的熱情，至少在這個街區是如此。人們健康、充滿活力、精神奕奕，全力為夢想而活，或者至少正在努力實現當中。那天是星期天，他們正忙著為下週儲備熱情。因為每天早上，他們都可能會面臨失望（沒有工作回電，沒有試鏡，沒有入圍奧斯卡的通知），但他們會持續前進，繼續午餐時間的瑜珈，喝綠色有機果汁，等待著下一次機會到來、全力以赴、獲得成功。也許這週他們就會見到伯樂。洛杉磯就是靠著蓬勃的樂觀主義、腦內啡和 **L.A.** 這兩個字運作的。

湯姆靜靜地舔著他的冰淇淋甜筒餅乾，妮娜很欣賞這樣。因為，第一，冰淇淋值得這份尊重，第二，她最喜歡的聲音就是沒有聲音。不過，不可能一直不說話，湯姆開了口。

「我真的很喜歡妳的名字，」他說。「妳是以家族的某人命名的嗎？」

妮娜笑了。「嗯，直到三個半星期前，我僅有的家人是媽媽和撫養我的保母。不是的，我是以一張照片裡面的女孩命名的。」

「照片？」他疑惑地看著她，妮娜解釋，「我媽媽是個攝影師。著名的露絲．奧金有張攝影作品《義大利的美國女孩》，裡面那個女孩叫妮娜李，她一直很喜歡這個名字。」妮娜聳了聳肩。「她也很喜歡赫希菲爾德的畫，他在每幅畫的某處都藏了妮娜這個名字，你知道吧？……」她停止說話，融化的冰淇淋滴了下來，湯姆正盯著她看，也許是因為她講話很無聊。

事實上湯姆真的是在盯著她看。他想著，她的聲音比大多數女性的聲音低沉得多，聽起來像鐘的聲音，他想像著她說話的聲波在他的皮膚上彈跳，想起她叫他名字的聲音，突然間，他最想做的是回到她的住處。

他的臉漲紅。「妳剛剛問我什麼？」咳了幾聲。「對不起，我沒跟上妳說的話。」

妮娜嘟著嘴。「喔，我想我剛剛的話題顯然不是很有趣。」

他吐了口氣。「不，很有趣啊。妳在說有關攝影還有妳名字的事……，我只是被妳的聲音分心了……」他伸手去拉她的手。「說實話，看著妳會讓我失去理智。我們可以回去妳家嗎？」他壓低了聲音。「拜託？」

妮娜對他笑著站了起來。「好，」她說。「我想我們今天的戶外活動時間已經足夠了。」

「妳爸爸怎麼死的？」現在是傍晚，湯姆凝視著天花板，妮娜的頭靠在他肩上。他們已經好幾個小時沒說什麼話，現在他們很累了，可以好好說話。

妮娜靠著他聳了聳肩，頭髮搔著他的脖子。「心臟病發作。」

「妳真的不認識他，對他一無所知嗎？」

「完全不知道。現在回頭想想很奇怪，但當時就是這樣。」

「所以，妳有點像孤兒。」

「不，並不會。我媽媽在外工作，但我們會接到很多關於她的消息，她也都會回來看我。我沒有爸爸，但是我有保母，她跟世界上任何親生母親比起來毫不遜色，甚至更好。我並沒有被孤伶伶地丟在盒子裡養大。」

「真的？」

「事實上，」妮娜說，「這麼說不對喔。我還算幸運啦，頭幾年睡的是三花煉乳紙箱，等我長得太高，沒辦法在紙箱裡伸直身子時，就升級到了裝冰箱的大箱子。」

「裝冰箱的紙箱通常都很堅固，」湯姆知道她在閃避問題，但是他不想逼她。「這解釋了為什麼妳有辦法擠在這張單人床上睡得這麼舒適。」床上空間不夠是個很具挑戰性的事，但他會努力克服。

妮娜點點頭，她很高興湯姆願意適時裝傻。裝傻是一種高度被低估的特質。「我住的箱子是歐洲製的，有經過加固以便出口。」

「很酷喔。」

她搖頭。「一點兒也不，但它畢竟是家，你懂吧？」她停了下來。「其實，我就在這個區域長大。這輩子幾乎沒離開過洛杉磯東側。」

他笑了。「也許妳是那個需要被加固出口的人。」

妮娜笑了。「你經常旅行？」

他搖了搖頭。「沒有。我在帕薩迪納長大，在那裡上大學，然後遷移了大約二十五公里來了洛杉磯。畢業時，跟其他人一樣，我和一些朋友一起開車穿越美國。後來就坐上飛機回來了。」

「我從來沒這麼做過。」

「妳現在也可以試試。」

「沒車。而且我有一隻貓。」她笑著，「一隻愛吃醋、凶猛的貓。還有，我不想去任何地方。」她開始感到飢餓，漫不經心地想著是不是該起床吃晚飯。「你父親是怎樣的人？」

湯姆回答：「很典型的老爸。就像我說的，他比我媽安靜。」

「但是他是什麼樣子，你爸爸？你小的時候他是怎麼帶你的？」

湯姆皺著眉，想了想。「我想他是一個好父親。我只有這個父親，對吧？因此，我無法將他和其他人做比較。有一次他救了我妹妹的命。」

妮娜揚起了眉毛。「吸出蛇毒嗎？」

他笑了。「不，是在麥當勞做哈姆立克急救法。我妹被雞塊嗆到，我爸幫她做哈姆立克時，那個雞塊很大力地擊中了我哥，搞得他被送急診室。雞塊的麵包粉外皮劃傷了他的角膜，要戴眼罩上學。」

「這是個好故事。」

他點了點頭。「是的，而且很典型。我們家裡總有很多事情發生。大部分時候是快樂的童年。我父母經常吵架，但他們總會和好，從未停止彼此相愛，所以，就是這樣啊。它是……一種承諾。」

「你的兄弟姊妹呢？」

「他們很好。理查結婚了，當然，妳那天在現場。」

「沒錯。」妮娜說。

「嘿，」湯姆突然說。「這意味著他們的週年紀念日也是我們的紀念日！」一陣靜默。

「如果我們持續夠長的時間，」妮娜輕聲地說。

「對。」湯姆說。「妳可能會厭倦我。」

妮娜看著自己放在他胸膛的手。她彎著手指。「或是你對我感到厭倦。我不是有趣的人。」

湯姆盯著天花板，試圖改變說法。「也可能我們共度了美妙的星期日，然後被落下來的鋼琴壓死。」

「同一時間？」

「不，兩架不同的鋼琴，不同地點，完全巧合。」

妮娜想了一下，感覺一股原本正要高漲的焦慮浪潮，慢慢地失去力量。「我一直都想那樣死耶。或是被保險箱砸死。嗶嗶鳥卡通裡面任何一個艾克米保險箱都可以。」

「嗶嗶鳥卡通裡面任何一種死法對我來說都很好。比方衝出了懸崖卻持續奔跑著，突然停頓在半空中，舉起標語說了聲『哎呀』，然後垂直墜落……」

「撞到岩石上畫的一個洞，然後被本來不應該出現在那裡的火車撞上。」

「看一隻鳥吃了很多會爆炸的鳥飼料都沒事，自己吃一口就爆炸了。」

「是的，任何一種死法都可以。」

「這是適合我們偉大羅曼史的結局。」湯姆可以感覺到她在自己的懷裡放鬆下來。她非常敏感，很難深入了解，即使他們倆在床上完美契合，如此放鬆而協調。這樣的美好餘韻暫時阻止了可能的地雷。

他捏了捏她的肩膀。「餓了嗎？」

她點點頭，想著他的出現以某種方式消除了她的焦慮。每當她開始驚慌時，他就像一堵屹立不搖穩固的牆，將所有感覺擋下。他不是有意識地這樣做，至少她不認為他是，但他的存在感是如此真實，她那些如鏡中煙霧般的焦慮，對他無效。

「我需要增強一點食慾。」她說，將手滑到被單下面。

他笑了笑，在她的手抵達目標之前就抓住了她。

「不，」他說。「讓我們留一些甜點的空間。」他坐了起來，腳踩到地上。「我不希望在我們交往的第一天，妳就因為低血糖崩潰地跟我吵架。」他拉了拉她的腳。「我得好好照顧妳啊。」

她嘆了口氣，點了點頭，站了起來。

today is the day

DATE May 27th　M T W Th F S Su

SCHEDULE

7>8
8>9
9>10
10>11
11>12
12>13 工作
13>14
14>15
15>16
16>17
17>18
18>19
19>20
20>21

GOALS

不要抓狂!!

NOTES

新床單!

TO DO LIST

- [ ]
- [ ] 猫食—鮭魚口味?
- [ ]
- [ ] 更多保險套
- [ ]
- [ ] 乳液
- [ ]
- [ ] 刮鬍刀
- [ ]
- [ ]
- [ ]

BREAKFAST 湯姆

LUNCH 湯姆

DINNER 湯姆

WORKOUT 湯姆 :)

第二十一章

妮娜證明自己是有用的

波莉為她感到高興，但一如以往地，立刻又陷入過度亢奮的狀態。

「這實在好浪漫，」她說。「開始是死對頭，接著是個親吻，以及妳被狠狠地拒絕……」

「嘿。」妮娜抗議。

「然後妳們在婚禮上相遇，命運於此相連……」

妮娜皺起眉頭。「我以為會排成一列相連的是星星，不是命運。」

波莉對她皺眉。「這很重要嗎？」

「我想不重要。」

「妳會再見他嗎？」

妮娜點點頭。然後搖了搖頭。然後又點點頭。「我想會吧。難道會因為我們相處得太好，所以不想再見面喔。」她想了一下。「嗯，但他是個男人，天知道會怎樣。他可能再也不跟我聯絡。也說不定突然就傳來他的老二自拍照。」

「好吧，那，」波莉說，「請密切關注妳的手機。」

手機的震動鈴聲響起。她拿起電話，搖了搖頭。「不是他，是亞齊。」

「哦，是他啊，我很樂意欣賞他的老二。」波莉俯過身想看，但妮娜拿開了手機。

「抱歉，妳垂涎的對象可是我已婚的哥哥耶。」她看著傳來的訊息。「而且誰會把老二的照片寄給自己的妹妹，這行為太詭異了。」

「有道理。」

「他想知道我要不要一起吃午飯。有位他想讓我見個面的朋友。妳想來嗎？說不定這個朋友還是單身。」

「我怎麼可能加入妳們？麗茲現在不在。這樣是在建議我們關上店門嗎？」

「哦，是耶。」妮娜笑了。「我不知道原來妳這麼有責任感。」

「那不是我。」波莉走開。「我認為這是妳對我造成的可怕影響。我曾經無憂無慮、自由爛漫，是妳毀了我。過去，我能夠隨心所欲地做自己想做的事，一整天都自由自在。」

「抱歉。」妮娜說。

「妳確實應該覺得抱歉。」波莉回答，走向辦公室準備處理文書工作。

📖

亞齊的朋友和妮娜原本想的完全不同。首先，她只有一百二十公分高。

「這是蜜莉，」亞齊說。「她是你的妹妹。」他停頓了一下。「也是我的妹妹。」

蜜莉不是紅髮，但有些地方感覺眼熟。她看起來更像是她的母親伊麗莎，前幾天曾試圖阻止莉蒂亞挑釁的女人，但身型骨架仍然有很多爸爸的影子。

她伸出手。「嗨，妮娜。很高興認識妳。」

妮娜和她握了手。好莊重的孩子。「我不知道是你們兩個一起來。」她說。

她們三個人在餐廳靠後方的地方入座，凡妮莎過來點餐。

「家人？」她問，然後看著蜜莉。「妳需要兒童菜單嗎？」

蜜莉考慮著，抬頭看著她。「裡面有著色圖畫嗎？」

「有，還有找字遊戲。」

「那，好，請給我一份。」她看著妮娜。「我喜歡找字遊戲。」

「誰不喜歡？」妮娜說。「還有**瘋狂填字謎**。」

「耶！」蜜莉顯然很高興遇到同好。單字怪胎最喜歡發現彼此的存在。相遇、認出、認可，隨你想用哪個詞來形容。

亞齊清了清嗓子。「其實，我們不常相處。幾週前在律師事務所見面後，伊麗莎和我聯繫，我們認為見個面應該會很有趣。」他看著蜜莉，然後轉回妮娜。「我帶她去吃午餐，是因為我沒辦法再繼續談論書籍了。本人已經精疲力盡，也許妳可以接手。」

蜜莉微笑著拍了拍他的手。「沒關係，你對《哈利波特》了解滿多的。」

「如果妳有讀過《飢餓遊戲》，我們也可以討論這本書。」他笑著。「但是妳媽媽是一個明智的女人。」

「《飢餓遊戲》很棒，但也許有點血腥，對一個……」妮娜還沒說完。

「十歲的小孩，」蜜莉接話。她喝了一口凡妮莎送來的檸檬水。「但是無論如何，我想和妳談談爸爸。」

妮娜的微笑消失了一點點。「妳知道我從沒見過他，對嗎？我一點都不認識他。」

蜜莉皺眉。「妳不認識嗎？」

妮娜看著亞齊，他無奈地聳聳肩。「在妳父親去世之前，甚至沒有人知道有我的存在。他從來都不是我的父親，真的。」

蜜莉沒說話，試著理解她的意思。「他沒有跟妳媽媽結婚嗎？」

妮娜搖了搖頭。「那妳認識其它家人嗎？」

蜜莉在桌子上慢慢轉著檸檬水杯。「只認識一點點。我之前在假期見過亞齊，但老實說，沒特別注意。」她抬頭看著妮娜，目光清澈。「我的意思是，我是個孩子；那時是聖誕節。」

「妳出生時我有去醫院看妳。」亞齊說。

蜜莉笑了。「你有來？」

亞齊點點頭。「我那時還是個青少年，努力地對整件事裝出很酷的樣子，而且妳嬰兒的模樣好醜。」

蜜莉咯咯笑。

「妳媽媽一直問我要不要抱妳，我拚命拒絕，很擔心妳會突然對我發動攻擊。」蜜莉咯咯笑得更大聲，然後停了下來。「我想念我爸爸，」她說。

妮娜點點頭。「我想妳確實很想他。他是個怎麼樣的人？」

蜜莉微笑。「他很棒。他總是和我一起玩。他很老，但是他發明了最棒的遊戲。他也會陪我一起看我最喜歡的電視節目之類的。我們每天都會一起閱讀。我晚上上床睡覺時，他就坐在床邊，因為有時我會怕黑。」她很快看了看妮娜，但發現妮娜沒有取笑她的意思。「有時他會用好玩的方式排列我的玩具。例如把迷你寵物商店系列的動物在地板上排成一長列行進隊伍，把恐龍穿上芭比娃娃裝這一類的。妳懂吧？」

妮娜笑了。「他一定費了一些功夫。」

「是啊，恐龍的手臂比芭比娃娃短。」

「每個人的手臂都比芭比娃娃短。」

蜜莉點著頭。「所以他得把袖子捲起來。我媽媽工作很忙，但他已經算是退休了，所以都是他來學校接我放學。現在換我的保母。她也不錯。」桌上灑出了一點檸檬水，她畫了一隻海星。「已經一個多月了，但我看到她的車還是覺得難過。」

妮娜不知道該說些什麼。蜜莉對父親的描述讓她感到驚訝。她們的父親。她第一次覺得希望自己有和他見過面，她衝動地將手伸過去桌子對面，捏住蜜莉的手。

「他聽起來很棒，很遺憾我沒能認識他。」

蜜莉抬起頭，眼睛發亮。「是啊，我覺得妳會喜歡他的。」她吸了一口氣。「很多人喜歡他。他是我在學校之外最好的朋友。」

「誰是妳在學校裡最好的朋友？」妮娜感到好奇。

「喔，妳知道，變來變去的。」蜜莉看著桌子，肩膀突然顯得僵硬，妮娜看了看亞齊。

「妳喜歡學校嗎？」

蜜莉搖了搖頭，突然大聲說：「不喜歡。有時候，我有朋友，但是大多數時候沒有人和我說話。老實說，這沒關係，因為我自己一個人很快樂；這完全沒有關係，真的沒關係。而且沒人想討論書，除了有時會聊《哈利波特》，因為是他們看過的書，但老實說，我不知道他們是不是有真的讀懂，因為他們什麼都不知道。如果我問說，嗯，那《糖果製造者》如何，或《卡普尼亞·泰特》或《潘德威克》這幾本小說如何，他們的回應就會是，那是什麼啊？這讓我很難過。」她平靜了下來。

「那真是太可惜了，他們竟然沒有讀過那些書，說真的，這些不都是很棒、很棒的書嗎？我全部都喜歡。」妮娜感覺自己很放鬆，這是她最喜歡的話題。不過，她希望自己不要對蜜莉有這麼強的認同感。這讓她回想起了自己的學生時代。在下課休息和午餐時間，自己找個地方獨處，但又有些希望會有人找到妳。

「糟糕的是，如果不是跟書有關，我想不出任何可以聊的東西。」蜜莉看起來很喪氣。「他們想聊寶可夢或其他話題，我喜歡寶可夢，但我不像了解書一樣地那麼了解他們。」她帶著懇求的神情看著妮娜。「有時候真的很難想出該聊什麼，這讓我肚子疼。」

「嗯，任何時候只要妳想，我們都可以來聊聊書，」妮娜說。「妳想，妳媽媽會讓妳參加書店的讀書會嗎？我有一群跟妳年紀差不多的女孩，她們都喜歡妳說的這些書以及更多其他的書。」她記得蜜莉和伊麗莎住在馬里布。「這路程會有點遠。」

蜜莉看起來滿懷期待。「我可以問她。」

亞齊在一旁補充：「妳也可以試著問其他小孩問題；那是我媽媽跟我說的，而我認為是個好建議。妳可以問他們有沒有養狗，或他們喜不喜歡鳥，有沒有對什麼東西過敏，或是他們是否還相信有聖誕老人存在，任何妳腦中想到的問題。」

「我腦中唯一想到的就是書，」蜜莉面露擔憂。「而且如果我問他們很多問題，他們會覺得我比他們以為的還要奇怪。上星期，學校有個男孩說我很怪，其他人都沒有否認他的話。沒有人出來說任何話。」她講最後一個字的聲音有些顫抖，突然間，妮娜感到非常憤怒。

「怪？他是什麼意思？」她盡可能讓自己的聲音保持平靜。她看著亞齊，發現他也有同樣的感覺。

蜜莉聳了聳肩。「我不知道。就是怪。當時我們聊到阿辣哥，妳知道吧？《哈利波特》裡面的那隻蜘蛛。」亞齊和妮娜都點了點頭。「然後我開始舉例《夏綠蒂的網》裡的夏綠蒂，《怪桃歷險記》中的所有蟲子，還有一本關於大都會藝術博物館中裡的男孩和甲蟲的書……」

「那本叫《傑作》。」妮娜插話。

「是的，還有《地底王國》系列裡的蟑螂。我說蟲子很有趣，因為它們的體型比小孩子還小，對吧，而書裡面的人物對待蟲子的方式就像大人對待我們一樣，接著他就盯著我說我很怪。」她看著桌子。「我以為這是一個合理的推論。」

亞齊喝了一口水。「這個嘛，老實說，蜜莉，我不覺得這樣很怪，我會說妳很聰明，但一般十歲的男孩通常不太具有對文學的洞察力。」他放下玻璃杯。「而且通常也沒什麼禮貌。」

妮娜凝望著她的妹妹，這個她半小時前才遇到的女孩，她沒有預料到自己會有這樣的感情衝動。她再次伸手到桌子對面。「聽著，我會自己打電話給妳媽媽。妳一定要來參加我的讀書會，結束後我們可以去吃晚飯，並且討論這些事。」

「讀書會多久一次？」

妮娜皺眉。「每個月一次。」

「哦，」蜜莉說。「不是很多。」

「也許有時候妳媽媽可以讓我在放學後去接妳，我們可以一起出去玩跟聊天。我不介意去馬里布。」講出這句話的時候，她自己都不敢置信，但發現自己是真心這樣想。

蜜莉看起來更開心了。「這樣就太棒了。我現在幾乎沒有可以說話的對象。」

「那麼，」妮娜說。「我會讓這件事實現的。我們可以在每週的星期四見面。」她繼續衝動地說。「我星期四都沒有任何安排。」

「真的嗎？」蜜莉緊握著她的手說。

「是的，真的，」妮娜自信地說。「星期四是專屬我們的夜晚。」

第二十二章

妮娜遭受打擊

眾所皆知，拉奇蒙特春日節是一年一度的大活動。將洛杉磯的招牌特色：防曬油和錢，與棉花糖、雪花冰、熱狗、漢堡和碳烤洋蔥的氣味完美結合。現場甚至還可以騎小馬，不過得先穿越許多抗議此舉的動物保護團體，這顯然並不容易。

奈特書店這天不營業，但妮娜、波莉和麗茲按往例都會出席這場節慶，用麗茲的話來形容：去和投機者們混一混。

「這是社區的盛事，」她說。「咱們該出門，跟人們交流一下。」

今年，妮娜約了湯姆在旋轉木馬旁見面，她努力要自己別在見到湯姆時露出孩子般的傻笑。這很難做到。她現在是隻著了迷的小貓，而且已經漸漸習慣這種狀態。

他把她拉進懷裡，深深地吻了她。尾隨在後面的波莉露出笑容，開口要求一個擁抱。

「我聽了很多關於你的事。」她說，幸好沒有繼續闡述細節。

「妳們想要先玩什麼？」他問。「騎小馬嗎？還是先來根炸熱狗？」

「我要玩巨大漂浮球。」波莉篤定地回答。

會場裡最受到拉奇蒙特的孩子們歡迎的是一個大型戲水池，裡面漂浮著十幾顆超大的透明充氣球。妳爬進其中一顆球，旁邊會有人幫忙將球推入池中，然後妳會在池裡滾來晃去地弄得一身濕，被太陽曬得渾身滾燙。在妳感覺自己即將中暑或窒息的那刻，三十秒時間到了。孩子們超愛玩這個遊戲，但妮娜很少在這裡看到成年人，畢竟，嗯，大人們有智慧。

儘管如此，波莉躍躍欲試。

「這看起來好有趣，每年我都想試試看，但每年我都說服自己不要玩。今年可不一樣。」她吸了口氣。「今年，我不要理會內心的聲音，我要勇往直前。」她帶著挑戰的眼神看著妮娜和湯姆，他們只是聳了聳肩。

「老實說，妳想得太嚴重了。去吧，做妳自己，進去那臭塑膠球裡面吧，」妮娜說。

波莉去玩漂浮球，妮娜和湯姆信步走向雪花冰的攤位。

「這實在沒什麼道理，」她說。「雪花冰只是冰和糖水的組合，但卻會讓人心情愉悅。」她吃了一整口冰。「你知道，雪花冰起源自巴爾的摩。」

湯姆對她微笑。「我不知道。關於不怎麼樣的雪花冰妳還知道什麼？」

「嗯，首先，各地的雪花冰都不一樣。」

湯姆點頭。

「在二次世界大戰期間，由於所有的冰淇淋都送去給前線士兵了，雪花冰因此大受歡迎。」

「有這回事？」湯姆皺眉。

「哦，是的，」妮娜對這個話題很有興趣。「冰淇淋是軍工複合體首選的冰品。」

湯姆盯著她。「妳知道嗎？我從未遇過能如此自信地說出軍工複合體這個詞的女人。這樣好性感。」

妮娜把冰彈向他。「你應該去查查這個詞，真的很有意思。」

「我比較希望聽妳跟我解釋這個詞。妳比維基好看多了。」

「少來。」她說完，聽到有人喊她的名字，於是轉過身去。

「妮娜！」結果是蜜莉，她正緊緊抓住她媽媽伊麗莎的手。

「嘿！」妮娜開心地彎下腰來擁抱她的小妹妹。「湯姆，這是我妹妹蜜莉。」

「這是妳男朋友嗎？」小女孩問。

「是的，」湯姆回答，瞥了妮娜一眼。「我想這樣說應該沒錯，不是嗎？」

妮娜點點頭，感覺很自在。也許是雪花冰的效果，也或許是因為陽光很好。

「亞齊和他兒子亨利也有來……」蜜莉咯咯笑。「亨利是我的姪子。」

「我會跟他說我們遇到妳，」伊麗莎對著妮娜微笑。「蜜莉跟我說了妳的讀書會。我覺得這是個好主意。我會想辦法讓蜜莉可以去成。」

「太好了。」妮娜說。她對蜜莉微笑，蜜莉馬上對她豎起大拇指。

突然，麗茲出現，朝她們的方向衝了過來。

「掩護我，」她說。「麥佛先生在這兒。他四處找人，剛剛在螺旋煎餅攤前面攔住了玩具店的老闆。」

除了妮娜，所有人都很困惑，妮娜開始環顧四周尋找脫逃路線。她們的房東正在街上緩慢移動，左右掃視人群，就像在陰暗街道上行駛的警車。

她想到一個主意。「看，波莉要進那個漂浮球了，妳去代替她。」妮娜將麗茲推入排隊隊伍。

「繼續往前走！」

麗茲向前推擠著到了一隻腳剛踩進球裡的波莉旁邊，迅速地解釋當下的緊急情況。旁邊的服務人員有點難接受，後方排隊的父母們則低聲抱怨，但麗茲恐慌的模樣說服了大家，波莉也讓到一旁。麗茲及時進入那顆球裡。麥佛也正好出現。

「嗨，妮娜，」他對所有人禮貌地微笑。「麗茲有來？我一直在找她。」

「目前沒看到她，」妮娜說，這是事實。

房東嘆了口氣。「可以私下跟妳說句話嗎？」他把她拉到一邊。「請告訴妳的老闆，時間到了。我要把店租出去。」

妮娜皺眉。「我明白，但我們的租金還不算太遲交吧，梅菲先生？」她一直以為閃避交租只是常見的生意手法。麗茲在跟她談到書店經營的時候，看起來也確實從來都不怎麼擔心。「我知道今天已經是六月的第一天，但五月才剛過啊。」

麥佛先生好奇地看著她。「如果只是五月的租金，那不是問題，妮娜。我要的是去年十二月到現在的房租。」他露出很遺憾的表情。「奈特書店已經六個月沒交租金了。」

妮娜看著他，有點難以置信。「但我們比以往更忙碌。我想……」

麥佛搖了搖頭。「很抱歉，妮娜，這家店幾乎無法維持開銷。我對奈特書店很有感情，可是到了某個時間點，我還是得現實一點。」妮娜看著他走遠，春日節活動的喧鬧聲被她自己的心跳聲淹沒。她轉過身看著她的老闆在漂浮球的池子裡試圖移動，但連浮都浮不太起來。

稍晚，麗茲、波莉和妮娜靜靜地坐在沒開燈的書店裡說話。

麗茲異常地冷靜。「很抱歉，這恐怕是真的，」她說。「每個人都宣稱書本已死，但我們的生意是真的不錯，只是還不夠好。」她對她的員工們微笑。「妳們這一代有很多很棒的讀者。但是房租一直漲，我實在撐不下去。真的很抱歉。我很希望能繼續營業，也不想解僱妳們當中任何一個人。」她垂下了頭。「我一直期待事情會有轉機。」

波莉開口，「說不定妮娜會繼承巨款，她就可以保存這家書店。電影裡不是有這樣的情節嗎？龐大的遺產？」她看著妮娜。「什麼時候會宣讀遺囑？有可能發生，對吧？」

妮娜聳了聳肩。「下個禮拜，但我不確定我到底有沒有繼承任何東西，就算有，我的瘋狂姪女也不見得會讓我這麼輕易地收下。而麥佛先生聽起來心意已決。」她望向麗茲，不想在此刻苛責，但她必須弄清楚狀況。「妳有試著跟銀行貸款嗎？」

麗茲笑了。「當然，我兩年前就是靠這樣付房租的。去年我已經把我的房子拿去做第三次抵押貸款，所以才能按時交租直到十二月。我也想過賣掉我的腎臟，不過年紀太大。」

「我可以給妳一顆腎臟！」波莉很真心。「我只需要一顆腎，對吧？」

「是的，」妮娜回答。「另一顆腎臟會變強，來補足功能。事實上……」

「我不會要妳們的腎或錢，」麗茲堅決地打斷她們。「這是我的問題，不是妳們的，很不幸地，我失敗了。」

「我可以拍色情片！我們可以去買彩券！」波莉哭了起來。「我很愛這份工作。」

妮娜很驚訝。她知道她喜歡自己的工作，這家書店是最能讓她安心的地方，但她原本並不清楚波莉對於這家書店的感情。她想到來書店的客人們，想到會在自然史書區閒逛的吉姆，想到了讀書會和特製書籤，突然間，她也哭了起來。

妮娜走出書店，看到幾位自己的新家庭成員們正站在附近和湯姆談天說笑。彼得是第一個看到她的人，並走過來找她。妮娜試著振作精神，她需要回家好好地思考一下，街上的人群讓她壓力很大，燒焦的甜味更使她頭暈。

彼得用力地抱了抱她。「嘿，我聽說妳得回去處理一下工作。還好嗎？」

妮娜點點頭。「是的，我想一切會沒事的。」她抬頭看著穿了鮮豔的夏日裝扮的他。「我不知道你也在。」

彼得一臉震驚。「錯過拉奇蒙特春日節？妳瘋了嗎？去年，為了究竟是孩子氣的幸福重要，還是動物權重要，懷舊勢力和進步勢力之間幾乎為了小馬開戰，就差那麼一點兒就引發暴動。從人類學的角度來看，這很值得探究。」他看了看四周。「整個節慶對我來說都是田野工作，而且我還可以吃螺旋煎餅。」

妮娜靠過去幫他拍了拍衣領上的糖粉。「你確實很融入節慶的氣氛。但是，糖粉掉到泡泡紗的衣服上很麻煩，會跑進洞裡弄不出來。」

「這倒是。」接著他壓低了聲音。「順道說一句，我喜歡妳男朋友，他人很好。」

「他不是我的男朋友，」妮娜說。「我們才剛剛開始。」

彼得皺起眉頭。「他介紹自己是妳的男朋友。到底是不是？」

妮娜點點頭，然後又搖搖頭。「我不知道，我只是……」湯姆和其他人走過來，她停了下來。

「還好嗎？」湯姆問。

妮娜再次點頭，不確定自己到底想說什麼，但隨後波莉哭著跑出書店。她走到他們身邊，撲到妮娜懷裡。

「我們該怎麼辦？」波莉大哭大叫。「一切都毀了；全部都慘了。我最後會一貧如洗，在社區戲院工作，現在我該做什麼才能買得起聖誕節禮物？」路過的人都放慢腳步；與所有女演員一樣，波莉擅長誇飾演技。

妮娜尷尬地拍拍她的肩膀，看了看四周所有試圖了解波莉的悲傷和故事進展的驚訝面孔。

「一切都會好起來的，」她說。「說真的，沒什麼好擔心的。」

「嗯，聽起來很嚴重……」彼得先開頭，但是妮娜打斷了他。

「不，我們沒事。波莉只是情緒激動，對不對，波？」

波莉紅著眼注視著她。「妳不難過嗎？妳一點都不在乎？」她訝異地往後退了一步。「妳跟我說過，這家店是唯一讓妳真正覺得安全的地方。」

妮娜覺得自己的呼吸變得急促，眼前發黑。她的確曾輕描淡寫地對波莉提過那些話，但她確實這樣想。被廣而周知是挺讓人尷尬沒錯，可是這是實話。「我當然在乎，可是這還沒成定局。麗茲會想辦法。我們可以舉辦糕餅義賣。」她試著保持笑容，但發現自己呼吸困難。她求救地看著亞齊。「我想回家了。」她說。

他點點頭，一看到她的表情，便意會到妮娜現在的需求。「沒問題，我們走吧。」他轉向伊麗莎。「我得把妮娜平安送回家，妳可否幫忙帶一下亨利，大概二十分鐘？我馬上回來。」伊麗莎點頭答應，將蹣跚學步的小孩抱了起來，他立刻開始哭泣。

「我可以送妮娜，」湯姆開口，他往前走了幾步，但妮娜搖了搖頭。他停下來皺起眉頭。「怎麼了？」

「我得馬上離開。我待會再發訊息給你，好嗎？」她很想吐，手也開始失去知覺。

「我可以帶妳回家，妮娜。」湯姆看起來快要生氣似地看著亞齊。

「沒問題的，」亞齊堅定地說。「我們是一家人。」

「等等……」妮娜說，她開始頭暈。書店要倒閉了。她會住不起她現在的住處。波莉正看著她，湯姆也在盯著她。周遭都是對她有所求的人，期望從她身上得到什麼，幾乎可以肯定都是她給不起的東西。她茫然地伸出手，湯姆及時趕在她昏倒前扶住了她。

第二十三章

妮娜對自己感到失望

妮娜坐在浴室的地板上，頭靠著浴缸。脖子後面滿是汗水，手無力地攤在瓷磚地板上。她沒有吐，但是當湯姆把她抱進門時，她小聲地要求將她放在浴室裡。現在她只想要獨處，但他正在房間裡面四處走動，做這做那的。她想要他離開；她想要將她的住處像隱身斗篷一樣把自己完全蓋起來。

她討厭自己。至少這一天，她知道自己為什麼失去理智。在其它日子裡，她的焦慮會因為某句話，或是一個眼神，一首廣播裡放的她甚至不記得有沒有聽過的歌曲，就突然在她體內爆發。她的焦慮像寄生蟲一樣潛伏在身體裡，伺機對宿主的生命造成威脅。有時她可以聽到它的呼吸聲。當然，害怕恐慌發作意味著她會一直處於緊張狀態，這更增加了她恐慌發作的機會，也因此她會因為焦慮而自責……**事情就是這樣**[18]，用馮內果的話說。

她起身，用冷水沖了沖手腕內側，往臉上灑了更多的水，然後用毛巾擦了擦臉。該是面對現實的時候了。

18 譯註：原文為 So it goes.，出自馮內果《第五號屠宰場》。

湯姆坐在她最愛的扶手椅上等著她。他已經拉上窗簾，打開小床頭燈，鋪好了床，也把床調低了些。一杯還在冒著熱氣的茶放在床頭櫃上。這些事都是她在這種時刻會想做的，他的舉動讓她很感動。她仍然很需要一個人獨處，但還是被感動了

「我不知道妳是否想喝茶，總之我先泡好。」

妮娜點點頭。每次經歷這樣的過程，她都感到筋疲力竭，過多的情緒讓她很難受，體內的每條神經都絕望地想要關機，希望重新開機的時候，風暴已經過去。

「謝謝，」她說。「我現在感覺好多了。」

「我可以留下來陪妳，」湯姆說。

「不，我很好。」

「但我很樂意。」

「謝謝，但我很好。真的。」

「妳確定嗎？妳可以去睡覺；我可以唸書給妳聽。」他沒有起身，內心其實非常想走過去抱住她，直到她放鬆下來。但她縮著身子站在浴室門口，看起來警戒而蒼白。

儘管胃部持續翻攪不適，妮娜試著微笑。他不明白的。「謝謝你的好意，但我需要睡眠。」

他皺了皺眉。「那妳去睡吧。我不會吵妳的，我只想確定妳沒事。」妮娜吸了一口氣，誠心祈求她的恐慌等一下再發作。「請你離開，湯姆。我需要你走開。」

她提出了非常簡單的要求，空氣凝結。

他感到困惑。「我真的很喜歡妳，妮娜。我很關心妳。」

「湯姆，這跟你無關，是我的問題。我很焦慮；我跟你說過了，當我像這樣恐慌到不知所措

時，我需要獨處好讓自己恢復。」

「我想幫忙。」

妮娜有點不高興。「湯姆，你沒有在聽我說話。為了能恢復過來，我需要獨處，越久越好。」

他看著她。「要多久……」

妮娜決定冒險地離開浴室門口。她坐到床邊，拿起了茶。很好喝，又甜又熱。

「真的很感謝你，謝謝你送我回來、泡茶和其他所有一切。」

湯姆交叉雙腿。「妳沒有回答我的問題。」

妮娜覺得好疲憊。「哪個問題？」

「妳需要一個人獨處多久時間？」

妮娜已經沒有力氣維持坐姿。她躺下，把被子拉過來蓋在自己身上，閉上眼睛。「我可以大概一個禮拜之後再打給你嗎？發生太多事了，冒出了新的家族、然後我的工作看來也不太妙……我需要幾天時間來思考和理清所有問題。」

他的聲音很清晰。「妳不確定我是否能融入妳現在的生活嗎？」

妮娜搖了搖頭，找不到合適的詞。

她一定是昏睡了過去，因為當她再次睜開眼睛時，他已經走了，換成菲爾坐在那張椅子上。

「難過的一天？」貓問。

「糟透了。」她回答。

「如果妳想，我可以捉一隻老鼠給妳，」他提議。「蛋白質對妳有好處。」

「我很好。」她說，再次閉上了眼睛。

貓看著她的臉，打了個哈欠。

「騙人。」貓說。

📖

很久以後，妮娜再次醒來，在黑暗中躺了一會兒，試圖理清自己的腦袋。她伸手拿起電話，撥了一個熟悉的電話。

「嘿，露。」

她的保母用昏昏欲睡的聲音回答：「嘿，妮。」這是她們一貫的問候方式，彼此應和，總能讓妮娜感覺自己被愛。

露易絲喃喃地說：「很晚了呢，寶貝。怎麼了？」

妮娜看了看時間。「抱歉。」

「沒關係。妳沒事吧？」

「不太好。」

妮娜聽到一聲嘆息，然後是被子的沙沙聲。「等等，讓我醒過來，倒杯茶，再給妳回電。等我五分鐘。」

「謝謝妳。」

妮娜坐起身來，揉了揉自己的臉。她把枕頭堆在頭後面，手拍著床單，直到菲爾伸了個懶腰，爬上床來窩在她身邊。他靠著她的手蜷曲著，用毛茸茸的後腳踢著她。電話響了。

露易絲的聲音變得清醒許多。妮娜可以想像她柔軟的白髮，充滿皺紋但仍然可愛的臉。還有她的黃色馬克杯。「好了，寶貝，說吧。」

妮娜深吸了一口氣。「好吧，第一個消息是我有父親。」

露易絲一時間沉默。然後開口，「嗯，我從來不覺得妳媽媽跟聖母瑪利亞是同個類型，所以這也挺正常。」

「她從來沒對妳說過任何關於他的事？」

「她從未說過。我也從來沒問。」

「喔，好吧，他死了。」

露易絲笑了。「來得快去得也快。妳什麼時候知道這件事的？」

「大概一個月前。差不多吧。我有一個哥哥和三個姊妹，還有姪女、姪子和表親。」

「呃，我的天，」露易絲說。「這可能是好事。想想看妳會收到多少生日禮物。」妮娜笑了。

露易絲繼續說，「但是妳一定嚇壞了。這麼大群人。」

「是的，儘管他們大部分人都非常好。」

「那很好。」露易絲等待她繼續說下去。「所以……？」

「還有別的，我遇到了一個人。」

一聲輕笑。「我就知道這肯定跟某個人有關。」

妮娜開始喋喋不休。「我真的很喜歡他，但這一切已經超過我所能負荷。我的工作出了問題，還有必須去適應的新家族成員，所以我和那個傢伙算是分手了，我的意思是，不是真的分手，比較像是，嗯，算了，總之沒關係了，但是他真的很棒，所以也許我應該……」她的聲音開始顫抖。

「我不知道該怎麼辦。以前只要直接不再往來這一招就有用，現在好像沒效。」

露易絲嘆了口氣，妮娜聽見她慢慢地喝了一大口茶。她等著露易絲開口。「嘿，親愛的，妳不能指望同一招永遠都管用。當妳還小的時候，遇到麻煩事，妳會用手摀著耳朵哼歌，如果現在還用這個方式應對，就肯定會引人側目，而且妳很清楚，放開手時，問題還是在那兒。所謂魔法只對兒童有效。喔，政治家大概也信吧。」

妮娜無力地說，「那我該怎麼辦？」

「我不知道，寶貝。妳應該做的第一件事就是……」露易絲等著妮娜接話。

「什麼也不做。妳應該做的第一件事就是什麼也不做。」妮娜說的是露易絲多年來提供給她的答案。

「沒錯。等待一兩天，看看會發生什麼事。生活需要空間，就像妳一樣。給它空間。」這位年長的女士停頓了一下。「焦慮症還好嗎？」

雖然露易絲看不見她，妮娜在電話這頭聳聳肩。「不好。」

「它只是在做自己的工作，可憐、過度反應的情緒。我仍然記得那個治療師說的話：焦慮讓我們存活下來，回到日常生活。它可以幫助我們發現有問題發生，什麼情況很危險或是有人想傷害我們。只是有時候它會過頭，對嗎？」

妮娜點點頭。「我知道。」

「所以，什麼都不要做，讓自己平靜下來，深呼吸，然後等待。妳的焦慮會過去，事情的全貌會變得更清楚。如果這個人是妳命中注定的那個人，他就不會不見。」

「如果他無法承受我的焦慮怎麼辦？」

露易絲的語氣很堅定，「那是他的損失。」

「他不會讓我緊張。實際上，他讓我感覺很放鬆。」

露易絲笑了。「那就別杞人憂天了，寶貝。不要煩惱會出什麼問題；只要自己開心就好。」

「說起來容易做起來難。」

「大部分事情都是這樣。」

「其他人也有這種感覺嗎？」

「什麼感覺？擔心？不確定？同時抱持希望又憤世嫉俗？」

「是的。」

「他們當然也會這樣，寶貝。那就是活著的感覺。」

「可是感覺不好。」

「嗯，那誰知道當魚的感覺是什麼？可能更糟。」

「而且一定很濕。」

「對。」露易絲的聲音很溫柔。「現在睡一下，明天打電話給我。妮娜，妳喜歡一個人獨處，但妳從不孤單。妳知道的，對嗎？」

妮娜點點頭，緊緊握著電話。「我知道。我愛妳。」

「我更愛妳。幫我親一下菲爾。我們明天再說。」

「掰，露。」

「掰，妮。」

today is the day

DATE June 3rd

M T W Th F S Su

SCHEDULE

7>8

8>9

9>10

10>11 工作

11>12

12>13

13>14

14>15

15>16

16>17

17>18

18>19 瑜珈

19>20

20>21

GOALS

喝水
保持身材
找個治療師
生活充實

NOTES

新的浴簾

啞鈴

TO DO LIST

- [ ] 洗衣服
- [ ] 整理書架
- [ ] 清洗毛巾
- [ ] 清理廚房
- [ ] 打掃浴室
- [ ] 2分鐘棒式！
- [ ] 30個仰臥起坐
- [ ]
- [ ]
- [ ]
- [ ]

BREAKFAST
蛋

LUNCH
沙拉

DINNER
沙拉

WORKOUT
在家

第二十四章

妮娜成了被可憐的對象

在拉奇蒙特很難保守祕密。波莉在節慶活動上大哭大鬧的消息，只花了大概三個小時就傳遍了周邊整整十個街區，每個人都知道奈特書店面臨倒店危機。有人發起了群眾募資。社群媒體上有人發表文章宣稱邪惡勢力即將勝利，文學的根本正面臨存亡之際。星期一時還有人特地自己做了湯，帶到書店來表達支持。

麗茲對於排山倒海而來的關注感到厭煩。

「這是一家書店。」她說，她剛花了二十多分鐘在安撫那位送湯來的支持者，她已光顧奈特書店長達十年時間，不斷強調這裡對於她孩子的中產階級體驗至關重要。「我的意思是，這麼做是很討人喜歡，我很歡迎免費的食物，但是我們需要的是更多人來買更多書。」

妮娜看著她。「我認為我們需要得更多，不是嗎？得清償積欠六個月的房租，想辦法支付妳的房屋三貸的貸款利息，還有，恐怕得去買回波莉在分類廣告上售出的腎臟。」

麗茲做了個鬼臉。「她賣出的是個承諾，承諾在一定期間內，若有需求，將會提供腎臟。老實說，她可能發明了一種新的金融交易模式。如果我患有早期的腎臟疾病，我應該會願意出價對他人的器官先租後買。」

「器官買賣在美國是非法的，儘管在伊朗是合法的。」

麗茲哼了一聲。「妳當然知道。」

妮娜聳了聳肩。「我很訝異妳不知道。」

波莉早些時候打電話來，說她要去矽谷找工作，妮娜和麗茲認為這意思是她打算去拍色情片。她們試著要她放棄，波莉在快到午餐時間前，穿著全黑的衣服出現在店裡。

「有人死了嗎？還是妳要試鏡扮演年邁的義大利奶奶？」麗茲問。

「我正在為這家書店哀悼。」波莉低著頭說，儘管可能只是為了炫耀她頭上精緻的法式編髮。她在頭髮上綁了黑色絲帶，讓妮娜想起國葬上拉動靈車的馬匹。這可能不是波莉想要的效果，但老天總是會給妳意想不到的反應。

麗茲嗤之以鼻。「上班吧，妳們二位。請把書擺得整齊好看。面帶微笑，但要楚楚可憐。當有人問我們是否要關門時，請輕輕搖頭並建議他們購買整套的精裝書。」

「妳是想要我們設法博取顧客的同情嗎？」

「是的。就是這樣。」

麗茲消失在她的辦公室，沒多久又披了外套出來。

「妳要去哪裡？」

麗茲走向大門。「我要回家，換一件看起來更破爛的衣服。」

接下來的幾天裡，書店生意確實成長許多，尤其有幾位當地名人在社群媒體上發文支持，於是人們紛紛來到店裡，希望可以看到他們。沒看到人時，他們就買書跟自拍。妮娜覺得這還不夠解決問題，但變忙碌是好事。可以讓她不要去想湯姆不予回應的全然沉默。

春日節後一兩天，她發了訊息給他，只是打個招呼，希望他都好，跟她說她感覺好些了，還有他有沒有看到機智問答盃的決賽已經排定了……？沒有回應。什麼回覆都沒有。她不能怪他。她非常清楚地表明希望自己一個人，她很難責怪他竟然不加思索地相信了她的話。但是她想念他。

波莉已經平靜下來，偶爾會穿其他顏色來跳色凸顯她的黑色。她參加了一大堆試鏡，正在等一支全國性預防跳蚤廣告的回音（這一次，她不是因為貓、也不是因為跳蚤的戲份而被選上，所以算是有進步），還有一支網路系列影片，是關於一個年輕女子被一個叫摩提的猶太老人的鬼魂附身的故事（這個系列影片取名為摩提費，感覺很明顯地應該是某個吸大麻吸昏的人開的玩笑，或許不要有下文比較好）。麗茲則異常地安靜，大部分時間都待在後面房間，整理文件。

春日節結束後那週的星期六早上，妮娜做了一件她很少做的事情：向西走。清晨路上的車子很少，她不到十點就抵達馬里布，轉過一個彎，第一次看到大海，連她都感到精神振奮。

伊麗莎和蜜莉住在其中一棟房子，從正面看似乎並不那麼令人印象深刻，進了屋裡，才會發現其特出之處。房間開闊，走廊蜿蜒，蜜莉把妮娜帶到了房子頂層的房間。

「視野很好。」妮娜說著，其實根本不用她說。房間裡有一整面落地窗，於是整個牆面的圖像就是窗外的太平洋，上面還有艘用橄欖樹和本土加州橡樹綴飾的獨木舟。

「是的，」蜜莉顯然已司空見慣。「很美。」

然後妮娜轉過身，意識到房間後方的整面牆都是書架。就像走進另一間她自己的住處，只是規模比較小。上頭的書同樣地有著分類，並且依書背細心排列。很多書是她也讀過的，只是蜜莉的閱讀量沒那麼大。

「這裡的風景更美，」她走過去，歪頭看著書名。「勒瑰恩，非常棒；蘇珊．庫珀，很好；露絲．普蘭利．湯普森，好書……」

「我已經全部看完了，」蜜莉說。「我還沒看過的擺在床邊。」她看起來有點不開心。「媽媽訂了一個規則，一次只能買六本預計要看的書，不然會變得無法收拾。」

「六是個好數字。妳讀了一本，就可以再得到下一本的額度？」

蜜莉點點頭。「妳怎麼讀呢？六個一起來？」

「基本上是一次六本。」妮娜點頭表示理解，雖然她的原意是在問六個書架上的書，而不是六本。「妳是照順序讀的嗎？」

「是的，如果有順序。如果沒有，我會按照出版的順序讀。」那孩子停了下來。「當然，有時候我讀的第一本不是作家寫的第一本，這時我會感到有點難過。」

妮娜笑了。「我在書店裡遇過很多作家，他們並不會介意妳是不是從他們的第一本書開始讀。他們只會很高興妳讀了他們的書。」

「真的？」

「千真萬確。」

「妳有最喜歡的書嗎？」蜜莉趴到地毯上。上頭有一個顯然已經躺了很久的懶骨頭，還有一隻應該是抱著一起看書的鬆軟兔子玩偶。妮娜突然想到莉莉的女兒克萊兒和陪伴她的狗。也許和某人一起看書比她想的要有趣。她想到了從來不曾和她一起看書的媽媽，以及每天晚上陪她一起讀書的露。她還想到了湯姆，然後要自己停止這個念頭。

「我有很多喜歡的書，因為我會有不同的心情，每種心情都有合適的書。」

「妳開心的時候喜歡看什麼？」

「我喜歡伍德豪斯寫的《萬能管家》系列。裡頭的主角吉夫斯是一位管家，為某個白痴主人工作。他們的互動很有趣。」

「悲傷的時候呢？」

「這取決於我想要繼續悲傷，還是要振作起來。」

「振作起來。」

「懸疑小說。任何問題到最後都能解決。」

「我爸爸也喜歡懸疑小說。」蜜莉說。

妮娜坐到蜜莉旁邊，拉過一個枕頭來靠著手肘。「這樣嗎？」

蜜莉聳著肩。「是啊。不過他喜歡各種各樣的書。」她停了下來，然後突然起身。「快點，我帶妳看他的圖書館。」

蜜莉的房間占了房子頂層的一半空間；另外一半，是她父親的圖書館，兼作辦公室和其他用途。裡面一樣有落地書架，一張可以俯瞰大海的舒適椅子，比妮娜的小窩更令人印象深刻。

和妮娜不同的是，架上的書並沒有排列順序。

「我一直問我爸我可不可以至少按照字母順序來排列這些書，」當妮娜沿著書架瀏覽時，蜜莉有些抱歉地說道。「他說他喜歡像雲一樣漂浮，隨機挑出跳到他面前的那一本書。」

「希望不真的是字面上的意思。」

蜜莉咯咯笑。「當然不是，而且他看上去一點兒也不像雲，不過他確實常常這樣說話。」

這是一個不太尋常的組合。奧斯汀的書在架上，同時還有特羅洛普、狄更斯、史帝芬．金和S.J. 佩雷爾曼。多蘿西．帕克的著作旁邊擺的是瓊．迪翁，阿奇貝的作品則為約翰．格里森騰出了空間。有很多懸疑小說和所謂的通俗文學，也有非小說類書籍，主題從登山運動到在餐廳打工。當中很多書她讀過，有的則沒涉獵。她想到了自己的書架，以及上面的書籍透露了哪些關於她的訊息。她意識到，就算她曾經見過他，她現在對已故父親的了解也比任何時候都要多。

蜜莉看著她。「他喜歡看書，跟我們一樣。」

妮娜點點頭。

「妳會喜歡他的。」

妮娜用手指沿著父親收藏的書的書背滑過，在薩洛揚那本陳舊的《人類喜劇》上停下。她微笑。「好吧，我喜歡他的書，本質上是一樣的意思。」

蜜莉突然抱住她，妮娜也給予回應。

「我好想念我爸爸，」小女孩埋在妮娜的毛衣裡低聲說。「我真的很高興遇到了妳。」

「我也是，」妮娜說。「非常高興。」

稍晚，蜜莉在午餐後出門去進行某個涉及了樹、塑膠兔子和玩具屋吊燈的計畫，屋裡只剩妮娜和伊麗莎。她吞了口口水，開口問了一個她一直想問的問題。

「妳之前知道我的存在嗎？我的意思是，在他離開之前？」她邊說邊緊張地將頭髮塞到耳朵後面。

伊麗莎面露驚訝，而且有些難過。「不，我不知道。如果知道的話，我們幾年前就會見面了。」她喝了些水，移動著玻璃杯，水漬在桌上留下一道半圓弧形，就像蛇滑過沙灘的痕跡。「我對這件事感到很震驚，我以為威廉對我毫無保留。」

妮娜看著她。「每個人對他的描述都很不一樣。」她停頓，略略遲疑。「對於他究竟是個怎麼樣的人，大家似乎沒有共識。對彼得的媽媽來說，他愛喝酒又喜歡自吹自擂。對蜜莉來說，他卻是世上最好的人，願意花時間陪伴她。」

伊麗莎不置可否。「人會變。彼得的媽媽所認識的威廉，和蜜莉認識的他相差了四十年。孩子們對於父母的認識總是固著於童年時期的相處經驗，是吧？就像我在我父母面前，就會覺得自己又變回那個脾氣古怪的十四歲小孩。我是透過妻子的角度去了解威廉，就像我只會從母親的角度看待蜜莉……妳明白我的意思嗎？」

「當然。所以，如果我只透過別人的意見，永遠無法真正地了解我的父親。」

「但或許因此有了更衡平的角度，而妳將是唯一理解他真正為人的那一位。」

妮娜笑了。「也許沒有人有所謂真正的自己。我們所有人都會隨著身在何處以及跟誰相處而改變。」

「這就是為什麼妳喜歡獨處的原因。」伊麗莎看著她微笑。

「妳的意思是？」

「因為妳比較喜歡單獨一個人時的自己。」

妮娜聳了聳肩。「和他人相處需要耗費大量精力。沒有其他人時，我會更容易做我自己。」

「有些人會消耗妳的能量；有些人則會帶給妳力量……偶爾，妳會很幸運地遇到一個可以平衡妳的能量，讓妳平靜安心的人。」她停頓了一下。「天哪，我在馬里布真的待了太久了。我說這些話竟然完全出自真心。」

妮娜笑了。「確實很醍醐灌頂。我想我甚至聽到了遠處傳來小小的寺廟鐘聲……」

伊麗莎做了個鬼臉。「妳父親曾經說過，跟我在一起就和他自己獨處時一樣自在。」她微笑著。「我想他這句話是讚美。」兩個女人看著彼此。「我們都想太多了，」伊麗莎說。「再來些酒？」

today is the day

DATE June 10th

M T W Th F S Su

SCHEDULE

7>8	
8>9	
9>10	宣讀遺囑
10>11	
11>12	
12>13	
13>14	
14>15	工作
15>16	
16>17	
17>18	
18>19	
19>20	
20>21	

GOALS

要廢

NOTES

其他書店？

回學校？

TO DO LIST

- [ ] 麵包
- [ ] 果凍
- [ ] 花生醬
- [ ] 棉球
- [ ] 睫毛膏
- [ ] 葡萄乾
- [ ] 花椰菜
- [ ] 玉米片
- [ ]
- [ ]
- [ ]

BREAKFAST

LUNCH

DINNER

WORKOUT

第二十五章

出人意料的遺囑內容

接下來的星期一，終於到了宣讀威廉．雷諾德的遺囑的時刻。妮娜推開薩卡森律師辦公室厚重的玻璃門，櫃檯後方一樣是上次那位漂亮的接待員。那位女士抬起頭，對她微笑。

「早安，希爾女士。家族裡其他人都到了。我帶妳去會議室。」她沒有提到上回上演的那齣好戲，當然，她甚至可能都不記得了。妮娜記憶猶新，總在午夜夢迴時回想起來，但就讓咱們先樂觀以待，對吧？

「他們都到了？」

接待員點點頭，示意妮娜跟上腳步。「會議在九點三十分開始。」

妮娜搖了搖頭。「不，是十點。」

「不，是九點三十分。」

「妳確定嗎？」

那位女士瞥了她一眼，妮娜看得出來她想起了上回碰面的經驗並且調整了語氣。「是，我確定。我負責擺了貝果。」

「好吧。」妮娜嘆了口氣。她和眼前這位女士原本有可能成為朋友，但現在在對方心裡，妮娜的形象將永遠停留在徹頭徹尾的怪胎和阿呆。更別提肉桂葡萄乾貝果可能早被吃完了。

她們接近了會議室，可以聽見裡面的人提高了音量在交談，但是接待員的腳步依舊不疾不徐。也許爭吵在這裡已經司空見慣。妮娜突然想像著會議室的門整個敞開，裡頭有十五個牛仔捉對廝殺，門片被踢飛旋轉，靴上的馬刺叮噹作響。她暗自偷笑，如果期待人在裡面的薩卡森律師穿了亮紅色的緊身胸衣，頭上綴著黃色羽毛，可能就太超過了。她很想知道那些在西部電影裡觀戰的女士們，在沙土飛揚又充斥著風滾草的情況下，如何還能將身上那些玲瓏綢緞打理得如此乾淨整潔。那兒沒有洗衣機，又沒有乾洗店，這一直讓她很困擾，不過當然，這又是個想太多的問題。

她和接待員同時伸出手握住門把，然後又同時收手好禮讓對方，發現對方收手後又同時重新伸手準備開門，就這樣尷尬地僵持了片刻，直到妮娜舉起雙手表示放棄，那位女士發出勝利的聲音，推開了門。

妮娜走了進去，談話聲嘎然而止，所有人都轉過頭看她。可惜的是，薩卡森先生雖然一身盛裝，但沒看見羽毛。

「早安，妮娜。」律師打了招呼。

「早安。」她回答，拉了張最靠近的椅子坐下。要命，她又剛好坐在了莉蒂亞的正對面。拜託，妮娜，下次麻煩至少花個五秒鐘認真找個有掩護的地方。

「請繼續。」妮娜禮貌地說道。她在來的路上決定好了策略：保持沉默，最多只能發出單音節的單詞和極小的微笑。沒有情緒起伏，沒有戲劇化的反應，今天沒什麼可讓人看的好戲。她的計畫是從這間會議室全身而退，珍惜那些對她親切的家人，其餘則老死不相往來。她很平靜，泰然自若。

莉蒂亞俯身向前。「妳好啊，妳這個來詐錢的千禧騙子。」

這太超出她的計畫了。「妳也好啊，妳這隻發狂的見錢眼開的海牛？」她回答。抱歉，但妳不能期望說別人是騙子卻不遭到反擊。雖然她不太確定海牛那個部分是打哪兒來的。

「見錢眼開？」莉蒂亞對此嗤之以鼻。至於海牛呢，要麼是沒人說過海牛是種侮辱，要麼是她不在乎。「要求公平的遺產份額跟愛錢沒有關係。」她用粗短的手指指著妮娜。「妳甚至從來沒見過我的爺爺，讓妳分到任何遺產都是不公平的。」

薩卡森咳了兩聲。「對不起，莉蒂亞，妳錯了。威廉是依自己的意願決定資產配置，我們必須遵從他的選擇。這無關乎家人相處。他甚至可以把一切都留給流浪狗收容所，而妳也無能為力。」

伊麗莎笑著接話。「此外，我不知道她還能更適合哪個家族。她喜歡看書，喜歡獨處，就跟她爸爸一模一樣，也和她最小的妹妹蜜莉意氣相投。」她對妮娜微笑。「她很高興能和妳變成朋友。」

妮娜感動地報以笑容。

亞齊跟著補充：「妮娜聰明又言詞犀利，同時間，容易焦慮且不擅交際。跟我很像。當然，還有相同的髮色。」

彼得也開口：「她的心胸開闊，廣讀群書。」他聳了聳肩。「不是我要自吹自擂，這不就是……」

「而且她著迷於各類事實和問題，請容我直說，莉蒂亞，這跟妳如出一轍。」薩卡森靠向椅背。「事實上，她和你們每個人都非常相似，無論是遺傳學還是巧合，其實都無關緊要，但是確實存在。」

莉蒂亞不發一語，逕自生著氣。

「如果沒有人反對，我認為該是時候宣讀遺囑了。」薩卡森戴著眼鏡，慢慢地環顧屋內每一個人，沒人說話。他帶著很享受這一刻的表情，打開了一個文件夾，拉出一份落落長的法律文件，清了清嗓子。

「一如各位所知，威廉·雷諾德是一位有錢人，資產總額超過四千萬美元，包括股票和現金，一棟在馬里布的房子，位於市區的公寓，以及座落於猛瑪湖和棕櫚泉的度假屋。」

「我的老天。」妮娜說。

「喔，活像妳毫不知情呢，」莉蒂亞不悅地回嘴。

薩卡森繼續。「其中兩千萬美元將立即分配給他的四個合法子女，成年子女會直接收到他們的錢，蜜莉的部份則將以信託方式處理。每位孫子輩將各獲得一百萬美元。其餘的錢及所有財產則全數留給伊麗莎。」

他停下來。每個人都看著妮娜，妮娜則望著律師。

「妮娜什麼都沒有？」彼得問，顯然十分驚訝。

莉蒂亞笑了。「非常好。我想爺爺的頭腦比我以為的要清醒得多。」

「喔，有的，威廉很具體地針對妮娜寫了一段。」律師翻了一頁，開始閱讀。

「我將卡胡恩加大道二二二四號車庫裡的東西留給我迄今不為人知的女兒妮娜。」會議桌旁起了一陣騷動，妮娜看著大家，他們並沒有對此不悅，儘管莉蒂亞皺著眉頭。

「車庫裡有什麼？」妮娜問。腦海裡閃過人們會爭相競標某個棄置儲物倉裡的不明物品的電視節目。她得到了什麼？幾盞破損的檯燈和一本集郵冊？保存了人腦的玻璃罐？妮娜意識到那好像是電影情節，試著不再往下想。

薩卡森看起來有些尷尬。

「這個嘛，威廉是個很特別的人，有時會有些很浪漫的舉動和想法。」

「車庫裡裝滿了巧克力？」妮娜超級失望。「香檳酒？」

「不是。」

「玫瑰花？」

「不是。」

妮娜突然冒出了很瘋狂的念頭。

「一隻小貓？」她很清楚這是不可能的答案，她只是向來很喜歡貓。

律師咳出聲來。「都不是。車庫裡有一輛一九八二年的龐帝克火鳥。」

妮娜茫然地看著他，然後有個資訊浮現。「等等，你是說像《霹靂遊俠》裡的那台霹靂車？」

「沒錯。一輛黑色的龐帝克火鳥。」

「他留給我一輛霹靂車嗎？」妮娜瞬間回想起過往許多個快樂的夜晚，她趴在電視前的地板上，聽著保母露易絲碎念著大衛．赫索霍夫的皮褲。「怎麼，這樣才能顯示他霹靂遊俠李麥克，充滿正義感，是一個英勇的自由鬥士？」

「我的天。」莉蒂亞有點難以置信。「他把車留給妳？」

「妳如果想要，就給妳吧。我不需要。」妮娜是真的沒有想要車。她對車沒有興趣，本人也很少開車。順道一提，她想起來了，把頭放在罐子裡的電影是《沉默的羔羊》。

莉蒂亞搖著頭，顯然百思不得其解。「一部智能汽車遠比錢來得有趣。」

妮娜看著她。「這輛車並不是真的跟霹靂車一樣有人工智慧，就只是車而已。」她轉向薩卡森。「假使它確實配備了互聯網或啥的智慧功能，那我願意留下它。」

「我當然明白，」莉蒂亞挖苦地說。「但是他只留了錢給我們其他人。」

短暫的沉默。

「也許他以為妳只關心他的錢。」伊麗莎平靜地說。

「嗯哼，那麼他錯了。不過他從來不過問關於我的一切，他又怎麼會知道我的想法？」莉蒂亞看了看大家。「你們從來沒有人問過我。」

又一次尷尬的沉默，薩卡森咳了幾聲後開口，「好吧，不管妮娜想不想要，遺囑寫得很清楚，她至少得去開一下那輛車，再決定要出售或是送人。」

妮娜皺起眉頭。「這是什麼奇怪的法律規定？現在是在演電影《財神有難》嗎？」

顯然，薩卡森律師從沒聽過這部瘋狂的好萊塢式法律訴訟喜劇，因為他不解地微微皺眉看著她。「我不知道那是什麼意思。車鑰匙是在這裡。請好好對待那位過去二十年來將車子照顧得無微不至的技師。當我告訴他這份遺囑時，他很希望我永遠找不到妳。」他將鑰匙滑過桌面，妮娜突然發現糟了。

「我不會開手排車。」

他抬起眉毛，撫平了眉間那道惱人的皺紋。「嗯，這是個學習的好機會。」

妮娜叫了車回家，在車上檢查了手機。沒有訊息。她一時衝動地傳了簡訊給湯姆。

「嗨，我剛繼承了一輛車。」

沒有反應。也許他在工作。

「是一輛一九八二年的龐帝克火鳥，跟《霹靂遊俠》裡的霹靂車一模一樣。」

還是沒有反應。他應該很忙。

「但是沒有配上威廉・丹尼爾的『夥計』的配音，所以囉……」

一片沉寂。可能他正和別人在一起。

她看著窗外，注意到路上每對情侶們都正手牽著手散步、對彼此微笑，又或者只是陪伴著對方，對坐著滑著自己的手機。她一直喜歡與眾不同的感覺，當其他人像老舊咖啡杯緣裡的黴塊聚在一起時，她都能安於獨處。但是現在她感到孤單。

她傾身向前。「嘿，我可以改變目的地嗎？」

司機從後照鏡裡對上了她的眼睛。「當然，但是妳必須輸入APP。」

「我不能跟你說嗎？就是，嗯，直接告訴你地點？」

他搖了搖頭。「這個嘛，當然，妳可以告訴我，直接說，或者用比的，也可寫在羊皮紙上用飛鴿傳信，但要改變我的路線，妳還是必須在APP程式裡執行變更。」他聳了聳肩，將注意力回到路況。「儘管我們只相距六十公分，我們的關係卻是建立在由某個不可見的伺服器所支援的電腦系統中的應用程式中介服務上。因此，科技的發展將我們隔離開來，削弱了人們的互信，並帶領人類走上了通往未來的道路，而在那個未來，我們只能透過螢幕認識彼此，以虛擬角色相互交談，所有的想法都是由系統演算所得。」

妮娜盯著他的後腦勺許久。

「所以……嗯，我在 APP 上輸入地址嗎？」

「對。」

第二十六章

妮娜遇見真人版傳奇寶可夢

卡胡恩加大道上的那間車庫位在一家維修廠裡，經典汽車的維修顯然是其特色。外面停著幾輛古董車，包括一台賓士，這是妮娜唯一認得的引擎蓋標誌。老實說，她對於自己竟然記得那玩意兒叫做引擎蓋標誌感到驚訝。在她看來，車子長得都差不多，她只能大致分類為「很時髦的車」和「一般般的車」，或者是「擋了路的鳥車」或「在住宅區開太快的壞車」。她的理論是，從駕駛座看出去，每部車看起來都一樣，除非妳很在乎車外面的人怎麼看妳。

維修技師已經有點年紀，大約五十幾快六十歲。妮娜不是很確定；他身上滿是皺紋和油污，模糊了輪廓。她在他的「辦公室」裡找到了他，這間辦公室差不多就是汽車維修技師版的奈特書店辦公室。書店放了一堆書的地方，這個人則放了一堆妮娜不認識的手冊和一些機器零件。她向他自我介紹，室內溫度瞬間又降了幾度。她為他身後日曆上那位上空照的主角感到抱歉，她應該也是位技師，畢竟她手上拿了根扳手。

「哦，妳是車子的新主人？」他看著她，顯然不太高興。「妳常開車嗎？」

「非常少。」

「妳了解汽車？」

「我知道汽車有四個輪子。」

「妳懂得欣賞一個優秀引擎有多美，以及經過精心調校後所發出的嘶吼聲？」

妮娜對他皺起眉頭。「我知道那個所謂的嘶吼聲是某種常見說詞，但其他的部分，答案是：不，我不懂。呃，請問怎麼稱呼……」

「莫特拉斯。」

她看著他。「莫特拉斯？」

「是的。莫──特──拉──斯。」

「你知道你的名字跟寶可夢裡面火焰鳥（Moltres）的名字一樣嗎？」就像先前每次問出這種問題的時候，妮娜才說出口立刻感到後悔。他要麼早就知道了（如果是這樣，那就代表問了廢話），要麼他根本不知道她在說什麼，反而會覺得她可能腦袋有問題。她想著，應該為像她這樣的人制定某種療程，比方「邏輯不通者的匿名治療計畫」。她接著想到，說不定這才是NSA這個縮寫的真正意思，根本不會有人真的在乎國家安全。然後她意識到，嚴格說起來，她問的問題不是不合邏輯，而是愚蠢，因此這個療程應當叫做「蠢人匿名治療計畫」（Stupid People Anonymous）更合適，這將是一個相當大的團體，縮寫是SPA。她突然回神，注意到莫特拉斯還在和她說話。

他緩慢地說。「妳是來取車的嗎？」這個提問對於妮娜剛剛的問題沒有幫助，她還不確定他是否知道寶可夢，雖然他很清楚知道她必須小心駕駛。

她搖了搖頭。「不，如果你也同意的話。還是你要我盡快開走嗎？是因為租車庫的帳單……？」

莫特拉斯很快打斷了她。「帳單是年繳的。威廉都這樣，總是會先付清。『以免我哪天被公車撞了』，他老這麼說。」他看起來有點惱怒，這可能是他尷尬時的表現方式。「妳想看看車子嗎？」

妮娜跟著他，穿過曲折而異常髒亂的走廊，來到後方一個出人意料的大空地，那裡有幾個上鎖的車庫。他打開了中間的車庫，妮娜的車就在那裡。妮娜轉向莫特拉斯，「你知道大衛．赫索霍夫是金氏世界紀錄電視收視率最高的人嗎？」

他盯著她。「不知道。」他說。

「就是他，」她繼續說。「他原本已經是很成功的肥皂劇演員，但是《霹靂遊俠》確實將他推上了演藝生涯的顛峰。」

「是這樣嗎？」莫特拉斯說。「還真是無趣。」

莫特拉斯走過去，打開駕駛座的門。「要開出來嗎？」

妮娜搖頭。「呃……我不會開手排車。」

他原本就已經對她感到失望，加上這一件顯然更幫倒忙。妮娜意識到，這就像承認自己不會游泳或騎自行車；也不是多大不了的事，這只是人到三十歲前應該會的生活技能之一。喔不過，她正式聲明，我會游泳也會騎自行車，算起來兩好一壞，還不算太糟。她還會鉤針編織，所以啦，哪天世界毀滅，他會開手排車，但她會有條圍巾，等冬天到了看誰能笑到最後？

莫特拉斯坐到駕駛座上，啟動引擎。它很大聲，真的非常大聲，妮娜見識到所謂引擎的嘶吼聲是怎麼一回事。她想莫特拉斯很樂意幫忙開車，於是走過去坐上副駕駛座，他們慢慢地將車子開出了車庫。

不令人意外地，莫特拉斯不是多話的人。但是，他確實有一些問題想問。

「妳爸爸沒有教妳開手排車？」

「我沒見過我爸。」

莫特拉斯快速地打量著她。「真的？可是他把他最喜歡的東西留給了妳？」

「我以為他最喜歡的東西是錢。」

莫特拉斯搖了搖頭。「不是。」

妮娜聳了聳肩。「不會開手排車很稀奇嗎？這個國家絕大多數都是自排車不是嗎？」

莫特拉斯不置可否，在十字路口繞過一起擦撞小車禍。妮娜像其他人一樣看著。她可以從一場小擦撞看出一位洛杉磯的駕駛人是不是新手，方法是觀察這位駕駛拿出駕照、保險證明、相互幫車子的損壞情況拍照存證（如果有的話），然後駛離現場的速度。她想，也許不久之後，駕駛所需要做的只是彼此揮揮手機，接著就會有無人機在紅綠燈號誌變換之前，拍攝下現場所有畫面。妳甚至不需要下車，當然到了那時候，妳可能甚至不需要自己動手開車。然後她意識到莫特拉斯正在問她問題。

「對不起，我沒有聽到你的問題……」

他翻了個白眼。「我問為什麼妳不認識妳父親。」

她看著他。「真的假的？你從批評我對於車輛的知識，直接跳到問我家庭的私人問題？」

他的嘴角抽動。「妳也很沒禮貌，心不在焉又很無理。完全沒在注意聽我說話，一回神語氣就這麼衝。」

「呃，你很愛管閒事。」

他嘆了口氣。「嘿，我認識妳父親二十多年。他從來沒有提過妳。我沒有冒犯的意思。」

「沒關係。事實上，我也沒跟誰提過他。他知道我的存在，但我不知道，所以，這很合理。」妮娜看著莫特拉斯。「他都說些什麼？」

「汽車，」莫特拉斯說。「都在講汽車。」他迅速彎過一個轉角，就像環抱著一個久違的朋友一樣。「跟他相處很愉快。」他瞥了妮娜一眼。「很抱歉。」

妮娜看著他，然後看向窗外。「有什麼好抱歉？」她說。「又不是說如果我有機會跟他聊更多有關汽車的話題，我的人生就會變得更好。」

莫特拉斯說：「但也許他會教妳開手排車。」

「或者他也可能像拋棄他其他孩子一樣地拋棄我。我是他唯一沒有離開的孩子，因為他一開始就沒有在我身邊。」她一邊找降下窗戶的控制鈕。「老實說，我覺得我可能逃過一劫。」

莫特拉斯搖了搖頭，此時他們正沿著好萊塢山頂上的蜿蜒小路往桂冠峽谷街區駛去。「他是個好人，威廉這個人。我會想念他的。」

「那是他的事。」妮娜說道，探出窗外讓風吹過她的頭髮。

莫特拉斯沉默了一會兒，突然向左轉，駛入一個幾乎沒車的空曠停車場。他停下車，轉頭面向妮娜。

「我要教妳開手排車。」

莫特拉斯的課程開場是介紹妮娜認識一位新朋友：離合器踏板。

「妳知道汽車引擎是怎麼運作的嗎？」

「不算真的知道。」妮娜回答，她緊張地坐在駕駛座上。「妳踩下踏板，車輪就轉動了。」

莫特拉斯嘆了口氣。「引擎的動力透過變速箱傳遞到車輪。為了在換檔的時候不會弄壞變速箱，離合器會暫時分離。」

「好有趣喔。」妮娜說。緊張讓她變得尖酸。

莫特拉斯不理她。「發動引擎。」

她照做了。

「妳腳下有三個踏板：左邊是離合器，中間是煞車，右邊是油門。在換檔時，妳一邊增加變速箱的動力，同時緩慢釋放離合器讓它跟車輪接合。聽得懂嗎？」

妮娜點點頭，一點都不懂。

「當妳踩下油門踏板同時，慢慢地釋放離合器，到了某個點，車子會緩慢移動。這叫做咬合點，我們現在就開始練習。」

妮娜看著他，揚起眉毛。

「如果太快增加油門，汽油會淹沒引擎使汽車熄火。來吧。」

她照他說的做，結果，熄火了。

他們在沉默中僵持了一會兒。莫特拉斯開口：「所以，妳做什麼工作？」

妮娜把頭靠在方向盤上。「我在書店工作。」

「是喔？」莫特拉斯很感興趣。「我喜歡閱讀。我喜歡懸疑小說。」

「真的嗎？」妮娜不知道為什麼她聽起來很驚訝。到處都是懸疑小說的讀者，熱切、各擁派別、充滿熱情。他們是書店最好的顧客之一，並且總是很有禮貌。私底下，他們喜愛對於復仇的嗜血渴望、神祕的毒藥和暗地的探查，但在公開場合，他們都很迷人且熱心。羅曼史小說的讀者通常很有趣並且很有主見。非小說類的讀者會問很多問題，也很容易滿足。妳必須提防的是那些嚴肅的文學小說迷和詩歌迷。

莫特拉斯點了點頭。「是的，因為我是個孩子。它們就像現代童話，對吧？善良總是戰勝邪惡。」

「大多是。也有例外。」

「當然，但是我很老派。無論如何，我不喜歡太新潮、太前衛或壞得太超過的情節。妳爸爸和我曾經在不聊汽車的時候聊過書。」

「真的？」為什麼她的聲音如此刺耳？

「是的。他最喜歡做的事情是開車去海邊，找個無人的海灘，讓他可以坐下來安心讀書。」他耐心地看著她。「現在再開開看。」

妮娜轉動鑰匙發動車子。她緩慢並且確實地踩著踏板，有一瞬間，她感覺到屁股下方的車子在移動。她一直踩著踏板，突然踏板往前移動，她立即踩下剎車，但沒有鬆開離合器，車子又熄火了。

「該死。這很難。」

莫特拉斯點了點頭。「所以啊，自排車才會這麼盛行。」

「為什麼會有人選擇開手排車？」

「因為比較有趣，」他回答。「妳必須更專心、更集中注意力。必須去摸熟引擎的脾氣。易於操作不一定比較好。」

妮娜再次轉動鑰匙，這一次，當車子移動時，她控制得很好，成功地前進而沒有發生任何事。

「現在，要怎麼換檔？」

莫特拉斯的聲音很平靜。「妳再做一次同樣的事情。在油門上加壓，直到聽見引擎準備好換檔為止。」

「我聽不到。」妮娜的聲音沒那麼平靜。

「先停下車，」莫特拉斯說。「我們來試試其他的。剎車時別忘了放開離合器。」

妮娜努力地讓車停下來而沒有熄火，並將排檔停在P檔。

「交換位置。」莫特拉斯說。他從車前面繞，妮娜從後面繞，然後各自坐上車，換了另一個方向看著彼此。

莫特拉斯開口說道，「請集中精神，我會藉由示範來告訴妳怎麼做，妳要好好聽車子的聲音。」妮娜點點頭。「現在注意聽，我正在上排檔，離合器鬆開了，開始催油門。」——引擎的聲音不一樣了——「很好，我們已經排好檔，正在前進。把油門繼續往下踩，速度會加快，妳聽到引擎開始用力了嗎？」

妮娜隱約聽得出來。「聽起來很大聲。你是指這個意思嗎？」

「如果妳要這麼形容，就這樣吧。總之，我要繼續了，鬆開離合器，換檔，再接上離合器，咱們打到二檔。」

引擎聽起來更高亢了。他們再次加速，在停車場裡奔馳。「現在再操作一次，我們把二檔換到三檔。來，鬆開離合器，換檔，接合離合器，好了，三檔。」

兩個小時後，妮娜學會了。

三個小時後，莫特拉斯把鑰匙交給她，對於教學成果很滿意，然後讓她開車離開。「回去開個幾天，」他這麼說，「到時候再開回來，我會把妳弄壞的地方都修好。」

而後經過四個小時、期間兩次熄火，以及在街上無止盡地繞圈打轉之後，她終於找到一個停車位，並想起她為什麼不在洛杉磯開車。

在停車位裡來回校正位置讓妮娜神經緊張，她得一直踩剎車以免撞到後面的車。在一次特別驚險的緊急剎車後，車子的雜物箱突然迸開，一堆信封和紙張滑落到副駕駛座的座椅和地墊上。

妮娜將車子熄火，伸手去撿起那堆東西。她看到了自己的名字，然後看到了貝琪、凱瑟琳、亞齊、蜜莉、莉蒂亞、彼得……。有很多個黃色信封，上頭用小小的金屬蝴蝶別針封口，每封信都是要給威廉的某個兒孫輩。

妮娜皺眉，這恐怕沒啥好事。她找到給她的那一封，坐在車裡將信封打開，正逐漸冷卻的引擎滴答作響。信封裡有張摺起來的信紙，還有看起來很八〇年代風格的銀行存簿，上面用金色字體寫著「我的第一個儲蓄帳戶」，還有隻彩虹獨角獸。以前的銀行真是可愛多了。她打開存簿，瞪大眼睛吃驚地看著帳戶餘額。裡面有超過二百五十萬美元。一定有哪裡弄錯了。她攤開那封信。

親愛的妮娜，

我將以經典的方式作為這封信的開場白：如果妳讀到這封信，代表我已經死了。

妮娜對這段老套的劇情做了個鬼臉，繼續讀下去。

關於我死了這件事，對妳可能不會造成太大困擾，畢竟妳一直到我死後才發現原來我還活著。有很多次我都想與妳聯繫，我曾經去妳學校看別人接妳放學，想確定妳過得很好。妳母親讓我遠離妳的生活，這是對的。回顧過去，我最大的遺憾是對我的孩子們造成了很大的傷害，妳倖免於難。但是我確實愛妳，即使那愛有點嚇人，而且保持著距離。

妮娜看向窗外。如果可以知道她父親說話的聲音是怎麼樣的，應該會很不錯，這樣她就可以想像有旁白來念這封信，但由於毫無所悉，她決定假裝是這輛車正在用威廉・丹尼爾斯[19]的聲音和她說話。天空開始下雨，異常地適合此時此刻。

總之，我要把這輛車和這個儲蓄帳戶留給妳。妳媽媽拒絕拿我的錢，所以我是為妳存的。從妳出生之後，每週存一百美元，外加利息，這正好展現了複利儲蓄的神奇之處。把錢花在讓妳開心的事情上。如果妳打算賣掉這輛車，請優先賣給莫特拉斯；他很愛這部車。不要被他粗野的外表所誤導。他其實是個心腸很軟的好人。我不是要建議妳嫁給他或什麼的，但他會給妳一個合理的價格。

妮娜，我要說的是，我有個妳和我非常相似的感覺。我知道妳比我更愛看書，而且我知道妳

19 譯註：美國 NBC 電視劇《波城杏話》中扮演馬克・克雷格博士的演員。

喜歡獨處。（是的，我有在網路上搜尋著長大後的妳的種種。不過我已經掛了，妳也無法為此找我算帳。抱歉啦。）但是我自己在人生中犯了一些錯誤，我想藉此給妳一些建議。

噢，我的天，就像貝琪所說的。刻著十誡的石板。死後的建言。

我是一個容易焦慮的孩子，我的父母不喜歡我。父親想要一個強壯又勇敢的男孩，而我的母親希望我的父親開心。於是我很早就學會如何掩飾自己，並且掩飾得很好。其實學校裡的其他孩子讓我很害怕，甚至比老師還讓我害怕。所以我把自己藏起來，每門功課都拿A，不敢跟任何人有眼神交流，每天晚上都飛奔回家做作業和閱讀。這種情形一直持續到我上大學。那段時間，我沒有任何朋友，我的父母去世時，我一點兒都不瞭解他們，寫不出悼詞。我還請了鄰居幫忙。

後來，我發現酒可以有所幫助，於是我開始喝酒，一直喝到失去效用為止。喝酒確實幫助我實現了我的主要目標，那就是不惜一切代價地避免讓自己感到不舒服。覺得難受？那就喝酒讓自己麻木吧。這段關係令人痛苦？喝酒然後離開。孩子需要我，或是他們的母親需要我？喝酒，離得遠遠地，假裝這是為了他們好。我是一個真正的失敗者，妮娜，我確定妳的手足們已經告訴妳這一點。

終於，在亞齊的媽媽蘿西死後，我徹底崩潰了。表面上看起來，我似乎比以往更意氣風發。公司生意興隆，銀行存款直線上升，身邊盡是美女和好車，但我一點都不開心。我喝酒助眠，希望自己不要做夢。

我很幸運：伊麗莎走進了這場災難，把我拉了出去。她幫助我戒酒，讓我接受治療，支持我重新開始。她身上有種特質，那種深沉的平靜和信心讓我得以依靠。有生以來第一次，我能夠接受我自己原本的樣子。但是她也無力為我解決之前留下的爛攤子，我承認：對我而言，一走了之比回頭導正過去的錯誤要容易得多。我知道自己造成的損害有多大，但是我告訴自己，不管怎樣都已經太遲了。事實上，我害怕面對自己的孩子以及他們的怨懟，於是我躲在城市的另一頭。

我不是說妳不應該喜歡獨處；獨處有很多好處。但是，如果妳是因為害怕別人而選擇獨自一人，那試著對抗這種恐懼吧。要相信別人會接受真實的妳，勇敢地告訴他們，妳沒有看起來那麼堅強。

最後，珍惜這些意外出現的家人；他們是我送給妳的真正禮物。而妳，親愛的妮娜，妳是我給他們的禮物。

他在信末署名，

愛妳。爸爸。

喔，可惡，妮娜心想。我猜我忘了關窗戶；我的臉上滿是雨水。

today is the day

DATE June 11th

M T W Th F S Su

SCHEDULE

- 7>8
- 8>9
- 9>10
- 10>11 送信
- 11>12
- 12>13
- 13>14
- 14>15
- 15>16
- 16>17
- 17>18
- 18>19
- 19>20 ~~機智盃決賽~~
- 20>21

GOALS

振作起來！

NOTES

龐帝克火鳥俱樂部？

《霹靂遊俠》影音串流？

TO DO LIST

- [ ]
- [ ] 莉蒂亞
- [ ] 蜜莉
- [ ] 亞齊
- [ ] 貝琪
- [ ] 彼得
- [ ]
- [ ]
- [ ]
- [ ]
- [ ]

BREAKFAST

LUNCH

DINNER

WORKOUT

第二十七章

妮娜負責送信

莉蒂亞住在遙遠的聖莫尼卡，通常這足以成為避免與她有所接觸的好藉口。不過妮娜有任務在身，於是在隔天，她在一週內第二次越過了四〇五號公路，沿著奧林匹克大道展開了她的破冰之旅。

聖莫尼卡是個與洛杉磯截然不同的城市，儘管二者間沒有明顯的邊界，毫無間隔地彼此毗鄰。它甚至有著不同的氣候。由於偏沿海地區，顯得更涼爽、霧氣更濃。那裡極大多數的居民對於東洛杉磯不屑一顧，一如妮娜對於西洛杉磯所持的態度，不過他們通常是超級有錢人、天性武斷，又沉迷於水晶石和水療這類事物，妮娜沒有很想認真理會他們的意見。

莉蒂亞住在第十六街，那是個相當不錯的住宅區，想必她的到來可能將嚴重影響街坊的安寧。妮娜的計畫是放下那封信，立刻轉身離開，不過她還沒走到門口，門打開了，莉蒂亞站在那兒。

「妳打算來殺了我嗎？」

妮娜停在半路。這個女人真的十分瘋癲，但她無法不讚賞她在面對死亡威脅時所採取的大膽行動。

「是的，莉蒂亞，」她說。「我正打算用這個致命的信封殺了妳，然後大啖妳的五臟六腑。」

「如果經過正確折疊，紙張實際上可以形成極高的強度。」

「我知道。有一種叫做巴克紙的東西，它的抗拉強度比鋼鐵還強。」

莉蒂亞盯著妮娜。「妳怎麼知道？」

「我有看書。」妮娜舉起信封。「不過，這就是一個很普通的信封，沒有經過毒藥或誘殺劑加工處理。我在妳爺爺留給我的車裡發現了它，這是要給妳的信。」她聳了聳肩。「我只是個信差，所以，麻煩妳，別射殺我。」

一隻貓從莉蒂亞的門邊冒了出來，不顧激怒主人的可能，牠逕自決定走上門前小路迎接訪客。這隻貓很友善，看起來像隻豹。

「這是孟加拉豹貓嗎？」妮娜問，彎下腰撫摸著貓咪的頭。

「是的，」莉蒂亞站在門口觀看著。

這隻貓厭倦了被摸頭，蹲坐在妮娜腳邊，開始整理著自己的毛。

「牠叫什麼名字？」

「歐基里得。」

「幾何學之父？」

「不，是在蒙大拿開披薩店的歐基里得。」莉蒂亞哼了一聲。「當然是幾何學之父。」她突然轉身進屋。「來吧，那就進來吧。」

妮娜邁開步伐。

「帶上貓。」莉蒂亞從屋裡喊著。不過貓老早就跟來了。貓最討厭錯過好戲。

莉蒂亞屋裡的走廊很暗，通往後方一個開闊而陽光充足的空間，那房間讓妮娜瞬間停下腳步。每面牆上都排滿了書，幾張大桌子上也擺了好幾疊書。桌上有著翻開的書本，成堆的書散置地板，有張看起來跟她家裡那張一樣舒服的椅子，兩本讀到一半的書被攤開在扶手上。

「哇噢。」她發出讚嘆，然後阻止自己說出：**我想妳很喜歡書喔**，人們到她家時總會這麼說，但這句話其實很惱人。

「我也是。」

莉蒂亞轉身，發現她嘴巴張得大大地直盯著書架。「我喜歡書，」莉蒂亞說。「我不喜歡人。」

莉蒂亞搖了搖頭。「這不是真的。妳才剛認識我的家人，就已經比我跟他們之間還要親近。妳可能很害羞，有些內向，但妳喜歡人。」

妮娜開口想反駁，但閉上了嘴。莉蒂亞可能是對的。

「一個真正的厭世者，」莉蒂亞繼續說，「會憎恨和鄙視人們，但我不是這樣。我只是沒有很喜歡接近他們，就像我不喜歡牡蠣一樣。不幸的是，他們比牡蠣更難避免。」

妮娜點點頭表示理解，露出微笑，遞出了信封。莉蒂亞上前接過。

「謝謝。」

沉默片刻，然後妮娜開口問道：「妳不打開來看嗎？」

莉蒂亞凝視著她阿姨一會兒，然後坐在那張有著兩本攤開的書的椅子上。妮娜坐到沙發上，歐基里得跳上來靠著她。

「妳有養貓？」莉蒂亞問。

「是的，」妮娜說。「他叫菲爾。」

莉蒂亞沒說話，只是向妮娜一樣抬起了一邊的眉毛。妮娜也對她做了同樣的動作，莉蒂亞突然笑了。

「我可能不得不承認妳跟我有血緣關係。妳喜歡書，愛貓，顯然很熱衷涉獵各類知識，抬眉毛的方式也跟我一模一樣。」她看著那封信。「我不知道我為什麼要打開它。這封信幾乎不可能對我有任何影響。」

「說不定是香蕉麵包的祖傳秘方。」

莉蒂亞嗤之以鼻。「也許是顆炸彈。」

「妳的爺爺為什麼要留下一封炸彈？」

莉蒂亞嘲諷地看著她。「那他又為什麼要給我香蕉麵包的食譜？」

妮娜不置可否。「或許是想表達歉意。」

「對於他是個蹩腳的爺爺這件事嗎？妳不覺得這樣太簡單、也太遲了？除非信封裡有妙麗的時光器，能倒轉時間，並保證他這次會好好關心我。不然，它就只是一張紙。」

「但是妳不想看嗎？」

「不，」莉蒂亞說，但隨後她打開信封，將裡面裝的東西倒了出來。她靜靜地看著，拿起一張生日賀卡。

「這是我十歲時送給他的卡片。」然後她拿起一條紅黃相間的友誼手鍊。「這個是我後來給他的。」最後，她拿起一張折起來的信，打開來閱讀。

「『親愛的莉蒂亞，』」她讀著，「『如果妳讀到這封信，恐怕我已經死了。』」

「啊哈，」妮娜說。「他在給我的訊息上也這樣開場。」

莉蒂亞越過那張信看了她一眼。「嗯，確實在這兩種情況下都適用，對吧？」她繼續唸：

妳一直是孫輩當中最聰明、也是讓我最緊張的那個。我擔心妳會看穿我，知道我有多麼膚淺，並因此評斷我。但是現在，我知道我錯了，我對於自己再也沒有機會更了解妳感到難以言喻地遺憾。妳是一個非常特別的人，莉蒂亞，我希望妳能原諒我。我知道妳大概會說這樣太簡單、也太遲了，妳是對的。但這是我唯一能做的，因為沒有人可以讓時間倒轉。當然，除了妙麗。

莉蒂亞看向妮娜，嘴角扭曲。「這樣很嚇人。」

妮娜聳了聳肩。「大家都很會引經據典。妳能怎麼辦呢？」

莉蒂亞繼續往下唸：

順道說一句，妳和妮娜應該會相處得很好。妳們應該一起去吃個晚飯或聚一聚。我在信封裡放了一張 AOC 餐廳的貴賓卡，希望它到時仍然在營業，而妳們兩個可以開始成為朋友。

莉蒂亞抬起頭，皺著眉看著妮娜。「這個混蛋，連死了都想操控別人。實在很有趣，人們可以一輩子表現得像個渾球，然後輕描淡寫地說聲對不起，就想要抹去一切。雖然 AOC 的確是一家很棒的頂級餐廳。」歐基里得離開妮娜，晃過去跳到莉蒂亞的腿上。「他在我媽和她妹妹很小的時候離開了她們，我媽的人生從此變調。我奶奶簡直是個巫婆，妳懂我的意思？」

妮娜點點頭。「這中間的關聯很微妙，但是，是的，我注意到了。」

「她讓我媽很不好過，我媽媽也就轉嫁到我身上，然後輪到我讓周遭的人們不好受，也許該是時候停止這樣的惡性循環。」她嘆了口氣。「我只是覺得人們實在很……。」

「讓人害怕？」妮娜同情地問。

莉蒂亞盯著妮娜好一會兒。「不，」她說。「很煩人，但是折磨他們又很有趣。」

「哦。」妮娜說。

突然，莉蒂亞將威廉的信撕成了碎片，扔向空中。「抱歉啦，爺爺。」她露出笑容。「想喝杯茶嗎？」

莉蒂亞的房子後面是個圓弧形的寬闊花園。妮娜置身其中，享用著一杯好茶，謹慎地笑了笑。「妳是做什麼的？」她比了比屋裡那些書。「老師？」

莉蒂亞搖搖頭。「不，我在蘭德公司工作。妳知道這個地方嗎？」

妮娜點頭。「這家公司源自於道格拉斯航空投身於新武器的研究，如今它是知名的國際智庫，已經產生了三十多名諾貝爾獎得主。」她停了一會兒。「蘭德實際上是研究和發展二字的縮寫。」她再次停下來，有點猶豫。「其實我很迷蘭德公司，他們好像從事很多祕密工作，感覺會有個神祕的房間，地板上擺了超級大的地圖，上頭有著警示燈和小模型。」

莉蒂亞再次笑了。「如果妳願意，我可以帶妳去。」

「真的？真的有一間有著大地圖和模型的房間？」

「不，但是有一個還不錯的自助餐廳。」

歐基里得走到草坪中央，環顧四週，確保所有人都能欣賞到他。

妮娜問起，「妳在蘭德公司的工作是什麼？」

「哦，很刺激，」莉蒂亞說。「我研究全球交通流量模式。」

「哇，」妮娜說。「好像很無聊。」

莉蒂亞笑了。「對我來說不會，所以我才會做這份工作。我看到的不是車，而是其中的模式。而且這也不僅只是交通的問題，而是能觀察人們四處移動的方式。」她喝著茶，伸手去拿餅乾。「我很愛這份工作。妳喜歡妳的工作嗎？」

妮娜考慮了一下。「是的，我想是的。我算是湊巧開始了這份工作，而不是刻意選擇，但是它非常適合我。我過著很平靜的生活，步行上班，看很多書，和朋友組了一個機智問答小隊，還有一隻貓。」她攤著手。「一切都很好。」

「沒有男朋友？還是女朋友？」

妮娜搖了搖頭。「沒有。是有個對象，但我搞砸了。」

「怎麼說？」

妮娜深吸了一口氣。「我開始焦慮。」她說。

「像亞齊那樣？」莉蒂亞問。

妮娜點點頭。「我在我們還沒真的開始交往前，就跟他提了分手。我嚇壞了，推開了他。」

她的眼睛突然一陣酸楚。「真的很蠢。」

「這並不蠢。焦慮症是美國最常見的精神疾病，有超過四千萬名患者。」

妮娜望著她。

莉蒂亞聳聳肩。「我與心理健康研究人員共用一個辦公室。蘭德實際上充滿了像我們這樣的人，執迷於各類有趣資訊的書呆子。」她拿起另一片餅乾。「妳為什麼不跟他解釋，也許妳們可以重頭來過？妳想要這樣嗎？」

妮娜點點頭，然後又搖了搖頭。「我不知道。我真的很喜歡他，跟他在一起的感覺很好，可是有太多事發生了。我以為我會一直一個人，這樣沒什麼不好。我甚至樂於獨處。但現在我要面對妳們所有人，我實在沒有餘力再應對一個男朋友。」

莉蒂亞凝視著她。「妳是個白痴。我們是妳的家人，妳完全可以忽略我們。我們就像多肉植物：偶爾的關注就很夠了。妳真的應該把他追回來。」

「他不回我的訊息。」

「妳有沒有考慮過用傳統的方式：跟他面對面談一談？」莉蒂亞放下她的茶杯。

「沒有，」妮娜說。「而且，他今天晚上要參加南加州機智盃決賽。我不想讓他分心。」

「天哪，」莉蒂亞說。「我沒聽過比這更無聊和更惹人厭的藉口。我無法決定是該一巴掌打醒妳，還是向妳致敬。」

妮娜正要回嘴，她的手機響了起來。

「妳能趕過來嗎？」是麗茲，她聽起來很疲憊。妮娜聽見電話那端有人在大吼大叫。

「怎麼回事？」

「這個嘛，麥佛來店裡貼了告示，上頭寫明書店即將結束營業，並由名為噗嘟嘟的彩妝店取代。」

「妳在開玩笑吧，噗嘟嘟？」

「我沒有。這家店將提供訂製彩妝品，使用多種天然礦物質和顏料，為每位客戶量身打造，含有大麻二酚油成分及源自在地的有機大麻。」
「妳背下來了？」
「不，我只是在唸告示上的文字。他們的口號是『讓妳看起來棒棒的，感覺更加飄飄然』。」
「噢。」
「人們讀了那個告示，店外突然圍了整群舉著抗議牌的人，現在警察也來了，一切變得一發不可收拾。」
傳來玻璃碎裂的聲音。
「喔我的天。我得掛電話了。」
「那是我們的窗戶嗎？」妮娜的腦袋裡沒來由地冒出了成群喪屍朝書店蜂擁而至的景象。
「不，是麥佛的擋風玻璃。為了安全起見，我把他藏在辦公室裡，但對他的車我無能為力。」
然後她掛了電話。
妮娜轉向莉蒂亞。「妳覺得我們多快能趕到拉奇蒙特大道？」
莉蒂亞笑了。「開那輛霹靂車？我來開？二十分鐘吧。」
妮娜搖了搖頭。「不，就只是輛正常的龐帝克火鳥，霹靂車是個虛構的角色，現在是交通尖峰期，還有，我負責開車。」
莉蒂亞做了個鬼臉。「那麼，四十分鐘。」
「好吧，妳來開。」

第二十八章

情勢失控

這裡有個很有用的提醒：搭乘一輛由天才研究員開的快車，穿越整個洛杉磯，不會是個太令人愉快的體驗；除非你是喜歡在灌下五瓶紅牛和嗑了海洛因後，高舉著雙手坐上雲霄飛車最前面的位置的那種人。在她們的車子經過比佛利山莊時，妮娜開始背誦《J．阿爾弗雷德．普魯弗洛克的情歌》這首詩，而當她們抵達拉奇蒙特時，她才剛唸到有關捲起褲腳的那段，這可以讓你明白她們車行的速度有多驚人。還有一點，顯然要戰勝洛杉磯可怕的交通的最佳良方，就是全然避開任何大路，如俄羅斯方塊般試著鑽行各個小巷。莉蒂亞邊開邊喊著街道名稱，但對於認路無濟於事，比較像是鯊魚在清點納入囊中的獵物。

一轉入拉奇蒙特大道，她們立刻發現不太對勁。街道兩邊的行人全都朝南望著書店的方向，妮娜浮起一種韓索羅所謂**不好的預感**。剛剛的車程確實還讓她隱隱作嘔，但事情遠不止此。

書店門口聚了大約二十個人，外加兩名警察，大家的目光都聚集在兩個女人之間的爭論，妮娜認出其中一名中年女子是書店的顧客（歷史小說女士），另一位年輕女子則穿著流蘇長裙，上身是時髦的緊身羽毛衣，戴了頂帽緣寬得差不多跟波基普西市一樣大小的毛氈帽。鳥兒們可以舒適地於帽緣上棲息，假使牠們不介意那件滿是羽毛的緊身上衣。

「我對於妳假設化妝品比文學沒有文化價值的論點感到懷疑。」妮娜和莉蒂亞走近書店，聽到年輕女子這麼主張。啊，妮娜心想，這是一場拉奇蒙特自主意識之戰。

那位中年婦女皺了皺眉。「我完全無意質疑妳所銷售的產品的價值，無論從文化意義或任何其他角度，也絕對不會輕視同為女性同伴們的事業野心。但是這間書店已經在此存在了將近八十年，是我們整個社區的基石。」

「進步是不可避免的。」年輕女子回應。

「妳說的沒錯，但那與我們目前的討論無關，」中年婦女說，妮娜在心裡稱她為**讀者女士**。「拉奇蒙特不需要又一家美妝品店，當然更不需要大麻館。」

「我們不是什麼大麻店，」另一位女士回答，妮娜將她命名為**鳥羽毛貝蒂**。「我們製造的化妝品中摻入了有效的植物性藥材，讓妳的心情就跟妳的外觀一樣棒。所有成分都是有機的，由當地生產，並且完全合法。」

人們交頭接耳。鳥羽毛貝蒂顯然也有一些支持者。像是要證明這一點，一群大約十二名衣著相似的年輕人們突然冒了出來。

「我們在 Instagram 上看到了妳發的貼文，」其中一位走上前對貝蒂說道，並輕輕撫摸她的上臂。「很抱歉，這些抗議群眾讓妳很激動。」

「真討厭，」另一位說。「我帶了些蜂王漿和蘋果醋來讓妳舒緩一些。」她遞出了一個小瓶子，讓妮娜想起《愛麗絲夢遊仙境》的情景。

警察們覺得這是個空檔。「女士們，」其中一位警察開口，臉上的表情顯示眼前這工作比驅走盤據街頭的流浪漢要令人愉悅得多。「恐怕您們並沒有抗議的許可證，請解散回家吧。」

「不，」讀者女士說。「我們要待在這裡表示我們對於閱讀的支持。」

「別傻了，我們也都有在閱讀啊。」那群年輕人的其中一位發言，「但是書店已經過時了。現在什麼都在雲端，跟鳥一樣自由。不要被束縛在實體上。」

讀者女士嗤之以鼻。「妳嗑嗨了。」

那女孩不悅地對她哼了一聲。「至少我還會清醒過來，但妳老到沒用了。」

人群中的另一個人說，「回聖莫尼卡去，妳這個反文化主義的嬉皮。」老實說，這些都是人們爭吵時所使用的無意義單詞，一些沒有必要的冗贅的形容語句。

然後事情發生了。有人——至今沒有人能確定到底是誰——扔了球肉桂無花果起司口味的冰淇淋，恰恰集中在鳥羽毛貝蒂身上的……呃，鳥羽毛。妮娜忍不住想，冰淇淋投石機終於發揮作用了。

貝蒂的一個朋友轉身朝某個書店支持者的臉上灑了辣椒粉和檸檬汁，被波及的那位哭喊：「我的眼睛。」然後踉蹌後退。另一球冰淇淋劃過空中，目標指向了其中一名警察，他接球接得不是很好。妮娜轉頭想看是誰在扔冰淇淋大砲，正好另一球低空擦過她的頭頂，直接擊中了貝蒂，這一次正對著臉。貝蒂氣得直跺腳。

「我有乳糖不耐症！」她尖叫。

「不，妳只是讓人完全無法忍耐。」讀者女士回答，推了她一把。

妮娜伸手摸摸自己的頭，黏黏的。她聽到咯咯的笑聲。莉蒂亞被逗樂了。

「妳頭上有一點……嗯……」莉蒂亞從妮娜的額頭上沾了點冰淇淋，嚐了一口。

「啊哈，」她說。「薄荷巧克力。真是驚喜。」她正要繼續說，一塊無麩質蛋糕衝進了她剛張開的嘴，一時讓人傻眼。她連忙呸出來。

妮娜笑了。「莉蒂亞，嘴裡有食物的時候別說話。」一塊迷你小蛋糕——也可能是布朗尼，它飛過來的速度太快了，分不清楚——掠過眼前，撞掉了讀者女士的眼鏡。

訓練有素的警察（當然，並不是為了食物大戰而訓練）開始推開人群，尋找麻煩製造者。這陣騷動讓外圈視線不佳的圍觀人群誤以為有什麼更可怕的事情發生。人們四散逃開，或者至少迅速離開現場。畢竟這裡是拉奇蒙特；萬事無需過分恐慌。

冰淇淋土匪對著稀疏人群的頂端發出最後一擊，妮娜和莉蒂亞都在火線上。這一擊相當專業，雙球出擊。

莉蒂亞決定採取有趣的角度來看待這件事，她抓住自己被撒上點點冰淇淋的手臂。「我被擊中了。」她哀號著，腳步蹣跚。

「冷……好冷……」妮娜跟著說，轉換成正準備英勇犧牲的萬人迷偶像的角色。她掙扎著到了書店大門，順勢倒在門邊，完成了令人欽佩的死亡。然後她想起自己來的目的。

「來吧，」她爬了起來。「我們從後面繞進去。」

「一定要嗎？」莉蒂亞抱怨。「這裡很有趣耶。」

「別玩了，」妮娜說。「我們走吧。」

她們穿過街頭混戰，沿著拉奇蒙特大道店面後方的狹窄小路奔跑。妮娜拿出鑰匙進了書店，發現麗茲和麥佛先生躲在後面的房間裡。即使冰淇淋大戰被關在外面，房間裡的氣氛還是凍得跟冰一樣。

「她們走了嗎？」麗茲問。

「對，人群正在疏散。」

麗茲轉向麥佛先生。「那麼，先生，你可以離開了。」

麥佛先生僵硬地站了起來。「謝謝妳提供短暫的庇護所，伊麗莎白。」

麗茲不在意地聳聳肩。哇喔，妮娜想，過去一個小時肯定很有趣。麥佛先生看著麗茲，似乎想說些什麼，最後還是轉身，離開了書店。

麗茲嘆了口氣。「我想請他多通融一些時間，卻不知道該怎麼開口。看書上寫的很簡單，在現實裡卻好困難。」

「那不全然是事實，」莉蒂亞說。然後她轉向妮娜。「但是，這可不是妳不至少試著跟妳男朋友談談的藉口。」她豎起一根手指。「妳大概希望我已經忘記我們剛剛在說什麼，但我沒有。妳需要直起腰桿，好好鼓起勇氣，並且記住，烏龜只有在伸出脖子時前進。」

麗茲和妮娜狐疑地看著她。「那是韓國諺語。」莉蒂亞聳聳肩解釋著。

「妳是對的。」妮娜突然感到比過往任何時候都要有勇氣。莉蒂亞是個行動派女性，她跟妮娜有血緣關係，這代表妮娜肯定也擁有某種果敢堅強的性格。更何況，妮娜現在有整個家族在挺她。她有朋友。她有錢。還有一輛酷炫的車。她剛剛才在那輛酷車上活著撐過一趟恐怖的車程，沒有什麼她做不到的，或者至少該去嘗試看看。「我們走吧。」

她和莉蒂亞轉身離開。麗茲看著她們離去，然後拿起紙巾和窗戶清潔劑。幸運的是，純天然的手工冰淇淋遠比工廠製造的加工品要容易清洗得多。

第二十九章

妮娜開誠布公

從酒吧外面聚集的人群，你會以為發生了什麼了不得的事情。比方有女子摔角、貓咪雜耍、快煲電子壓力鍋快閃特賣會之類的。但其實這裡只是南加州機智盃決賽現場，經過十分鐘的奮力推擠，莉蒂亞和妮娜終於擠到觀眾席前方。

機智鳥人霍華德確實達成了爭取能見度的任務，甚至還有區域電視台出機攝影和採訪。霍華德身穿銀色亮片晚禮服，並在 eBay 上標了一隻看起來像半支棒棒糖黏在銀色長棍上的麥克風。不管是什麼鬼東西，總之他已經拿在手上了。

妮娜看到兩支隊伍分別坐在搶答檯兩側，這次的搶答檯比上一次更大、更令人印象深刻（希望油漆也乾得比較透）。

「各位女士、各位先生，以及傑出的參賽者們，歡迎來到南加州機智盃決賽。我們第一次有來自聖地亞哥的挑戰者——加州機智灰熊隊，將出戰本地的英雄隊伍——問題王哈利隊。」

妮娜望向問題王哈利隊的選手席……湯姆不在。

麗莎在隊伍中，她看到了妮娜，皺著眉頭起身。

「參賽選手必須留在位子上。」霍華德提醒。

「別傻了，霍華德，」麗莎回答。「我一分鐘內就回來。我得去弄清楚為什麼我們隊長沒來。」

「一旦比賽開始，就不能再更換選手了，」霍華德裝腔作勢地發出警告。

「不要小題大作。」麗莎頭也不回地說。

她和妮娜在吧檯碰頭。

「湯姆呢？」現場很吵，妮娜得大吼。「這是我的姪女，莉蒂亞。她是鑽研交通模式的專家。」

「嗨，」麗莎一臉驚訝又充滿好奇。「妳選了一個很適合研究交通模式的城市，不過有史以來最嚴重的交通堵塞發生在二〇一〇年的北京。」

「我知道，」莉蒂亞如數家珍地說。「堵塞長達一百公里，整整持續了十二天。」她打量著麗莎，她沒遇過對於交通議題這麼有興趣的人。「我去年去聖保羅度假。他們幾乎無時無刻不在塞車，超級有趣。」

麗莎對她露出微笑，彷彿這樣想並不荒謬，接著她回頭跟妮娜說，「湯姆沒有來，他應該要出現的。他後來完全不參加機智問答的活動。妳為什麼要跟他分手？」

「因為我很害怕，」妮娜說。「我想跟他道歉，但是他不接電話。」

「我知道，我也一直試著聯絡他。」麗莎看來有點擔心。「嘿，妳要不要幫我們隊比賽？他不在，我們根本沒有半點機會，就算他比賽時沒有盡全力。」

「我不能。這應該不符合規定。」

「總之，問問看吧。」

妮娜猶豫不決。「我想不用，我確定湯姆會出現的。」

「我在這裡，」湯姆從她們後方出現。「對不起，麗莎，我在工作，沒注意時間。」他看著妮娜。「嗨，妮娜。」然後他抓住麗莎的手臂。「我們走吧，要開始了。」

「湯姆，妮娜有話要跟你說。」麗莎說。

湯姆看著妮娜。「喔，很好，」他回答。「妳頭髮上有冰淇淋。」他轉身走開，麗莎無奈地對妮娜聳了聳肩，跟了過去。妮娜聞到他身上散發的木屑香氣，身體不自覺地自動跟著往前走了幾步。

她居然讓自己犯了這麼嚴重的錯誤。

「他很可愛，」莉蒂亞在她身後說。「去拿下他吧，妳這隻母老虎。」

妮娜看著麗莎快步走回選手席，坐在湯姆旁邊，而湯姆故意躲開她的視線。

「我會試試看，」她說，「但我想我更像一隻貓。」

「家貓與老虎的基因相似度高達百分之九十五點六，」莉蒂亞說，稍稍停頓，「總之這是有研究證明的。」

機智鳥人霍華德走上前，舉起手請大家安靜。「我們先說明一下比賽方式。在第一輪中，我將向兩隊詢問各種類別的問題。任何一位成員都可以回答，但只能提出一個答案。答對可以得兩分。答錯的話將由另一隊取得回答的機會，如果他們答對，將獲得一分。如果沒人知道答案，就會開放觀眾回答，如果觀眾答對了，可以給支持的隊伍加一分。」

由於觀眾大部分都支持當地隊伍，看來這個規則很受歡迎。但加州機智灰熊隊也帶來了相當多的粉絲，他們戴著熊爪手套和護林熊的帽子，陣仗頗為壯觀。

「兩隊的隊員都到齊了嗎？」霍華德仔細地檢視著各名參賽者，可能是要確定肯・詹寧斯[20]沒有偷偷混在裡面。「為了減少作弊的機會，我們將隨機抽出問題的類別。首先是：美國的運動。」

兩支隊伍在體育類別的表現都不錯，但是問題王哈利隊在下一輪有關「哪組螢幕情侶在現實生活中也是情侶」中取得了領先。然後灰熊隊在「你從未聽過的小國」題組大勝，顯然「從未聽過」這個形容詞無法用在他們身上，問題王哈利隊旋即在「八〇年代的情境喜劇」獲得高分，使得兩隊在進入最後一輪時打成平分。

妮娜一直看著湯姆的臉，清楚地知道他完全對她視若無睹。這幾乎變得有點荒謬，他打算整場都避開妮娜的視線。莉蒂亞開始喃喃地評論賽事，並輕聲地回答問題，妮娜想著她要記得去查查看聖莫妮卡有沒有機智問答比賽，莉蒂亞肯定能打敗所有人。

「現在是最後一輪，由兩隊成員一對一地正面交鋒。每一隊要回答三個類別共六個問題，爭奪十二分的分數，搶答規則跟前面相同。」

麗莎第一個上場，讓對手一敗塗地。她顯然牢牢記住了早期美國總統的生平大小事、元素週期表以及卡通裡面出現的貓狗角色。哈利隊在第二輪就沒那麼幸運了，他們的隊員僅僅靠著答對弗雷斯諾是世界葡萄乾之都，獲得了兩分。在最後一輪比賽中，哈利隊的代表正確地回答了跟雞蛋料理有關的所有食譜問題，但在雞尾酒或狗的品種上輸給灰熊隊。

由於勝利即將到手，灰熊隊變得驕傲起來。酒吧地板上滿是破掉的玻璃杯和啤酒，熊爪手套是很可愛沒錯，但不適合拿著光滑的品脫玻璃杯。這可能是熊喜歡桶裝啤酒的原因。

20 美國機智問答節目紀錄保持人。

「接下來，」霍華德說，他已經相當適應主持人的角色，掌控得自然流暢。「現在兩隊同分，兩隊隊長將進行最終對決，他們必須搶答十個出自今晚任一類別的問題。」他拿出小袋子，抽出問題類別的紙條。「規則不變：答對者得兩分；如果是對手答對則得一分；如果兩隊都沒答對，就開放觀眾回答。」

湯姆站起來走上舞台，灰熊隊隊長也走到搶答檯旁。她是位比妮娜大不了多少的嬌小女性，戴的帽子是一整顆灰熊頭。帽子比她還大，她時不時得抓著搶答檯好支撐自己的身體。要麼是灰熊頭真的很重，再不就是她為了方便喝酒拔下了可以用來平衡重量的熊爪。不管如何，她準備好要和對手決戰了，如果她沒有先摔倒的話。

霍華德清了清嗓子，擺出一副嚴肅的表情，確定攝影機有對到他最好看的角度。「職業美式足球勝場最多的總教練是誰？」

湯姆回答：「唐・舒拉。」

妮娜連聽都沒聽過這個名字，但為他的對答如流感到開心。湯姆環視他的隊友們微笑，但還是想辦法避開了妮娜的視線。麗莎顯然對他感到惱火，因為她用兩隻手指比著自己的眼睛，然後指著妮娜，湯姆置之不理。

「下一個問題：誰在《六人行》中扮演錢德勒的父親？」

湯姆再次搶答。「凱瑟琳・透納。」妮娜很高興看到他同時精通經典電視劇。

接著，灰熊隊連續答對五題。然後湯姆答對了接下來的三題。

機智鳥人霍華德對於戰況變得如此激烈興奮莫名，心花怒放地看到電視台的攝影機還在繼續拍。他清清喉嚨：「難以置信，兩隊打成平手！優勝隊伍將成為南加州機智盃大賽冠軍，讓指名的慈善機構獲得五百美元捐款，以及一年份的免費達美樂比薩……」

「只對冠軍隊成員有效……」一個應該是達美樂公司派來的人大吼。「不是你認識的每個人都有。」

「是的，冠軍隊成員將有免費披薩。好了，我們必須進行極具挑戰性的決勝題。」他環顧房間，舉起手作勢請大家安靜。嘈雜聲漸漸平息，最終，他在一片寂靜中提問：「請告訴我，亞瑟．柯南．道爾的著名遺言？」

「他是誰？」灰熊隊長問。

「《福爾摩斯》的作者。」機智鳥人驚訝地回答她。

灰熊隊長無言地聳了聳肩。每個人都看向湯姆，他也聳了聳肩。兩隊都聳肩表示無法作答。現在這成了莫宰羊大賽，於是，霍華德轉向現場觀眾，徵求知道答案的人。妮娜舉起了手。霍華德點了她，她則看著湯姆，湯姆現在終於正眼瞧她了。

「妮娜不能回答，」他對霍華德說。「她是另一支參賽隊伍的成員。」

霍華德看著妮娜。「是的，但是她的隊伍在幾週前被取消參賽資格。」他看著湯姆。「你也在場，你有看到那場騷動。」他顫抖了一下。「我那天被紙割到的傷口花了好幾天才痊癒。」

妮娜說話了。「規則很清楚，霍華德。如果沒有其他人可以回答，那麼問題就開放給觀眾作答。」

「沒錯，但是顯然這位隊長並不希望妳回答。」他看上去很困惑。「不過妳可以為任何一支妳支持的隊伍加分，所以也可能是灰熊隊……」他有點不太確定，聲音顯得微弱。「我不確定規則是否容許這樣的結果。」

「我們可以表決。」妮娜環顧酒吧。「贊成的舉手?」

「不，」霍華德說。「這無法用多數決；這可是機智盃決賽。」他轉向兩隊隊長。「恐怕這代表兩隊平手，我們沒有贏家。」

「等等！」麗莎跳了起來。「湯姆，讓妮娜回答問題。我們隊上可不只有你。」她顯然很努力地在想個好理由。「我真的……很愛吃披薩。」

「妳吃素耶。」湯姆說。

「我們有素食比薩！」達美樂那個人大喊。他一定是喝醉了，因為他接著又說：「味道吃起來像紙板，但確實是素的！」

湯姆猶豫了，他看著妮娜。

「請讓我回答問題。」她說。

湯姆嘆了口氣。「好吧。」

霍華德有點惱怒，但是點頭同意。「那麼，繼續吧，觀眾們。我再把問題重複一次：亞瑟·柯南·道爾的著名遺言是什麼?」

妮娜抬頭挺胸地站著。「他的遺言是，『湯姆，我犯了一個可怕的錯誤。我的人生中絕對容得下你的存在，我有無限的空間。請再給我一次機會。』」

全場安靜。機智鳥人霍華德皺著眉，翻著手中的答案卡。「呃，那不是我手上的答案。」

「等等，」湯姆說，「他還說了，『萬一下次妳又嚇壞了怎麼辦?我不想和一個每次一崩潰就想拋棄我的人在一起。』」

「他講的有道理。」莉蒂亞喃喃自語。

「喔，閉嘴。」妮娜說。

灰熊隊長提出異議：「等一下，他們可以回答兩次嗎？」

「我明白，」妮娜回答。「對不起。我只能保證我會加倍努力。」她吞了吞口水，提高音量。「和你在一起就跟我獨處時一樣安心。」

沒有人說話，然後湯姆離開搶答檯，走向妮娜。「那是我聽過最棒的話。」他說完，伸手將她環抱起來，深深地親吻她。他隱隱感覺到附近有個女人正激動地說著：「柯南道爾的最後遺言是給他妻子的。他說：『妳是如此美好。』」接著，由於妮娜和湯姆絲毫沒有停止親吻的跡象，這個女人繼續說：「世界上最長的接吻紀錄超過五十八個小時！」

雖然湯姆和妮娜沒有創造新的接吻紀錄，他們確實讓機智盃決賽的影片在YouTube上造成轟動。幾週後，當機智鳥人霍華德的機智問答頻道在YouTube開張時，他承認如果不是有這段浪漫的高潮時刻，這個頻道不會這麼成功。當然，他並不打算分享那段影片帶來的廣告收入，但是他仍然很感謝因此獲得的大量點擊率。

📖

比賽結束後，灰熊隊大方地招待酒吧裡的每個人一杯啤酒。湯姆和妮娜離開了。莉蒂亞和麗莎正在對於歷史上神奇的交通擁塞時刻進行深入討論，根本沒注意到他們離開。

「我想帶妳去個地方，」湯姆說。「離這裡不遠。」妮娜點點頭，他們帶著無比幸福的心情穿過黑暗的街道，手牽著手，什麼也沒說。

他們抵達一棟低矮的建築物，湯姆從口袋掏出鑰匙。「這是我工作的地方，」他說，「不是我住的地方，但我想給妳看一些東西。」

他打開門帶著她走進去，沿著狹窄的走廊進入大樓後方的一個大房間。妮娜跟著他，想要繼續握著他的手。他們走進的房間裡滿是木頭和家具。聞起來很香，有木屑和亞麻子油的味道。湯姆身上的味道。

「這是我的工作室。」湯姆打開燈說。

「你說你是做木工的。」

「我是，」他對她微笑著回答。「但不是蓋房子那一種。我是做櫥櫃的木匠。我製作家具。」他指出，「特別是書架。」

「你在開玩笑吧。」妮娜環顧四周。很明顯地，他不是在說笑。房間裡有幾個又大又漂亮的書櫃。它們不只是架子；配置了門、玻璃和抽屜，還有一些應該有專屬名稱的木製小裝飾品。

湯姆搖了搖頭。「不，我是說真的。那天在春日節上我和彼得聊過，我們都覺得這實在機緣巧合得太過分了，有點難以啟齒。我本來在等待合適的時機，然後……妳知道的，我們分手了，所以就不重要了。」

妮娜凝視著他。「這真的非常……」

他臉紅起來。「我知道。很荒謬吧，一個製作書架的男人，遇上一個賣書的女人。」

「是啊。」

「還是我改做一般櫥櫃和梳妝台？」

她笑了。「我可以辭職。」

「或者我繼續製作書架，但把它們做得很不堪一擊，讓書一直掉下來。」

「奈特書店可以改成只賣有聲書。」

他們看著彼此。「看哪，」妮娜說。「我願意做出改變。」

湯姆走近她，握住了她的手。「我不想要妳改變，妮娜。我想陪著妳。如果妳不再那麼焦慮，那很好；即使妳還是會感到焦慮，那也沒關係，因為那就是妳。」他無所謂地聳聳肩。「我也永遠不可能成為一個重度讀者，不會知道那些妳所知道的一切，但這就是我。」

「我喜歡你是你，」妮娜說，完全沒有一絲緊張或擔憂。「而且你知道很多我不知道的事。例如唐．舒拉。我壓根兒不知道他是誰。」

「妳不知道？好吧，也許這根本行不通。」他笑了。「看，我清理了一個角落給妳用。」湯姆指著一扇大窗戶旁邊的空間。當然，現在窗外的天是黑的，但是白天會透進充足的光線。「我本來想給妳一個驚喜，在那兒放一把舒適的椅子，這樣我工作時妳就可以坐在那裡看書，那麼，我們就可以待在彼此身邊。」他把她拉近身邊，親了一下。「我想跟妳在一起，跟妳現在的樣子在一起，跟妳未來會變成的樣子，還有妳最終的模樣在一起。妳的每一種面貌對我來說都很美麗。」

他們接吻，然後妮娜開口，「這是我聽過最俗的話。」

湯姆笑了。「真的嗎？我想了好幾天。」

妮娜本來想再鬧他，但是收回了。他不是詩人，又怎麼樣呢。她也不是什麼厲害的滑雪選手。他們不是什麼並不重要；他們是誰才重要。

「我應該愛上你了。」她說。

「我應該也愛上妳了。」他回答。

「我們很浪漫，對吧？」

「非常浪漫。」他說，並且再次吻了她。「我們回家吧，一起享受獨處的時光。」

第三十章

麗茲舉止怪異，交了新朋友並獲得合夥人

第二天早上，妮娜醒來時，發現湯姆早就醒了，正盯著她看。

「早安，讓人發毛的男朋友，」她說。「你看了我很久嗎？」

「才大約三十秒，」他回答。「妳的貓拍著我的眼睛，抱怨沒有早餐。」

菲爾蹲坐在椅子上，正用腳掌洗著臉，一臉天真無辜的模樣。

妮娜笑了開來，起身餵他。她準備煮咖啡，發現都已經準備好了，咖啡機裡裝好了水，擺上了濾紙和咖啡粉。她停了下來。

「這是你做的嗎？」

湯姆在床上翻了個身，點了點頭。「我受到我哥哥的結婚誓言的啟發。」

妮娜正準備開口稱讚這個行為，電話響了。她向著時鐘。哦。十點。不算是才剛破曉的時間。是她的朋友凡妮莎。

「嘿，我認為妳最好趕來書店。」

「妳為什麼在書店？又為什麼要低聲說話？」

「我不在書店。」凡妮莎聽起來很壓抑，就像她快要笑或是哭了。「我在躲我的經理，因為

我們不應該在工作中打電話，不過我覺得妳最好快一點，現在書店外面擠了很多人，麗茲時不時地出現把書分出去。」

「她把書賣了？」

「不，她是把書送人。」凡妮莎停了一下。「瘋狂發送中。」

「我馬上到。」

妮娜抵達書店時，她和湯姆看到麗茲坐在書店正中央，置身一片狼藉之中，麥佛先生也在。書店裡的每本書都被拿下了書架，麗茲盤坐其中，像愛麗絲夢遊仙境裡的毛毛蟲先生坐在自己的蘑菇上那樣。麥佛先生則讓妮娜想起了白兔先生，他正靠著櫃台休息。兩個人都一副心滿意足飄飄然的模樣。

「啊，妮娜！」麗茲說。「妳剛好趕上。」

「趕上什麼？」妮娜小心翼翼地問。「看來我錯過了破壞書店的重要活動。」

「一點也不！我們正在進行需要一一舉證的文學討論，」麗茲泰然自若地回應。「所以需要參考很多書。」

「妳沒事吧？」妮娜直直走向麗茲，麗茲推開身旁一疊書，騰出了空間。她拍了拍她旁邊的地毯。

「好極了，」麗茲說。「拿幾個墊子來，坐下吧。」

令人驚訝的是，麥佛先生也在咯咯笑。

「吃過早餐了嗎？」麗茲拿出一個麵包店的盒子。裡面有杯子蛋糕、紙杯蛋糕和鬆餅。

妮娜拿了一塊小鬆餅，塞進了嘴裡。「哇喔，很好吃。」她又拿了一個。「這是哪裡來的？」

「我不記得了。」麗茲靠近她繼續說，「妳知道，書是我這輩子最重要的東西？」

「對。」妮娜咀嚼著食物回答。

「我很清楚地記得第一次跟人推薦書的場景，那本書是尼爾．史蒂文森的《雪崩》，推薦的原因是因為那位顧客既喜歡威廉．吉布森，也喜歡 S.J. 佩雷爾曼，所以我想，嘿，《雪崩》既具未來感又很有趣……」她講到這裡，略略走神，一秒鐘後才又回過神來。「後來他回來書店，跟我說他很喜歡那本書，從此我就上癮了。」

「對科幻小說上癮？」

「不，我愛上向人們介紹書籍。讀書、認識人，然後幫他們配對。喜歡《BJ 單身日記》和《蝴蝶夢》嗎？試試瑪麗．史都華的作品吧，她打破了浪漫小說吊人胃口式的風格，寫了十幾本很棒的書。」突然，她伸手抓住妮娜的手臂。「妳知道世上最棒的感覺是什麼？」

「呃……」儘管有些想法，妮娜搖了搖頭。

麗茲眼睛發亮。「是妳正在看一本書，深深愛著它的每個章節，然後妳翻到最前面，發現這個作家還寫了另外十四億本書。」

「十四億？」

「或者一打！」麗茲轉向麥佛先生。「麥佛先生也來幫忙，他人是不是很好？」

麗茲肯定是瘋了。妮娜看著房東。嗯，前房東。他看上去很難為情。

「我剛好經過，」他有點防備地說，「我聽到有聲音，所以進來查看。結果是麗茲。」他清了清嗓子。「她在唱歌。」他對麗茲微笑。「她邀請我進來，我們一起吃糕點和咖啡，還談論書籍。」

他簡直樂不可支。妮娜從未看過他這樣。「事實證明，我們有很多共同點。」

「例如，我們都擔心好奇猴喬治，」麗茲說。「為什麼那個戴著黃帽子的男人不認真負起自己的責任？在那麼明顯危險的情況下丟下喬治離開？」

「不，不，」麥佛先生說。「妳的觀點錯了。戴黃帽子的男人是受害者。喬治一直承諾自己會乖乖待著，卻從來沒有做到。更別說，」他繼續朝向他要論述的主題，「好奇猴喬治基本上是在教壞孩子們，只要事後裝可愛，就可以隨意破壞東西。」他受不了地舉起雙手。「那是在傳遞什麼訊息啊？」

妮娜瞥了眼一直斜倚在門口的湯姆。他靜靜地聽著，瞇著眼看著麗茲和麥佛。「那些鬆餅是哪裡來的？」他問。

「偷了我的書店的那位可愛的女士給的，」麗茲對他說。「我想她對那天的爭執和冰淇淋大戰感到抱歉，所以她昨晚來店裡，給了這個做為示好的禮物。」她伸手去拿最後一塊小鬆餅。「我吃了一些當晚餐，然後決定重新整理書籍。」她環顧四周。「開頭還算順利，不過後來我有點不太能集中精神。」

一陣沉默。

「妳應該是吃了大麻。」

「別傻了，妮娜。」

「麗茲，她賣的是摻了大麻的化妝品。認為眼影裡應該要有大麻成分的人，肯定不會放過在烘焙加料的機會。」

「哈，」麗茲說。「好吧，這或許可以解釋我對於養山羊和與自然和諧相處的迫切渴望。」

她轉向麥佛先生。「我要跟你道歉，麥佛先生，我似乎給你吃了加料的鬆餅。」

「加料鬆餅聽起來是個很棒的樂團耶，」他再次咯咯地笑著說。「此外，我們都是成年人，加點料很正常啦。」

「你真有趣，」麗茲說。「我真不應該叫你魔鬼梅菲斯特。」

「我也不應該稱妳為滑溜麗茲。」他的眼神變得柔和。「我會想念我們每個月的貓捉老鼠遊戲。在所有拖欠房租的房客中，妳是我的最愛。」

「等等，」妮娜對房東說。「我們真的得這麼快關門嗎？我現在有錢了。我想把書店買下來，清償欠款，然後協助麗茲讓她繼續經營奈特書店起碼二十年。」她看著她的老闆。「直到現在我才確定，我也愛讀者和書，我最想做的工作，就是為人介紹書籍，別無其他。」

「妳確定嗎？」麗茲看起來很憂心。「我是說，我了解可能有什麼神祕的宇宙力量在運轉之類，但是妳真的不會寧願去環遊世界嗎？」

「不，我寧願待在家裡看書。」

「拿去投資房地產如何？」麥佛問。

「現在這個景氣，瘋了嗎？」妮娜回答。

「還有妳的攝影呢？」麗茲問。

「我會買一台更好的相機，但我不會辭掉我的工作。」妮娜生氣了。「大家是怎麼了？我不想旅行，也不想買房子，我想經營一家書店，這間就是我想經營的書店。」她轉向湯姆。「你相信我，不是嗎？」

湯姆點點頭。「寶貝，做妳想做的事。」

「嗯，我不確定……」麥佛先生皺著眉頭。「噗嘟嘟簽了租約。」

「她們還在沒事前警告的情況下就用大麻把你們弄得很嗨！我認為一場正經的對話應該足以嚇退她們。」

麗茲看了看四周。「不過我們得花點時間重新整理店裡。」

妮娜一臉得意。「沒關係，反正，湯姆和我要去公路旅行。」

「我們有嗎？」湯姆問。

「沒錯，」妮娜大叫。「去墨西哥。我剛剛才決定。我喜歡隨興而為！」

「哦，天哪，」顯然已恢復理智的麗茲說。「妳就像書中的角色。」

「伊莉莎白·班奈[21]？凱妮絲·艾佛[22]？」

「不，《綠雞蛋和火腿》[23]裡那個頑固的傢伙。在一路堅持這麼多惱人的計畫後，結果其實妳喜歡不按牌理出牌。」她用唱歌般的語調繼續。「我就要這麼做！我能臨機應變！我會搭上火車，我願淋雨而行。」她轉向湯姆。「我猜這讓你也成了那本書裡的主角山姆。」

他無所謂地聳著肩。「我可以接受。擇善固執和忠實是挺好的性格特質。」

妮娜大笑。她找到了自己的目標，不是盡可能地讀很多好書，而是幫助其他人讀到更多好書。她會讓奈特書店經營得很成功，並打算添購一台又大又新的咖啡機，將照片掛在牆上，在店裡養一隻狗，命名為扉頁海軍上將……喔，也許這只是加料鬆餅在發揮作用。

「來吧，」她跳了起來，對著湯姆說。「我們走！」

親愛的讀者們，他們確實這麼做了。他們完成了這些事，從此過著幸福快樂的生活。

21 譯註：珍・奧斯汀小說《傲慢與偏見》的女主角。
22 譯註：蘇珊・柯林斯系列小說《飢餓遊戲三部曲》的女主角。
23 美國著名作家及漫畫家蘇斯博士(Dr. Seuss)的作品之一，其著作有《魔法靈貓》等。

today is the day

DATE 盛大開幕日！ M T W Th F S Su

SCHEDULE

7>8 去機場接露易絲
8>9
9>10 完成布置
10>11
11>12 拿蛋糕—波莉
12>13
13>14
14>15 開門
15>16
16>17
17>18 派對！
18>19
19>20
20>21

GOALS

酒不可以
見底!!

快餐車
323 1973419

NOTES

湯姆
彼得—帶狗一起
莉蒂亞+麗莎？
莉莉+孩子們+男友？
貝琪+約翰

TO DO LIST

- [ ] 杯子蛋糕
- [ ] 紅酒
- [ ] 起士
- [ ] 麵包
- [ ] 巧克力棒!!
- [ ]
- [ ] 奈特書店
- [ ]
- [ ]
- [ ]
- [ ]

得找個
設計師!!

BREAKFAST

LUNCH

DINNER

WORKOUT

謝辭

寫書是一件需要獨自完成，同時也需要團隊合作的工作。沒有初稿讀者們和我的好編輯從旁協助，我不可能完成這本書。莉亞·伍德琳、坎蒂斯·庫南、以及艾莉·葛雷，她們在這本書雛型初具時就開始看稿，對於書稿給出的建議和修改讓這本書無比增色。我的編輯凱特·席佛一路陪著我直到衝過終點線。妳們四位都是如此時髦亮麗的女神，我很幸運能認識妳們。

本書插頁中妮娜使用的行事曆模板來自快樂數位下載網（happydigitaldownload.com），感謝勞烏先生同意我在此使用它們。

高寶書版集團
gobooks.com.tw

TN 275
書癡妮娜的完美生活
The Bookish Life of Nina Hill

作　　者　艾比．渥克斯曼Abbi Waxman
譯　　者　吳宜璇
編　　輯　賴芯葳
主　　編　吳珮旻
封面設計　林政嘉
內頁排版　賴姵均
企　　劃　何嘉雯

發 行 人　朱凱蕾
出　　版　英屬維京群島商高寶國際有限公司台灣分公司
　　　　　Global Group Holdings, Ltd.
地　　址　台北市內湖區洲子街88號3樓
網　　址　gobooks.com.tw
電　　話　(02) 27992788
電　　郵　readers@gobooks.com.tw（讀者服務部）
　　　　　pr@gobooks.com.tw（公關諮詢部）
傳　　真　出版部　(02) 27990909　行銷部 (02) 27993088
郵政劃撥　19394552
戶　　名　英屬維京群島商高寶國際有限公司台灣分公司
發　　行　英屬維京群島商高寶國際有限公司台灣分公司
初　　版　2020 年11月

國家圖書館出版品預行編目(CIP)資料

書癡妮娜的完美生活 / 艾比.渥克斯曼(Abbi Waxman)作；吳宜璇譯. -- 初版. -- 臺北市：高寶國際出版：高寶國際發行, 2020.11
　面；　公分. -- (文學新象；TN 275)

譯自：The bookish life of Nina Hill

ISBN 978-986-361-925-3(平裝)

874.57　　109015717

GOBOOKS
& SITAK
GROUP©